第四届《安徽古籍叢書》編審委員會

主任委員

黄德寬

副主任委員

諸偉奇

丁　放

彭君華

委員（按姓氏筆畫順序）

卞　利　方錫球　牛繼清　王啓才

吴先伍　施立業　胡傳志　紀健生

陳　林　張玉才　曹小雲　曹天生

程德和　楊　軍　楊應芹　趙國華

鮑　恒　樊嘉禄

安徽古籍叢書萃編

鈍齋詩選

清・方孝標　撰
唐根生　李永生　點校

黄山書社

图书在版编目(CIP)数据

钝斋诗选 / (清) 方孝标撰 ; 唐根生, 李永生点校. —合肥 : 黄山书社, 2014.1
(安徽古籍丛书萃编)
ISBN 978-7-5461-4286-9

Ⅰ. ①钝… Ⅱ. ①方… ②唐… ③李… Ⅲ. ①古典诗歌-诗集-中国-清代
Ⅳ. ①I222.749

中国版本图书馆 CIP 数据核字(2014)第 006158 号

钝斋诗选

出 版 人　任耕耘
策　　划　任耕耘 赵国华 汤吟菲
执行策划　汤吟菲 徐娟娟
责任编辑　任耕耘 徐娟娟 张元婷

装帧设计　未　氓
责任印制　戚　帅

出版发行　时代出版传媒股份有限公司(http://www.pressmart.com)
　　　　　黄山书社(http://www.hspress.cn)
　　　　　官方直营书店(http://hsssbook.taobao.com)
　　　　　营销部电话:0551-63533762　63533768
　　　　　(合肥市政务文化新区翡翠路 1118 号出版传媒广场 7 层　邮编:230071)
经　　销　新华书店
印　　制　安徽联众印刷有限公司

开本　880×1230　1/32　　印张　14.75　　字数　260 千字
版次　2014 年 9 月第 1 版　　2014 年 9 月第 1 次印刷
书号　978-7-5461-4286-9　　定价　160.00 元

序

黄德寬

值此《安徽古籍叢書萃編》編輯出版之際，欣逢新時期安徽古籍整理出版工作步入而立之年！三十年來安徽的古籍整理出版工作，很值得認真地進行一番回顧總結。

一九八一年，中共中央發布《關於整理我國古籍的指示》，成立了以李一氓同志爲組長的國家古籍整理出版規劃領導小組，正式拉開了新時期古籍整理出版工作的序幕。一九八四年，中共安徽省委決定建立安徽省古籍整理出版領導小組，由時任省人大常委會副主任魏心一同志挂帥，聯合了省新聞出版局等政府部門和安徽大學等高等院校、研究單位，正式啓動安徽省古籍整理出版工作。同年，安徽專業古籍出版單位黄山書社也宣告成立。安徽古籍整理出版工作由此翻開了嶄新的一頁。

三十年間，安徽省古籍整理出版工作堅持初衷，克服困難，在政府部門的支持和社會賢達的關心下，經過學者們的艱辛努力，取得了豐碩成果，其最有代表性的成果就是《安徽古籍叢書》的編纂出版。

《安徽古籍叢書》凝結了當代安徽傳統文化研究領域衆多學者與專家的心血和汗水。以吴孟復先生爲代表，組成《安徽古籍叢書》第一届編審委員會，賡續安徽先哲編刊地方叢書盛業，梳理文獻綫索，擬訂叢書子目，擘劃編纂體例。遵循嚴格的學術規範，《安徽古籍叢書》自一九八九年三月刊出第一種——《舊聞隨筆》，截至二〇一三年底，連同修訂再版，出版已突破百種，成爲我國當代古籍整理一個有影響力的品牌。

收入《安徽古籍叢書》的各類古籍，既有朱熹、戴震、俞正燮、凌廷堪、程瑶田、黄生、包世臣、楊仁山、吴汝綸等學術巨擘的著作，也有張孝祥、錢澄之、方苞、方文、施愚山、姚鼐、吴敬梓等文學名家的作品；此外，包拯、朱升、朱元璋、阮大鋮、姚瑩、方孝標、劉銘傳等皖籍著名歷史人物的著述也盡在其中。正是因爲歷代賢哲創造的精神財富，使得《安徽古籍叢書》一經出版即蜚聲海内外，産生了廣泛的社會影響。李一氓同志曾經撰文，欣喜地表示：

『現在有一個好現象，安徽要編印新的《安徽叢書》。』當代著名學者金克木、胡道静、張岱年、程千帆等先生稱道『這是安徽文化事業的一項盛舉』。法國漢學家戴廷傑也對《安徽古籍叢書》堅持嚴格的學術規範稱賞不已。

《安徽古籍叢書》的順利編輯出版，還因爲改革開放帶來的時代機遇。改革開放三十多年來，我國經濟文化繁榮昌盛，使得《安徽古籍叢書》能够得到有關方面的財力支持。上個世紀八十年代，《安徽古籍叢書》編纂在發軔之時，就不斷有項目入選國家古籍整理出版規劃，得到國家各方面的有力支持。最新公布的《二〇一一—二〇二〇年國家古籍整理出版規劃》中，包括《方以智全書》在内的新列《安徽古籍叢書》項目品種就多達四十八種。安徽古籍的整理編纂工作，正是在改革開放的大背景下，在全國古籍整理出版工作的大格局中，取得了突出的成就并展現着美好的未來。

《安徽古籍叢書》的編纂出版，安徽大學『省古籍整理出版辦公室』發揮了重要作用。古籍辦的同志們長期堅守在古籍整理出版崗位，甘於清苦，默默奉獻，辛勤耕耘，爲《安徽古籍叢書》的編纂和安徽古籍整理出版工作做出了突出的貢獻。二〇一〇年，在『全國專業古籍出版社社長年會暨全國優秀古籍圖書評獎會』上，時任國家新聞出版總署副署長鄔書林同志作題爲《無愧歷史　珍惜時代　出好精品》的講話，指出：『安徽是堅持地方古籍整理工作最好的省份。不少地方古籍辦幾乎都撤了，或名存實亡，安徽則堅持不輟，并做了大量工作。』

黨的『十八大』從戰略層面提出扎實推進社會主義文化强國建設，豐富人民精神文化生活，『建設優秀傳統文化傳承體系，弘揚中華優秀傳統文化』。《安徽古籍叢書》立足鄉邦文獻的整理編纂，因應了國家文化建設的宏偉規劃，是文化强省乃至文化强國建設事業的題中應有之義。這項事業遠非一兩代人所能完成，正如一九八一年中央三十七號文件所指出的，『整理古籍是一件大事，得搞上百年』。

《安徽古籍叢書》煌煌巨制，結構開放，歷時久遠。回顧過去，出版較早的圖書有些已經絕版；叢書版式、裝幀也屢經變更。爲適應集中展示、收藏和研究的需要，對已經出版的《安徽古籍叢書》進行階段性的集中梳理，適當遴選，統一版式，影印出版本套叢書是十分必要的。

作爲首套《安徽古籍叢書》選編本，我們希望通過這套書的出版發行，能使更多的讀者瞭解、認識和利用好《安徽古籍叢書》，有更多的皖籍、非皖籍專家學者參與到安徽地方歷史文獻的研究整理工作中來，讓《安徽古籍叢書》在未來不斷發展壯大。這是我們在新時期安徽古籍整理出版事業三十年之際的殷殷屬望！

二〇一四年六月

凡例

一、本編從二〇一〇年（包括二〇一〇年）以前出版的《安徽古籍叢書》中選取文獻資料價值大、校點整理質量上乘、學界仍有需求的圖書進行重印。

二、二〇一〇年以後出版者因市場上新書尚多，此次不復列入。早期所版《文學研究法》《舊聞隨筆》《桐城文學淵源考·撰述考》《桐城耆舊傳》《爾雅翼》等雖均爲叢書的中堅，因已有修訂新版，此次亦不復列入。《安徽古籍叢書附輯》整體不予列入。

三、所選圖書按初版時間先後順序編排。

四、采用原版掃描影印，不重新録排，儘量保存原書面貌。原書頁眉中的明顯編輯錯誤，逕改不出校；《竇山公家議校注》《康輶紀行 東槎紀略》兩種原書無頁眉，現統一補加。

五、重新設計製作封面，統一規格、工藝。一律采用大三十二開本，精裝。《説文假借義證》一書原版爲十六開，一個頁面放兩個中國頁，此次按統一開本重新排版，一個頁面放半個中國頁。

并新附《説文假借義證索引》於該書書末，以方便讀者檢索。《毛詩後箋》《吴汝綸全集》《田間詩學》《説文假借義證》等原書規模較大，爲方便讀者閲讀，現重新分册。另，《竇山公家議校注》保留原書西式裝訂方式。

六、收録叢書文獻由於各種原因，還存在這樣那樣的不足，請讀者批評指正。

第四届《安徽古籍叢書》編審委員會

二〇一四年六月

清·方孝標 撰 唐根生 李永生 點校

鈍齋詩選

黃山書社

（皖）新登字 05 号

责任编辑：张增田
责任校对：王　琪
装帧设计：古　办

安徽古籍丛书　（第二十八辑）

钝斋诗选
（清）方孝标 撰　唐根生　李永生 点校
徐凌云　审订
安徽省古籍整理出版规划委员会
安 徽 古 籍 丛 书 编 审 委 员 会　编
黄山书社出版（合肥市金寨路 381 号）
安徽新华书店经销　安徽星火印刷公司印刷
开本：850×1168 1/32　印张：14.562　字数：260,490
1996 年 5 月第 1 版　1996 年 5 月第一次印刷
印数：0001→2,000

ISBN7-80630-056-2/Z・41　定价 22.40 元

安徽古籍丛书编印缘起

我国历史悠久，典籍丰富。我省地处南北之交，学术尤擅其盛。数千年来，哲学、史学、文学、艺术、语言、科技，作者辈出，著述如林，或自名一家，或蔚然成派，多为中华民族文化之菁华，有裨于社会主义文化之建设。允宜及时整理，以广流传。

粤自明清，以至近世，南北郡邑已有《泾川丛书》、《龙眠丛书》、《贵池先哲遗书》、《南陵丛书》诸刻。一九三二年，复有《安徽丛书》编刊，所收皆皖人著作，分期影印。出至第六期，以抗战军兴而中止。盛业未竟，论者惜之。

今者，中央倡导整理古籍，我省领导对此尤为关心，省古籍整理出版规划委员会几经商讨，决定编纂《安徽古籍丛书》。编纂宗旨是在历史唯物主义指导下，批判继承，古为今用，弘扬民族优秀传统文化，为建设有中国特色的社会主义服务。最其体例，约有数端：一、所收皆为历代皖人著作，时间一般以「五四」之前为限，根据内容，分类成辑。注意稿本、稀见本之搜辑与传布。二、整理方式包括辑、校、标点和注释、今译。校勘，力求采用善本为底本，校以他书，或加补辑、编次。标点，采用新式标点。注释，务求精确，但不作烦琐考证。整理中，尽量吸收国内外研究的新成果。三、先秦、两汉著作及文字、训诂之书，皆用繁体字；其余则多用简体字。版皆竖排，以期一律。四、凡热心于丛书编印及捐资助刊者，得于书内题名。

安徽古籍丛书编审委员会

安徽省古籍整理出版规划委员会

顾　　问　丁继哲　杜维佑　李广涛　张立一　郑　锐　郑淮舟　胡　坦　胡云龙　侯　永
　　　　　崔剑晓　傅大章　潘锷镩

主　　任　魏心一

副 主 任　张　平　陶有法

委　　员　刘学锴　李长华　余焰炉　陈贤忠　周心田　贾文昭　黄德宽　韩西山　黎　洪

安徽省古籍整理出版基金会

理 事 长　崔剑晓

副理事长　丁继哲　杜维佑　陈基余　胡　坦　潘锷镩

秘 书 长　汪慎琳

常务理事　王惠鹏　卞兆龙　田照临　朱邦福　孙伯耀　吴存心　吴孝雨　汪石满　张其果
　　　　　张振明　季昌清　郑英保　郑贤明　纽　涟　钱　进　陶显斌　潘培咸　穆建科

安徽古籍丛书编审委员会

学术顾问　吴小如　吴作人　周一良　周绍良　金克木　胡道静　常任侠　蒋元卿　舒　芜

主任委员　吴孟复

副主任委员　刘永年　祖保泉　施培毅　贾文昭

委　　员　朱一清　朱世力　任弘毅　刘学锴　孙文光　纪健生　杨应芹　汪福润　沙宗复
　　　　　夏秀流　徐凌云　诸伟奇　梁垣祥　傅玉璋

按姓氏笔划排列

目次

卷二 五言古体二一

卷三　五言古体三

卷四　五言古体四

卷五　七言古体一

卷六　七言古体二

卷七　五言近体一

第八卷　五言近体二

卷十 五言近体四

卷十一　五言近体五

卷十二　五言近体六

卷十三　七言近体一

卷十四　七言近体二

卷十五　七言近体三

卷十六　七言近体四

卷十七　七言近体五

卷十八　七开言近体六

卷十九　七言近体七

卷二十　五言排律

卷二十一　五言绝句

卷二十二 七言绝句

附录一

附录二

附录三

前言

清代累兴文字狱，康熙五十年，「《南山集》案」发，由于戴名世在《南山集》中征引了方孝标的《滇黔纪闻》，沿用了南明弘光、隆武、永历年号，且「极多悖逆语」，以致朝庭震怒，随即下令严惩，戴氏被处斩决，方氏虽死犹遭挫骨。此案累及方、戴家族及有关人员达三百余人，或瘐死狱中，或革职入旗，或流放北塞。其株连之广、遭祸之惨，为中国文祸史上所罕见。于是，一代才人方孝标的诗文著作均遭禁毁，湮没人世达三百余年。

方孝标（一六一七——？），初名玄成，因避康熙帝玄烨名，以字行，号楼冈，安徽桐城人。顺治三年举于乡，六年进士，改庶吉士，官至内弘文院侍读学士。孝标品学出众，深为顺治帝所眷宠，曾两充会试同考官。顺治十一年，诏举词臣品学兼优者十一人，侍帷幄，备顾问，顺治亲选七人，孝标即其一。次年，举行经筵，讲官例用阁部大臣，孝标以学士被简用。「上亲之，呼为楼冈而不名」，并谓「方学士面冷，可作吏部尚书[一]。」当时际遇之隆，于此见之。但是不久即旋风骤起，顺治十四年丁酉江南科场案发，其弟方章钺罹祸此中，孝标父子兄弟谪戍宁古塔（今黑龙江宁安），两年后释归。孝标性耽山水，得释后赴贵州，游览黔滇山水，兼考南明史事。困避世乱，由滇入湘，复又入闽，不久即回故里。闲居时追记云贵风光，兼及南明时事，写成《滇黔纪闻》，刊入其著《钝斋文选》。方孝标又是一位「性僻耽佳句」的诗人，一生写诗甚多，生前曾自检先后所为诗若干卷选之，删者七八，存者二三[二]，这就是《钝斋诗选》。

清初诗坛，特定的社会历史背景和文学发展的流变，孕育出反对明季拟古的创作倾向，诗歌遂从「诗必汉魏盛唐」的藩篱下逐步解放出来，形成兼容并蓄、融汇多元的态势，诗作的取径范围变得自由而广阔。

孝标的诗，或记所闻，或叙所见，敢于真实地反映当时的社会矛盾，体现出清初诗歌的时代特征。清人黄宗羲曾有以诗补史之说。他在《万履安先生诗序》中说道：「今之称杜诗者以为诗史，亦信然矣。然注杜者但见以史证诗，未闻以诗补史之阙。」这是说，诗贵乎能记史外之事，能反映出不见于史籍或史识各异的历史事件。方孝标的一些叙事记史诗正是在这个意义上显示出「不同泛作」的历史价值。《论事诗与某友作》是一首叙议南明史事的五言叙事诗。诗中谓已出塞时，曾遇地藏庵僧法乘，僧言于榆关西七里亲见李自成兵败后，杀庄烈太子及定王。诗中藉僧法乘言及目睹经过记叙了闯王兵败，南奔榆关，杀死南明太子、「挥刃向定王」，促使南明覆亡的惨烈图景，而其事却不见于一般史籍记载。另一首长篇五言叙事诗《交水驿遇折臂翁》，诗人言已赴贵州，在交水驿偶遇折臂翁痛陈永历史事。张献忠义子孙可望、李定国等人由川入滇，始而降明抗清，终则内哄酿成战乱。诗人以凝炼沉重的笔触，描叙了孙、李两军鏖战交水驿的争斗场面：「两军夜成列，月静水淙淙。一骑款军门，呼李上崇冈。密语人不闻，依稀识其庞。滇军遽踈踊，秣马砺刀枪。十九夜方半，蓐食鸡未鸣。突出击秦军，阵后声琅琅。谁呼秦军败，崩奔遂莫搪。又闻精锐走，还邀横水塘。新安二十万，两地尽诛坑。」诗人认为折臂翁叙说的史事可「留供稗史料，采者助缥缃」。邓之诚先生在《清诗纪事初编》中说，此诗「是亦《滇黔纪闻》」。

揭露社会矛盾、反映民生疾苦是《钝斋诗选》中另一重要主题。本书中，有相当数量的诗歌反映出明末清初的战乱，以及统治者横征暴敛造成的现实苦难情景。《空村》便是这方面的代表作之一。此诗起笔就特写出一幅昏暗凄惨的画面：「日暮步空村，老翁负墙泣。问翁何所悲，欲语还塞默。」老翁的哭诉显示出这样的现实：明末战乱频仍，朝廷催逼军粮，然田荒桑折，民无颗粒。结果是子弟被拘，荷杖公廷：「大男前运粮，书来陷围棘。中男昨被收，典衣买扑抶。」农民被逼无法生存，老翁转悲为愤：「迄今半菽无，悔不为盗贼。」此诗直面人生，直抒胸臆，在清诗史上确属上乘之作。孝标之父方拱乾「寝食少陵」，谓「诗必从杜入，方有真性情」。孝标幼承庭训，诗学杜甫。《空村》从立意到诗法，受《三吏》、《三别》等诗影响，是显而易见的。《横玉山》、《舟中读书》、《茶市谣》等篇，亦有异曲同工之妙。《横玉山》一诗看似荒诞，实则寓意深刻。诗写山形类鼠，终年窃食，田禾颗粒无收，乡民呼天抢地。建神祠后，山鼠乃伏，丰歉如往。诗人借此传奇展开联想，抨击官吏为虎食人，呼唤风雷伏之：「劝君为神勿为虎，为虎恐有风雷扑。吁嗟乎，方今天下鼠尽化虎而食人，空山何处有鬼神！」《舟中读书》描写了兵荒马乱中乡村凋蔽、民不聊生的满目悲凉景象：「圩田雨破村无酒，野寺兵屯屋少僧。满目悲凉民气苦，孤舟容与客心增。」《茶市谣》从另一视角揭露了贵戚官吏对茶农、茶商横征暴敛的社会现象。诗人警告：「上雍下竭疾必生，为问主公与大吏：疾生身败血安存？」

顺、康之际江南文字狱的惨剧，在《钝斋诗选》中也作了相当精炼的描述：「客从西湖来，必知西湖事。株连文字狱，杀戮无老稚。妇女裸且髡，连樯如鬼魅。」（《有客行》）似此淋漓的揭露是够大胆的。以上所述，都表现了诗人关心人民疾苦、抨击统治者的爱憎分明的强烈感情和现实主义战斗精神。

丁酉江南科场案发，方孝标一夜之间便由一位受宠幸的经筵讲官跌落为谪戍北塞的罪人，从辉煌的坦途，急骤转为坎壈的苦境。此后，诗人创作的生活内容和思想感情发生了较大变化。歌德说：「现实生活既提供诗的机缘，又提供诗的材料[三]。」方孝标既遭谪戍，叙谪边之艰苦，抒发冤狱之忧愤，便成为他这时期创作的主要内容。《东征杂咏》十首，写于谪发宁古塔途中，描绘了途中坎坷艰辛的险境：「俯身千百尺，直下一车飞。涧落龙潭曲，峰县鸟道微。山山天四合，树树雨重围。淅沥蚕丛路，长歌问是非」（《张伯火罗》）、「野荒路滑滑，山古路芊芊」、「一岭复一谿，谿尽岭还齐」、「深林四十里，俯径入秋毫。虎迹窥人密，龙吟趁雨豪」（《冬征杂咏》）山高水险，森林幽暗，虎狼出没，风雨漫天，极写出入塞的艰险；同时情不自禁地发出不平之鸣与哀怨之声：「阴霁亦余命，何悲客路迷」（《冬征杂咏》）、「出塞送春归，天心无是非」（《出塞送春归》）、「自伤流落驱车路，回首三千更几程」（《出山海关》）。有些诗篇则直抒忧愤之情：「艰辛不肯诉，诉恐厌人听。贫到无家破，眼前何路青？」（《邗上逢吴匡友》）「冷眼难甘肥马尘，靦颜终乞朱门肉。失路方知行路难，抱病方知无病福」（《易病吟》）。这些诗都笼罩着浓厚的沉郁哀婉的氛围，读来令人心酸。

孝标的诗，擅长描写和歌咏祖国山川，田园风光。他一生出塞外、游滇黔、入湘闽、奔吴越，游踪遍及南北。他以清新绚丽的诗句，生动地描绘了山川景物、民俗风情。这类诗色调缤纷，风格各异。或苍劲悲凉、雄奇壮丽，如《东征杂咏》、《塔山道中》、《武夷七咏》；或隐逸幽远、清丽隽永，如《江山道中》、《雨中重游归宗岩》，或登临怀古、追念先贤，如《广陵怀古诗》、《过屈贾祠》等篇。他的游览诗，既有雄奇俊伟的气势，又涵沉郁跌宕的诗情，确是一幅幅色彩斑烂的山水画卷。《江山道中》是一首令人心驰神往的田园诗：「绿暗村村务农新，近南秋事早催人。山塘水涸劳鸠语，麦术犁深喜犊驯。无屋纵归何处赋，有仙欲问几时真。茅柴喜识花源乐，过客情伤羡避秦。」苏东坡赞王维「诗中有画」，孝标此诗不也正是一幅清新淡雅的农村秋耕图吗？绿树掩映的村落，犊耕南亩，鸟鸣山塘。屡遭世乱的人进入这一佳境，自然升起一缕恬适、钦羡的情思。应该说，这首精美的田园诗是清代这类诗篇的上乘之作，把它与唐宋田园诗相比，亦当无逊色。

孝标学诗，初受塾师影响，步趋前后七子，后受父教，又经世乱，遭逢厄运，诗歌创作转而博采古来诸家之精粹，尤其从杜诗中汲取营养，作品更多，艺术成就也更大。方以智在《〈钝斋诗选〉序》中指出：「钝斋诗多自徼外返江南五六年间所作，古意新声络绎奔会……不佚于佻，不炫于艳，不傲以跃冶，又不衰飒以塞责。」这是对方孝标诗作艺术特色的恰如其分的评价。读者细味其诗，当知此评不夸。

关于《钝斋诗选》的传世，也历经劫难。「《南山集》案」后，方孝标亲属毁版烧书，清廷复行文各省明令毁禁，以致此后近三百年孝标之作湮没无闻。《钝斋文选》曾见于王莲泾《孝慈堂书目》著录，《钝斋诗选》曾为《光绪通志》著录，然两书刊本至今未见。孝标曾孙恪敏曾刊刻其祖两世诗抄，却不敢录《钝斋诗选》一首。近人徐世昌《晚晴簃诗汇》，收方孝标诗六首，称「近岁《钝斋诗选》出，鄂中始有传抄本」。邓之诚先生《清诗纪事初编》收《论事诗》、《交水驿遇折臂翁》两诗。邓之诚先生推算《钝斋诗选》约刊刻于康熙九年。一九二八年，湖北周退舟得刻本于汉阳书肆，称「全书二十二卷，卷首缺序两叶，卷十六缺前半页，卷十七缺第二页，均无别本可补。」其后，桐城人光农闻假周之刻本抄录一部，又有人从光之抄本转抄。现在，我们发现的《钝斋诗选》抄本有两部，一部藏于中国社科院文学研究所图书馆，另一部藏于安庆市图书馆。近人谢国桢先生于《江浙访书记》中专章著录《钝斋文选》六卷、《诗选》二十二卷，题下注「上海图书馆藏，传钞本。」这次整理，即以安庆市图书馆抄本为底本校以文研所抄本。两本相校，大致相同，少有异处。底本中个别明显缺字、错字，均据文研所本补正，或径改。至于据以抄录的原刻本极少数缺页，只好暂付阙如。我们身居小城，孤陋寡闻，如果有藏此书刻本的学者、图书馆同仁，惟请见示，以待日后增补。由于学殖浅薄，点校错误定所难免，祈请读者指正。

在本书点校过程中，得到中国社科院文学研究所图书馆、北京农业大学钱学军同志的热忱帮助和安庆市图书馆蒋元卿老先生的精心指点，本书附录三由诸伟奇先生所辑，在此谨表示真挚的感谢。

李永生　一九九四年五月

注

〔一〕《桐城方戴两家书案》，见本书附录。
〔二〕《〈钝斋诗选〉自序》，见本书附录。
〔三〕《歌德谈话录》，人民文学出版社。

自序

余自七岁学诗，迄今五十余年。中间出处平陂，所为诗多散乱无纪，尝欲理而辑之，以就正当时大君子之肯以骨鲠教我者，而苦不得其人。壬子冬，有老友自广陵来，语之。故友曰：「是岂人之事哉？『文章千古事，得失寸心知』。惟子知之，惟子选之，奚俟人夫？」余悚然。用是自检先后所为诗若干卷选之，删者七八，存者二三，曰《钝斋诗选》。夫岂谓余选之是乎？亦岂谓选此之果足传乎？盖余之七岁实明天启之甲子年也。是时钟、谭之学盛行海内，莫不奉《诗归》及《隐秀轩》、《岳归堂稿》若典策，而视何、李、王、李之所谓《崆峒集》、《沧溟集》、《四部稿》者如秽如毒，去之惟恐不远。而余塾师某先生则又独以何、李、王、李为得盛唐诗法，而钟、谭不足学。以故余是时为诗多不能洗百年万里之余习。及稍长，见同类诗率纤靡可喜，心窃惑之。而某先生又仕于朝，余遂不能自坚其守，而杂于竟陵、公安之趋者有之。未几遭寇乱，从先君子避地金陵。先君子凡为诗即命余录于简，心识其异，因省向所学皆非，始悉力于古。时明季党势已成，且寇氛孔炽。金陵号陪都，四方之官者、游者、避乱者、罔利者，虽趾错多文士，而率以诗文为招要、怒骂、攻击、攀援之资。余时年十八九，虽不能不与时俯仰而辄知其非，间尝取风骚、汉魏及六朝、三唐、宋、元人集读而求之，然外感于声华，内牵于制艺，或见古人之未尝有道德勋名而惟撰诗文成集者，即以为圣人之学不逾。此后官词林，受学于武陵胡夫子，而后知圣人之学非此也。即博如倚相，才如屈平，而无当于圣人，亦未可言学，自是觉天地万物之散现无一非诗文，而诗文之寓者鲜也；身心性命之精微无一非诗文，而诗文之窥者浅也，故此十余年间诗文实少。及后迁谪、召还、出塞、入塞，加以称贷奔走，实无心著述，而不平之鸣与感物之绪尝不能已于心而禁于口。故近年所为诗文较昔转多，亦较昔稍进。然以语古人则愧甚，于诗尤愧甚，屡欲焚之。既复自思念古之为诗者夥矣，岂止此传之数千百家，又岂止此传之数千百首，而所存不胜所亡，岂亡者之尽不如存乎？由是言之，古岂无不传之人、不传之诗，而非存者之能及乎？即传者又岂能尽合圣人之道乎？且余虽垂老，犹未及武公抑戒之年，则存此以志余数十年之屡变，而卒未入古人之堂室，吾拙也。虽未入古人之堂室，而终不敢少弛，以负后此之黾勉，吾志也。或曰：「子好为古文矣，以昌黎之诗不如杜少陵，杜少陵之文不如韩，而子欲兼之乎？」余曰：「不敢也，然诗文无二道也。昌黎之诗岂不如韦、柳、元、白之上，且其文之温柔敦厚何莫非诗。『李杜文章在，光芒万丈长。』此言诗也，而非曰文章〔一〕。且其纪事传心，后世至以为『诗史』，而况文乎？」或曰：「子学道矣，诗之传否犹萦子志，何也？」余曰：「是亦道也，昔不知道之不尽于诗，而以诗为道者，道之贼。既知诗之非道，而道未尝不在诗，则诗岂非道之助乎？且为诗而必诗之传，与为道以为诗，而不能必诗之传，均非也。古人云：「千秋万世名，寂寞身后事。」夫以身后听之寂寞，则千秋万世之心岂敢忘于听之，曰此即厥修乃来世之说也，即疾没世不称之说也。余又何敢异诗于文于道，而不思所以传之乎。天下后世幸亦察余于诗之不偶然而教之可也。」

校记

[一]「而」下原脱「非」字。

钝斋诗选卷一

五言古体一

恭读敬一亭五箴有述应制

龙马启鸿古，精一肇陶唐。探源端宸衷，道治会以昌。秉中传九鼎，力政暴三殇。诗书沦茂草，风雅荡宫墙。讲艺缠民思，崇儒郁典常。名贤兴盛代，韦布振天纲。四物前经凛，千言道秘章。有明迭隆替，圣哲起江湘。濮园严礼议，虞廷失载飏。硕臣排众口，教孝契维皇。黄麻宣锡类，浃旬历衮裳。帝曰都汝璁，辅台跻无疆。惟敬则内直，惟一则外方。天子修儒术，黌门睿藻芳。诏从丹地侧，丰碣冠文梁。兹事已陵谷，故物尚圭璋。神武协三事，谟猷格八荒。天伦慈笑洽，帝弼股肱良。德至前何比，功高典具臧。胜日词臣集，载睹圣谟洋。蓬茅遭盛遘，蹇步慕周行。寸壤惭泰岱，爝火愧朝阳。惟切冰渊肃，尝怀竞业襄。愿言六马御，万祀咏维康。

喜雨篇应制

帝德钟祥应，旸雨若芳辰。三时忧蕴隆，一气感苍旻。往岁霪降灾，淮泗溢波臣。今方勤春事，骄阳复莘莘。天心何殷恤，宛转启圣人。不因愁霖重，安知霁景新。不因沃土枯，安知膏泽仁。雷动而风散，霡霂盈郊畇。南山积翠近，北阙彤云匀。顾兹陇亩间，禾黍歌因陈。五日不雨焦，十日不雨尘。雨金不雨粟，金多等积薪。鲁史纪六月，忧乐同其民。皇天与后土，所感无不歆。岁变歉为穰，人易戚为欣。小臣职史简，将书大有春。

春夏苦旱六月雨浃日乃霁应制限十二韵

郁郁山川气，天心寄雷雨。薰风千里来，吹作丰年谱。黍苗蕴新机，老农欢相语。方春土脉苏，密云不可睹。夏日铄金石，桔槔声何苦。正疑云汉章，胡在成周宇。届兹朱明节，忽颂甘霖溥。浃日霑且足，田畴倏太古。既见皇天仁，复戴君恩普。自非尧舜君，潜为上帝许。安能燮阴阳，感应如桴鼓。敢采含哺歌，献为大田补。

阃述御制明思陵碑文事恭纪

皎皎北斗光，俯鉴西山岑。同直二三公，坐论横古今。我皇尧舜德，殷鉴采前文。表幽不讳乱，胜国懋崇祯。嘉名锡庙号，丰碑树鸿文。文凡再三易，必求罔罗真。云古亡国主，颠覆各有因。汉以党锢败，唐以藩镇倾。两宋俱孱弱，失策在和亲。明乘元纲解，得国于红巾。相传十六帝，无大失德行。思宗初即位，海隅颂神明。何以十七祀，水旱盗贼并。犹闻遗老语，宵旰昔有程。崇俭减织造，彻悬奉尝蒸。赈灾与蠲税，诏制毋遑宁。羽书驰夜半，侵晨召六卿。痛哭筹兵食，还宫星月生。荐举思卓鲁，登坛宠旄钺。同时四大帅，雀印被丝纶。遗降不旋踵，岂我负将军。煌煌小太宗，树立宜升平。细推成败理，君罪薄于臣。盗贼本赤子，操戈视越秦。果有李郭将，讵忧安史纷。东京不能守，张李死犹轻。况闻貂珰辈，潜启朱雀门。缅彼政事理，惟此仁与诚。九边增练饷，预支括春耕。数倍隆万额，令甲如飞尘。善者未必赏，恶者未必刑。小人与君子，玄黄互战争。殿廷比河北，拔山城灶深。始尚随陆口，继思绛灌伦。介胄不足倚，貂珰乘反唇。致令无人叹，天子自蹙颦。所以英毅辟，无计返沉沦。深恐后世史，只据得失论。特表忧皇迹，用慰地下魂。我闻再三叹，天怀何嶙峋。开元修古墓，词客尚讴吟。连珈横江左，处士哭冬青。有明称宽大，犹伐金章坟。视此日月举，尤宜雅颂陈。惭无绘空笔，难宣象德声。只此短章述，聊以补輶轩。

送别张次先

纷纷年马路，楚楚离筵酒。为问祖帐心，几人真折柳。张生金闺彦，何乃风尘走。近侍育菁莪，内外主恩厚。天子厘百工，癸巳大薪槱。词臣职文章，曷以别苗莠。孟夏朔二吉，翠华御门右。佩玉贯鱼立，伏几相见后。驾凡三四临，日暖龙蛇吼。天言亲品题，榜列中书牖。子名方岿然，睿鉴良非偶。时余并辔行，龙楼风簌簌。相期酬恩遇，踊跃握余手。忽传子左迁，疑揣长安口。或云姜桂性，萋菲簸箕斗。或云云锦才，燕石妬琼玖。当时执政贤，此言真是否。古人重遭逢，出入慎所受。霜蹄骋康庄，暂蹶安足醜。况乃藩臬尊，洛邑人才薮。先朝邝子元，近代华亭叟。领郡辍巍科，蹭蹬与子耦。网罗报成功，异秩名钟卣。此例既可循，贾生召岂久。故人相望深，勉旃三不朽。

海丁送瓜

南苑驻跸地，农圃循居民。麻鞋双竹担，卖酒每侵晨。扈从涉春秋，屡见狎情亲。日暮忽抱蔓，倾筐冰玉新。云种屋后园，妇子佐朝飧。昨日大放马，践踏无余根。不如荐君盘，得君颜色温。受之如羞珍，咀嚼霜雪清。大官前赐杏，累累千岁春。公卿或馐肉，旅厨未全贫。不重野人瓜，所重野人心。野人爱天子，古来献曝芹。涓滴矢真朴，谁为达至尊。君门且咫尺，矧言越与秦。近臣对野人，慨叹生愧情。何如东陵侯，荷锄自苦辛。

览古读颂天胪笔

我生亦何幸，得立宽大朝。上无借丛患，下无朋党交。有明昔云季，社稷缠氛妖。纶綍委阉尹。禁掖共招要。正人激请剑，皆血沾衣袍。忽生三大案，妖孽酿纷嚣。借丛不能诛，反为祸乱招。缇骑走天下，网箝竭羽毛。先后十二子，骈首馘西曹。骨枯五毒备，心破九阍遥。至今燕客记，读之鬼夜号。祷祀方三载，龙去冰山消。遗髦乘见睍，鼓掌戮虎彪。恩怨恣周内，轻薄窜名高。反复国脉斮，君后委蓬蒿。宵壬不足责，所悲在贤豪。尚想立志始，岂意及一朝。所以臣子心，勿欺凛独劳。常侍虽祸汉，决裂始固乔。清流兮蜀洛，实令唐宋摇。君子无过激，小人有易操。济济夔卨臣，千秋奉帝尧。

发淮阴

三年已无家，在家如在路。毗陵僦庑居，淮阴假园圃。在彼思定省，在此怀内顾。中夜客心劳，舟车莽回互。昨向姑苏来，拟作十日住。底事相羁留，遂令两月度。来时雨露零，去时冰霜冱。清流泛小舫，风紧轻帆渡。老母执手泣，嘱我慎风露。小妇揾泪送，有悲不敢诉。顾此小离别，胡为多怨慕。忆昔万里行，慷慨登车辂。百虑忍长吁，曾不烦情愫。始知悲欢心，人生每错忤。苦极意翻安，境适情偏注。百拜告老母，加餐母咻噢。岁晏儿当来，膝下椒花赋。

舟中

孟冬来淮阴，我父执我手。我母喜转悲，问我来何后。曩者津门别，还家月在酉。安舆届楚山，莱衣急献寿。亲老思见儿，况经患难久。自此奉欢颜，讵念跬步走。我父归觐墓，我留依我母。承欢复浃旬，版筑须邛友。扁舟驱我行，冰泮沿清浏。老母扶杖送，柴门回白首。念我病初瘥，虑我忧难剖。此行遇我父，嘱我随左右。或有诸弟偕，来共椒花酒。古人贱三公，此日岂云偶。预想岁晏樽，预计方春柳。酡颜奉双鸠，寻花遍芳薮。

得毗陵书

别久思音书，得书翻厌看。预知书中字，万事说辛酸。长儿归皖郡，父执倚门阑。近闻卜小含饴侯团栾。叔子年十八，作赋知波澜。季子长过兄，气宇郁攒屼。俱当从严师，坟典静盘桓。乃随我行役，奔走度暑寒。书来兄慰藉，书去弟强欢。或言珠桂苦，或言居处难；或言母善病，或劝父加餐。贻谋愧薄德，踌躇摧肺肝。普天悲涸辙，一家何足叹。诗书遗泽远，生还帝德宽。览毕翻自解，黄天意可观。

得淮阴书有老父新咏甚多知父母近祉不觉喜而赋此

近接长安书，甚虑亲心苦。忽见琅琅篇，金石缀鸿羽。始敢询来人，欢忻难俱数。老父多旷怀，厌作家人语。老母素劬劳，米盐给贫窭。膝前交儿男，南北栖风雨。惟有少者依，娇转烦咻噢。岁序廛瞻云，情岂常时伍。诗中见丹颜，屠苏遥可睹。除夕偶僻疆，元正谒梵宇。梅花期隔林，柳叶招前浦。张黄两故人，末俗谊何古。时携樽酒过，为我寿父母。惟此寄旅怀，旅怀生歌舞。忆昔东海头，烟霜不遑处。所祝早还乡，饥寒不言忤。既还亲复康，身在家靡盐。即此祖德深，即此君恩溥。

同僧铁帆及舍弟谦六与两儿子游邗沟栖灵寺一带

游心眷佳辰，山溪尘眼散。恰逢惠连来，复有汤休伴。更携两儿子，仿佛皆童冠。深澜环古城，委宛陂陀贯。轻舠漾微飔，款乃春波缓。凌晨眄云岑，舍舟日已旰。法海冠山梁，枉渚遵沙岸。遥睇三琳宫，鼎峙切霄汉。栖灵旧浮图，曩哲多遗翰。渡海说荒唐，遗踪不可按。湛湛第五泉，甃幕留山矸。旁欹一阁危，瓦毁苍鼯窜。疑是平山基，荆榛何漫漫。东皋陟累榭，迷楼传谣谚。摘星且难求，何言古宫馆。西睨司徒庙，棹楔郁灿烂。五人古侠流，生急王琳难。死佑赵将军，能定李全乱。颓宫祀五贤，栋折丰碑断。始知祀典真，不及搜神诞。闻说江南山，历历亲几案。我来及雾朝，杳霭如缯缦。帆迟白雨分，塔露青苍半。俄顷风雨来，咄嗟山川换。须臾且莫知，古今何凄惋。归楫及斜阳，长啸复长叹。

叶言如特之淮阴省问家君过广陵喜晤兼别情见乎词

晨曦昞幽栖，连驷惊蓬荜。执袂何缠绵，哀乐平生疾。忆昔子年少，论道远负笈。吾翁春秋师，执经情谊暱。萧斋承过从，对筵析义密。及余忝金门，子以明经出。吾翁勉蒲轮，聚首京华室。辟雝虽多才，对子俱塞默。季也亦翩翩，与子道相直。孔李复雷陈，意气千秋逼。

瞻子抟风翮，必以六月息。胡乃铩羽归，余亦投有北。消息两茫然，欣晤自兹毕。聚散何定端，天际江帆识。问子何所之，云向山阳邑。殷勤视吾翁，古道今难及。缅思把臂辰，倒极悲翻集。颓龄情易伤，豁达期促膝。举觞不能留，指途念离遏。平山待归骖，同游绪可悉。

送巫峦稚赴南康推官

高生向武威，杜陵远追送。美名惜蹉跎，朱绂慰别鞚。巫子富文藻，凌厉倾屈宋。少小遘闵凶，早岁声名动。月旦走鸡杌，品题称折衷。我昔偕公车，意气相伯仲。歌传燕市酣，策拟长沙恸。哂子豫章材，何难致梁栋。胡为七上书，蹭蹬鳞无纵。垂老一官微，户口复屡空。丈夫立殊功，不贱抱关用。况子司桁杨，民生古所重。屠伯慈母心，子孙兴灭种。大地谁安澜，腴地劳趋奉。翻是清贫乡，指摘宽弦诵。我有离别心，难向江帆讼。情亲望苦深，知子听殊众。他时蓬转踪，或与庐山共。慰我燕婉私，惟采慈祥颂。

送杜于皇之瓜州

杜陵古名族，汉唐多异人。寥落千载后，之子继典刑。声名达朝贵，玄纁来纷纶。倘肯少贬揖，立可致要津。乃隐青溪曲，怡然甘钓缗。忆昔金陵游，聚散二十春。今年两遇子，俱在邗江滨。悯我投荒奇，庆我生还真。暂欢复告别，言适瓜埠城。以子夙昔志，白鹤翔天垠。今持一片刺，为兹汗漫行。纵兮仁祖米，难苏原宪贫。况兹商贾地，煮铸间浇器。无人重司马，谁肯效陈遵。幸有春江花，窈窕增诗神。我将事岳游，留此尚逡巡。秀句如相及，招提防隐沦。

寄陈伯玑

六朝多著作，翕然戴昭明。黜涉西山严，文章归范程。古今两月旦，权与气数争。陈子南州傑，早岁擅大名。坦腹丞相府，绍衣御史声。执经师吾父，与我称弟兄。别来二十载，握手邗江滨。问子何所为，怆然志澄清。时危诗人杂，秉笔辟荆榛。陈生诚古人，此事不易成。我昔抱此志，中间阻变更。茑茇怀蠡测，敢为陈生陈。庙堂有诗事，草野有诗情。必令闻见扩，始睹性情真。当如胡辨玉，又如将御兵。如董狐修史，如宰相用人。鱼珠不敢混，曲直依其伦。以我选者心，变彼作者身。但恐文园病，又恐虞卿贫。春风江岸柳，望望石头城。期子成此志，风雅赓升平。

寄怀二兄环青

瞻彼高冈松，枝叶何奕奕。视彼脊令鸟，首尾相扶掖。人生有弟兄，胡为久阔隔？忆昨还长安，塞尘方襞积。仲兄策蹇来，已在车马隙。别及三秋暮，忽遇毗陵宅。又同我亲游，霜风广陵驿。仲客偕扁舟，逌儿温情责。感兄古孝友，虑兄久行役。太仆诸孙中，兄实主宗祏。留砚符祯祥，绳武领络绎。戊戌余蒙难，兄时正辉赫。俄尔九弟亡，俄尔我兄斥。祖德厚山岳，将为百世积。毋乃青鸟言，家运丁其厄。兄归三径荒，倦飞犹羽翮。范丹作卜式，我则困于石。百年天命定，倚伏何朝夕。万事老亲还，悬罄心夷怿。环青先世亭，苍衫留手泽。何日我归来，共啸江云碧。

古诗六首

守身贞不字，至人师处子。合则不可离，何如慎厥始。我怀罔自孚，焉能格遐尔。谁云逢比忠，危亡自取耳。所以箕颍流，甘心高蹈已。

浮云起天末，翳翳蔽月光。云去月即明，造物无异方。苍白本云体，安得守其常。惟其明月在，乃为浮云妨。长空万里碧，云月两茫茫。

狂多道固罔，圣多道亦殆。此中本无圣，安得有狂在？譬彼万里游，所履跬步内。此际分圣狂，意已混明珠。但得褰裳行，邹鲁有遗爱。

东家家食贫，有子不自养。寄育劳西家，生长归盼蠁。顾复既云深，胡乃弃之往。若使常不归，焉用此鞅掌。双丸并爝火，有条网在纲。宗子但克家，奚为辨亲党。

清浊同流水，卓哉往哲言。涉川未观澜，后学恐无门。清者水之性，浊乃泥沙混。但使泥沙净，清流复何存。言学不言质，学能化质根。所以经与史，嚾嚾不厌繁。

神道久不设，天下故无人。师道久不立，天下故无臣。致中裁万物，乾坤以为经。孔子易尧舜，岂止唐虞仁。惟昔子舆后，传者失其真。倘非濂洛氏，至今犹荆榛。往者不可作，当时何仪刑。

毗陵怀古诗十二首有序

己亥，余北遣，妻子南还，故里无栖，止毗陵杨静山先生馆赓之东园四年矣。余虽归而急于工作。壬寅秋来此不浃旬而出，癸卯秋来此不浃旬而又出。卒卒靡盐，未得穷毗陵之名胜。然以其暇日亦尝携酒偕儿辈寻古迹，考旧志山川，犹昔星物更移，今古皆然，岂独我辈。不觉曳杖而歌成声焉，曰《毗陵怀古诗》，稽其数为十二目，志所见也，序其事备览也。

季子祠

在城内双桂坊，即元蒙古字学址，明洪武七年立祠。有孔子石碑，古篆文曰：「呜呼！有吴延陵君子之墓」，昔在江阴申浦。正统间，知府莫愚摹刻祠中，或曰字大径尺，非简牍所容。欧阳公好集古文，其论此碑本之太史公笔，谓孔子生平未至吴，不得亲铭季子之墓。然考《越绝书》，越王勾践求贤圣，孔子从弟子七十二人奉先王雅琴治礼往奏，则孔子固尝历吴至越。其书虽不经，然亦可与《史记》参考。以季子之贤、圣人所乐与。今观十字辞约意赅，俨然春秋之法，固非圣笔不能。盖不必亲登其墓而后表之，亦未可知也。且唐宋以来，屡命摹刻古文，法帖亦有其文，由来远矣。

战国敦文纪，箪豆从甲兵。至德贵已乱，匪徒矜高名。季子三辞国，节迈子臧清。听乐辨崇替，伶旷失其精。春秋有余憾，无乃备责深。寿梦舍嫡长，意非孤竹并。诸樊约次及，志亦在贤明。一让循天显，再让表坚贞。昧终僚未立，承制何屏营。乃复遁荒野，致使阖闾争。鱼肠兴寝室，乱阶谁自生。志士辨毫末，公私有权衡。因时而达节，天业藉以昌。至哉吴泰伯，高风孰颉颃[一]。

卧冰池

在县西南九十五里漏湖西，相传为晋王祥卧冰得鱼之所。有宅在尚宣乡，今为道观。有渎名孝感渎，有桥名孝感桥。

忠孝如日月，双经丽天壤。真风植民彝，缙绅逊草莽。我来孝感渎，清流何浒漭。云是王祥里，千祀勤高仰。按祥琅琊人，汉末遭抢攘。扶母携弟览，庐江数来往。未入毗陵乡，何缘此盼蠁。或者太保时，江左延世享。阀阅钦祖功，嘉名由此昉。当时母思鱼，冰寒谁结网？双鲤跃穷阴，神明惟影响。更有数黄雀，飞飞集帏幌。继母为底豫，天伦益高朗。虔刀验先几，源深而泽广。

郭坡

在县北三十里依仁乡，郭璞避地东南时葬母于此。初去水百步，或告濒流。璞曰：「即陆矣。」后沙涨数十里，悉成桑田。璞尝来毗陵，穷极丘壑，相传邑有钤记，皆璞识也。

景纯昔避地，葬母暨阳乡。术奇鉴亦洞，所求后泽长。胡乃卜日中，七尺无所藏。我思青乌说，指点何苍茫。龙虎与蛇雀，左右为其方。川峦各回互，岂为马鬣疆。哀彼利欲俦，甘心暴冠裳。旨哉前儒言，折理唯其详。城郭与沟洫，刁卜忍不臧。达人冀速朽，生事诚无将。奈何于腐骨，委曲求灾祥。不见公侯先，束缚归山岗。山卑而德高，亦将俾尔昌。

独孤桧

唐独孤及所手值也，毁于兵。明初谢应芳为补植，作诗勒石，而今亦亡矣。及为郡久，有东山亭，其游宴之地也。有降子庙，其祷子有验而立也。甘棠秀南服，古柏荫通津。剪伐戒枝叶，所重当时人。独孤昔治郡，善绩虽未闻。手植三桧树，宋季犹青青。一在忠祐庙，一在球川亭。郡圃尤平蔚，至正毁元兵。谢公为补植，吊古何情深。世事如野马，守令如飞尘。能防当时口，难钳去后心。如何苍鹰辈，不传草木名。一端见芳烈，留之起嗣英。

邹公墓

墓在林庄，墓道在北门直街西。公名浩，字志完。宋哲宗时，以直谏著，尝论列章淳罪状，淳大衔之。会贤妃刘氏立，友人田画谓人曰：「志完不言可以绝交矣。」公将论之，密告王回，回曰：「事宁有大于此者乎？子有亲，然移孝作忠，亦太夫人志也。」公遂上言甚直切。淳乘间诋其狂妄。羁管新州，田画迎诸途，公出涕。画正色曰：「使志完隐默官京师，遇寒疾不汗五日死矣，岂独岭海之外能死人哉？愿君无自满，士当为未止此也。」公茫然自失曰：「君之赠我厚矣。」徽宗立，召还，为右正言。初，上询及立后事〔二〕，奖叹再三，询谏草曰：「焚之矣。」退告陈瓘，瓘曰：「祸其在此乎？异曰奸人妄出一缄，则不可辨矣。」蔡京当国，果使其党伪为疏，言刘后杀卓氏而夺其子[三]。遂谪衡州别驾寻窜昭州，五年始得归，稍复龙图阁直学士，高宗即位，赠宝文阁直学士，谥曰忠。

凡鸟不识凤，群音竞嘲哳。一鸣下高冈，笙簧闭其舌。婉彼司直臣，岂不怀明哲。即无攀槛疏，谗口终肆蔑。乃用良朋言，青蒲陈剀切，一挥岭海行，老亲不遑别。崇宁始求旧，番番谒双阙。朝庆生逢比，野期今稷契。岂知曩焚草，复以滋媒蘖。当彼再逐时，身轻如蠓蠛。及其讲学年，道尊如日月。彼妇尽黄埃，之子增修洁，何故成人名，百计劳饕餮。每过道乡遗，辄嗤章蔡拙。

苏公祠

苏文忠公晚年乞居阳羡，后就孙氏之馆。故祠在朝京门内，与杨文靖公并像，为二贤祠。后郡守王教移文靖公像于旧祠，而为东坡书院祠公焉。

长公间世才，眉山枯草木。夷险足迹临，姓字川岑录。齐安赋谪居，西冷歌出牧。阳羡迈轴宽，海外归踯躅。焚券虽厚德，只慰邻妪哭。如何一廛居，百祀虔牲玉。公本纵横流，佛老晚逃俗。经术虽登堂，未息尼山足。惟称文字雄，光芒层汉烛。浩气抵班扬，余波映贾陆。天既重词章，且将永尸祝。曷不及当身，厚以庸流福。困顿益心神，崇穹岂易告。得失我心知，古今何反复

杨公祠

杨文靖公还自伊洛，至常而留。邹周三公又与有故，周旋泰伯、延陵之墟，与诸生讲学者十有八年，祠即其讲堂地也。内有周恭先、孚先问答语数条、游定夫寄二周帖，俱刻石壁间，后毁于兵。宋绍兴间修之，元改龟山书院，立山长主之，至正丙申毁，明初复建。

先生蕴奇姿，百家归强记。早立程门雪，渊源已无异。晚出教胄子，连茹有奋志。名高龙见难，怀卷鸿冥遂。来因故旧交，东南倡雅肄。或云宋祚衰，诸儒有遗议。讲学不计功，坐使材力匮。不知讲者何，安攘君臣义。忘仇狃偏安，咎在人心痳。所讲若昌明，冠履岂倒置。煌煌精一传，治乱无或弃。从来国将亡，必以学为伪。

刘将军祠

将军名师勇，山东人，或云庐州人。宋德祐元年受命与都统王安节、殿帅张彦守常州。伯颜兵百道攻之，文丞相遣兵来援，战不利；安节自吕城出战亦败，彦遂降。城中惧，吕文焕招将军降，将军骂之。冬十月，将军登陴裹创拒战，且曰：『吾城即破，金山长矣。』伯颜因谶其语，命异金山寺沙门问计。沙门实无计，诡言城状如龟，击其尾则四足披露矣。十一月急攻南门，城遂陷。知州姚訔死之。将军从八骑，手杀贼数十百人，易其衣甲以混北军，裨将张超坠马，将军斩其头以绐众曰：「亟追刘都统。」所向披靡，得从间道赴行在，扈二王入闽，至绍兴，愤懑，寻病卒。明王逢有《秋怀》诗述之甚详。

古屋阴风生，遗像怒欲语。天移宫庙倾，独立知何补。志在死如豫，岂愿生同褚。忠义不在书，鉴鏊胜章甫。宋末襄樊失，鸣笳惊风雨。落叶卷孤城，捐糜失御圉。丞相虽来援，罗掘尽鸟鼠。殿帅败复降，举城鱼在釜。裹创激二张，决眦骂诸吕。金山谶果奇，伤哉天授楚。间道求二王，八骑如虤虎。诒斩裨将头，留躯以报主。躯歼志未酬，千载瞻英武。

谢公宅

在白鹤溪，公名应芳，字子兰。生逢元乱，学道著书。播迁湖泖间二十余年，搜往迹，为诗歌甚富。至正间征修三史，曲直无隐，称良才。及明兴已衰暮，卜地横山之阳，自作墓铭，卒葬焉。其门人之裔孙陈端甫表其墓，立祠祀之。

才不惜异代，治盈乱则亏。天心何隐见，均有典型垂。谢公丁元末，抱器将安之。骧首抗濂洛，埋照播声诗。避乱湖泖间，浩歌常苦饥。饰名诏求逸，修史无曲词。时非真右文，虽美亦奚为。河清年已暮，扣角注明夷。横山一顷豆，归与六孙治。甘为松根土，胜作兵前鸋。观其圹中志，悄然志足悲。早使生宋李，岂非真魏比。不则产明初，王宋亦追随。不先复不后，硕果凝霜枝。至今道未丧，过者怀威仪。

武安庙

县学东后河之北，旧有高阜，相传为明信国公汤和将台，或云元初殉城者汇葬之所。嘉靖间，王师讨倭，道常州，统兵者恍惚两见关侯灵响。师捷请于朝，就其地立庙。

武安庙貌严，制配黉宫闳。凭高因将台，信国英风寄。为问创立年，嘉靖丙辰季。王师大讨倭，军中见灵异。载见饮至归，凤诏羶芗赐。或云郡属吴，吴固侯仇地。吴不宜祀侯，侯岂歆吴祀。嗟乎未知心，安论前人事？先儒指汉贼，直诛曹瞒意。我谓真汉贼，毋乃孙权是。孔明假声援，先主通亲议。忿然绝婚姻，惟见侯骂使。侯心必灭权，权有毙侯志。向使侯不亡，必断长江臂。侯岂私仇吴，轸念吴氏弃。吴氏衽席登，义尽斯仁至。固知侯精灵，眷吴非一世。恍惚佑龙旂，今古情无二。禁籞肃春秋，报功享必备。

心经碑

在武安庙后，三义阁下南壁，狂怪甚于旭、素而不失草法，亦奇迹也。先在江阴县观音寺，毁于兵。郡人唐中丞公爱之，令门人黄道摹刻于此。按城东门天庆观有画龙，姑苏道士李怀仁笔，太平寺有画水，郡人徐发笔，与此鼎峙，足称三奇。

天庆有画龙，黄冠笔夭娇。太平有画水，晴空来漾滔。载游三义阁，获兹尤倾倒。坐卧心神怡，素壁天花遶。倏惊蛟龙缠，旋睹风霆扫。疾如万马奔，缓若游丝袅。强弱互攫拏，疆索实皎皎。款识半漫灭，姓名不可考。惟余摹刻人，岁月志碑表。心正审毫端，志怪恣奇抱。永素向非伦，脱休空缭绕。艺精名不传，古今色枯槁。我思宗少文，金石搜川岛。

奔牛闸

在郡北三十五里，自吕城接丹阳之流，东南入于怀仁乡东，分派为孟河。西为伯牙渎，又西为小孟河，会于黄泥湾，流入孟河之东，曰东西沙沟。绕镇两河有闸，日奔牛闸。自昔迄今系馔道，尤重云。

财赋如人身，下竭上必倾，晚季箕敛急，何如中饱清。奔牛置插堰，嵇年至正春。彼时未大乱，商贾饰公卿。江淮倏云扰，国匮贷黄巾。此粟彼泛舟，国珍欺士诚。饥寒及帝后，惨淡迎天津。轴舻建海运，运至食无人。流水今独昔，涓涓系非轻。我来值蕴隆，桔槔两岸鸣。冰枯舴艋滞，疏濬叹前经。伊谁司岳牧，曾不念民生。愿言川效职，愿言国赋平。以此临渊喟，和彼击壤声。

校记

[一]颃　原作「颃」。

[二][三]后　原作「後」。

钝斋诗选卷二

五言古体二

辛王庙

新丰镇有辛王庙，谒之。有所祷，于王前三祷应辄于响。然未知王为何神也。庙门有碑，宋绍定六年立，太守晏某为记。余读之，而后知王生战国时，名辛翼，字大鹏，灌阴人。少事韩，为郎中。秦灭韩，王求救于赵，赵立王为侯，曰赵侯，然势孤矣。又求救于燕，燕亡之，奎寻叛逃于越。王提兵追之，至钱塘兵败散，王独自追至毗陵，又不获，乃以千金购其头。有丹阳人擒奎于句曲以归，王杀之。王寝疾，先是毗陵有道士，自号紫虚先生，尝以丹药愈人疾，即名紫虚丸。至是土人以饷王，王服之愈，因访求紫虚先生。先生授以《道德经》，命王行功养性，王遂从先生游。山东兵起，吴楚乱，饥疫相仍，死者十九，王行药愈疾，发廪赈饥民，赖以安，秦灭汉兴，王遂就旧居之侧，置田数亩，构舍一区家焉。至汉安五年寿七十九，无疾而卒。春二月二十七日土人葬王于辛塘之西南，隋开河至丹阳，欲犯王冢。王化一白衣老人于冢前，吐气冲空三日，遂就塘为河。土人感其异，立庙祀之。唐中兴稍加改葺，宋真宗时大封岳渎神祇，乃封王号。绍兴十年庚申迁于此。

维舟新丰镇，徘徊古庙宅。坏道郁松杉，衮冕威仪饬。帏前有筵篿，再拜卜所即。神若告我言，进退洞胸臆。不知神所由，扪碑征厥实。维神生战国，姓辛氏名翼。事韩为郎中，韩王赖赵立。孤城砥沸羹，更藉燕丹力。燕亡乃南奔，泛海入瓯脱。耿耿报仇心，欲断秦皇肋，六年志不成，叛者复刚愎。愤恨提长戈，追逐钱塘北。兵散独来追，至此无悔色。千金购叛首，西望气填塞。经岁罹寒暑，丹砂受遗螯。涤虑拍洪崖，教以神仙诀。奥义辟元关，细行修天职。山东起亡秦，吴楚亦荆棘。是时神行药，更发仓廪食。直至汉安春，乘云与众别。隋帝泛江都，开河犯墓洫。神化白衣翁，吐气纷如织。白虹上亘空，三日观不息。唐兴闻其概，下诏访前式。宋真大封禅，王号加涂饰。至今觞豆间，时见翠华入。我闻张子房，亡身下邳匿。嗟哉神同时，心迹何相埒。向使闽得士，犄角相扶翊。安知博浪椎，不饮乘车血。留侯辟谷心，半为诸吕逼。如神真游仙，视之犹蠓蠛。我既钦神心，我复凛神节。敢附采风义，为神表潜德。

与顾西巘

北溟有二鱼，化鹏同天翔。一困罔罗中，一翔云霞表。顾见困者悲，飞者心如搗。恨无霖雨资，可以苏枯槁。伊予与顾子，释褐同赠缟。余读中秘书，子适花县道。及予奏最来，余方侍凤沼。每于公卿上，诵子羽仪好。余中含沙射，君恩不自保。皓首归长安，开元朝士少。见子扬雄宅，故意虎幽讨。悯余公作劳，念余高堂老。所愧瓶罍空，无以资工造。云若秉事权，为尔纾忧懆。当时感子言，知子非虚怀。田间闻新纶，鼓舞衣裳倒。特买武林舟，秋入霜天昊。一以慰相思，一以舒怀抱。毋令云中鹏，笑人不如鸟。

书新安吴氏女节烈传后

介石喻士志，贞松比臣操。良媛励苦节，伉俪歆久要。未闻未嫁女，视死如鸿毛。吴氏有淑女，字程方垂髫。春闺闻夫死，恸哭回秋涛。重泉志靡兀，高堂空郁陶。夜半泣声绝，贞云星月高。昔观《震川集》，表幽搜草茅。云有二女子，生长昆山郊。一夫死倭乱，一女委蓬蒿。处子誓同穴，礼经无此条。篇终讥其过，恐为隐怪招。死岂轻望人，责者何晓晓。镜近殉家国，须眉且寂寥。奖善惟其重，求全恕此曹。哀哉延陵女，先后高清标。

得三弟书

版筑迫心魂，驰驱归宿悆。兄弟五六人，东西各风烟。二弟三晋游，甘受故人怜；四弟客豫章，寂寞文章缘；三弟黄州役，屈指时序迁。适闻抵白下，欢喜高堂前。所向皆亲故，应多解俸钱。及省尺素书，行李仍萧然。上言明发怀，下言苍鬓鬈。入门儿女啼，饥寒诉迁延。尔妇善持门，烹庾补衣穿。留尔十日住，始问广陵船。昨得长安信，征求日夜传。五弟牙齿落，三十如衰年。老亲抱忧思，镏铢辍粥饘。抚躬省菽水，我罪上通天。尔性素孝友，应同百虑煎。忧煎亦何为，加餐各勉旃。惟敦孝友志，剥复审玄铨。我欲西泠去，为尔倚征舷。尔曷速渡江，同醉椒花筵。

得旃儿书

别时汝母言，望汝毗陵櫂。白下嘱汝往，长江雨浩浩。毗陵昨日书，云已冬初到。知汝爱慕诚，曾不殊孺少。叹子急公旬，饥寒岂不料。但恐老亲愁，妻孥何欢懊。汝书纵娓娓，亦将付长啸。汝乃体予心，忍饿不相告。惟言汝母安，重闱代慰劳。伊昔严谴初，巢毁飘风暴。

一枝赖故人，高义如岍峙。诜诜赎锾恩，量力魂先挠。汝兄不顾身，涕泪长安道。三上廷尉书，举家返边徼。至情岂近名，世人则曰孝。观汝书中意，似亦窥理奥。古来祸福端，皆自家庭造。小子夫何知，圣贤无窔窔。汝能充此意，定感天心召。未有孝友门，不享诗书报。歌成呈祖父，含涕复含笑。

赠门人费羽京

知子以文章，乃在戊戌岁。焉知七载后，毗陵始执袂。到门已昏黑，张灯颜色霁。再拜古人仪，喜极泪潜制。借问长安车，大对何迢递？答云家苦贫，离群惊殄瘁。闻公生入关，乘时感旒缀。念子意气深，盘餐忘粗粝。昔时闹火荧，夜照珊瑚丽。亿是魁梧姿，齿亦平津俪。何乃弱冠年，学已天人契。气高岳岭松，颜蔼湘江蕙。临岐请发蒙，书绅矢征憩。我衰更何知，子才正精锐。董贾有良谟，君门高不闭。立谈反太平，草野藉嘉惠。

空村

日暮步空村，老翁负墙泣。问翁何所悲，欲语还塞默。明初张士诚，已随飞尘集。叱咤三百年，重税困樵汲。酉戌改革初，官逃吏人匿。在官四年粮，渔夺无遗粒。朝廷岂不仁，庚癸军呼急。即如今年春，会计十载仂。改充楚滇饷，羽书纷翕习。追呼到儿女，田荒桑枝折。上官据案嗔，有司免冠立。一限责户胥，二限逮亲识，三限子弟拘，荷杖公廷絷。既承天子命，百姓何足惜。其奈负逋时，在彼书生日。受印问前官，已鲜神输力。接踵四五人，组解归无术。后者鉴覆车，鞭挞为饮食。民岂不谅官，官亦爱民极。煌煌令甲悬，何以免诛殛。公毋谓我贫，我固千金室。大男前运粮，书来陷围棘；中男昨被收，典衣买扑挟。迄今半菽无，悔不早为贼。昔读《春陵行》，载诵《新安》什。今闻老翁言，不觉衣衫湿。

岳少保墓

时危壮气灵，颓寝走巫觋。傍瞻六陵塔，宋墓莽萧寂。固知忠孝心，海田罔超越。当时南迁成，九庙如落叶。誓死六军前，慷慨只戍卒。坐取上将旗，文身矢廷阙。大功不获就，青编余哽咽。铸金肖奸雄，千载挞流血。究彼奸雄谋，犹成割据业。岂如后来人，身殄钟簴绝。向使二宫还，康王何所适？君心在偏安，小人岂能逆。即使师不班，韩刘阵已撤。势绌孤军深，谋泄声援隔。如山兵虽雄，氛祲可遽灭。徒令嫉贤名，巧就下流拙。万马沸清湖，樵采空箭筈。墓上向南枝，违者不敢折。谁谓将军亡，阴雨见旄钺。

于少保墓

明统向垂绝，复传二百载。孰摅再造谟，绩比开天倍。于公书生流，兵略非所逮。立马候平安，穆驾惊辙改。六宫涕泗奔，千门负担待。金陵与成都，谋者私寮采。自非砥柱身，九庙已瓦解。挥羽定尊亲，裂袖补山海。上皇岂忍忘，社稷功臣罪。所以俎上呼，有君语不悔。向使少嚅嗫，佥壬循货贿。焉知北狩车，不踵靖康耻。国活臣身亡，福先即祸始。汉岂薄功臣，公已无生理。赏多边将骄，储易君心侈。隐忍有余伤，备责春秋旨。论世举远大，过不掩其美。较彼贪天辈，奚啻薰犹比。我来拜遗墓，说怍搜神诡。谁为荐嘉尝，周行垂篚簋。

初四日游

旭景含烟岑，澄波鉴鱼藻。桃李虽未花，春遍沿堤筿。百钱成一游，游闲舟贵小。绿漪结红亭，决眦收窈窕。变态割阴晴，危楼异昏晓。雨记昨朝青，月卜今昔皎。曲桥招改辙，兰若浸漾湍。时康易好生，咸若逮鱼鸟。濠濮本乐真，投饵翻云扰。何异静者心，自萌得丧兆。放棹复平堤，意与云沙绕。寺古松声清，塘澄塔影倒。崇构急檀施，信者涂肝脑。世乱听鬼神，积渐较不早。竹暗斋房深，地僻隐心悄。晚钟催还舟，汗漫疑云岛。归商明日游，何处先幽讨。

侠老碑

在西溪，事见野史及《西湖览胜志》。侠老梁姓，名道温，其女字娇娥，生与酒傭，皆未详其姓名，亦未详何时，事近任侠，故纪以诗。

西溪有古冢，云是侠老墓。侠老乃梁翁，意气逾常度。越昔有文士，避乱留下寓。悦姬卖酒垆，解佩浥行露。罗敷见金夫，非直《登徒赋》。梁翁亦有女，貌寝富财赂。欲以妻文士，而士不一顾。赠芍致怀珠，声闻众嫭妒。妇曰梁翁侠，与子多噢煦。曷往谋其私，或得成良遇。士曰我负翁，往恐逢彼怒。妇曰梁翁侠，岂易常情注。士往步咨且，翁已知其故。士遂挟妇奔，酒家泣且诉。翁乃召酒家，握手慰劳屡。曰尔虽失妃，天下多美妇。彼心既不协，纵归亦多愈。我固有弱息，箕帚或堪赴。但须某士来，媒妁于焉具。酒家欣复疑，邀士士还驻。须臾婚礼成，百两丰且裕。妇遂与士偕，织衽诗书娱。十年士特达，高车首旧路。访翁翁已亡，恸哭坟前树。我怀吊古情，顾步悲烟雾。奇行虽不衷，游侠聊堪附。

喜遇门人牛丽阳

性僻耽宏词，所厌短篇帙。伊昔分较时，呕心慎出入。晚得牛生牍，击节喧堂室。言止三百余，追琢山河立。学至驱鬼神，使我违旧习。及子制锦初，正我出塞日。翟公非严谴，罗张户已翕。况我辽海行，虽饥与谁食。归来见群儿，颜泽衣裳秩。问何免冻馁，则曰故人力。卓哉古处心，患难征其实。感激泪翻溢，信我知人识。且云招我游，分饷莱芜粒。适我渡钱塘，子已吏议及。此邦尚诈谋，承平且难德。矧兹戎马时，交征事掊尅。屠伯姿武断，蒲伏争喘息。循良无吓声，受恩亦訿翁。子虽初衣归，道路声塞嘿。请观同官俦，堂皇倏徽缠。洒然归故乡，何异蓬瀛窟。我衰甘养蒙，双亲幸粹色。子如再入官，慎毋变素质。若遂遁秦山，龙蛇同尔蛰。相去虽迢递，天上有鸿翼。

留别林铁厓

人生多聚散，忽若浮云披。不见我与子，离合亦何奇。雁塔昔同题，子褰炎海帷。我留含香署，浩荡隔云麾。己亥承严谴，魑魅忍百罹。寝室忽遇子，相望惊且疑。旬日予即别，万里谁能知。今年西湖岸，把袂横涕洟。问子何时来，答去已三期。初失将帅意，哀哉直道亏。

天子肆大青，全生历崄巇。中道此卧病，上马不能驰。守臣怜其苦，侧怛援诏词。昨有健步归，长安毛发推。考子病何地，嵇子来何时。不苦地与时，所苦寒与饥。当今饥寒人，安得雨露施。吁嗟皇天意，惠逆岂余欺？子心如砥矢，子才如鼎彝。蒙难以布惠，可为天心窥。饥来我复去，踟躇生别离。前途见本凤，寄子招隐诗。

陈朝桧

陈武帝所植，相传在吴兴大雄寺，今不可考。

陈朝有古桧，云在大雄寺。中空而外裂，枝叶分为四。又有鼎与屏，煌煌沛乡寄。相传耿将军，筑城多易置。寺昔在远郊，今且近县治。惟余下箬井，依稀故宅地。千年几变更，小物合废坠。蜀相古柏存，鲁贤大楷植。孔林鸟不栖，桧枯梯为瑞。人岂以物传，物实因人志。武帝虽英雄，遭会窃神器。功不及树人，泽不逮秉穗。五叶至长城，凋落毁厥嗣。虽有培壅力，难为玉树庇。所以帝王兴，在德不在位。不见随堤柳，春风亦憔悴。

李王庙

庙有二：一在童庄，其所生之地；一在五峰山下。

往者太湖渔，夜逆晨遁荒。固为群不逞，亦愤朝无纲。奸臣不悔祸，乃欲屠其疆。梦中有神降，自称曰李王。厉声呼弥远，求贷何彷徨。我向读其史，未知神何方。今来瞻遗庙，乃识此神乡。按志神名禄，少小生童庄。大观春正月，岳降发赤光。宣和殁于难，收骨海陵旁。祷祀灵江淮，侯爵加辉煌。呜呼神既死，犹思福维桑。一言寝祸乱，；仿佛精魂扬。奈何居其地，生为乡人殃。乘车过此庙，得毋色苍黄。

夏驾山石鼓

山在东南三十五里，石鼓高丈余，下有盘石为足。相传石鼓鸣，则三吴有兵。

夏驾有石鼓，岂自陈仓至。相传石鼓鸣，三吴蹙兵燹。隆安孙恩乱，鼓实鸣晋季。载考《水经注》，所纪亦无二。我思天心仁，岂忍物为祟。合抱生汤廷，根枯民事遂。雉升鼎耳鸣，殷祚何昌炽。治乱实由人，木石乌足异。果使守令良，兼之田野治。石鼓纵长鸣，戈甲何由试。人心自兆兵，兵岂石所至？吾欲祈真宰，铲此绝烽燧。勿令人听神，将反灾为瑞。

孝子行

吴兴有孝子，惜哉逸其名。犹幸传遗事，可以风后生。孝子性椎鲁，家贫仅数楹。从父雄于岁，烹羜速父兄。孝子时侍坐，庶羞丰且精。孝子目庶羞，思奉我母羹。每伺宾不顾，怀袖为籍藏。饮酣主觞客，手出黄金觥。贵客不胜酒，藏觥覆瓦甍。侍者报亡觥，众客欲自明。孝子色苍皇，扪袖声嘤嘤。诡曰盗由我，已输他宇衡。诘旦促迫之，又曰为人攫。行当鬻所居，幸毋我母惊。亡何有折简，客言藏觥情。从父呼孝子，缪对如前盟。从父曰痴儿，赵已归连城。奈何尔自污，不为不平鸣。孝子曰噫嘻，我心难具呈。怀物实奉母；恐为叔父铿。从父大感悟，日哀此孤茕。藜藿尔不足，我乃仓箱盈。我有两豚犬，安能式尔程。悉召前座客，三分其余赢。令得终奉母，礼让垂家声。嗟呼孝子孝，从父亦俊英。

节女行

吴兴有节女，陆汜赵氏儿。少字周宗制，嫁当夫死时。夫病急婚礼，冲喜习俗卑。父母为逗留，女闻涕泪滋。字周即周妇，心岂病故移。堂前叱驺从，女潜出复楣。登舟呼驺从，新妇已在兹。比至夫病革，盱目仅一窥。女命绘夫像，躃踊供穗帷。旁绘已并立，左右示不离。每食必上尊，举案若齐眉。公姥贫且愚，百计摇其持。甚且捶楚下，女志终不毁。缝纫累锱铢，葬夫颇威仪。穿穴虚其右，将以死追随。公姥亦继殒，哭声邻为悲。来时年十八，膏沐即不施。终身茹蔬食，头裹疏布缁。女红乃受值，外此丝粒辞。乙酉遭国难，村媪挽同驰。

女泣且谢曰，未亡人安之。绝粒未即殊，白刃入茅茨。兵欲挟之往，嫚駡无哀词。身死交刃下，数日如生姿。嗟呼节女节，岂独妻道维。

此事不在长兴，以《长兴志》中有虎教老媪拔掌上刺，而报以鹿。事略相类，故并及之，事亦可纪也。

仁虎行

有樵朝入山，突前遇大虎。进退无复之，踊身坠涧薮。开目见巨穴，四虎方踽踽。俄顷大虎来，搏攫类腐鼠。穴中又一虎，忽出如嘘煦。大虎遂舍樵，樵得潜宿莽。私念四小虎，必此虎所乳。先雄后者雌，雌虎恩何溥。心怀老母忧，复为饥馁苦。俄顷雄虎来，背负一肥豣。入穴授其雌，回身复独趄。雌虎出踟躇，张爪裂为五。四啖四小虎，以一置樵所。旬日天气和，雌虎如老姆，引儿戏岩前。瞠目教奋举。歘身半岩间，蜿蜒丹梯俯。小虎递攀援，次第扬爪距。逡巡若召樵，樵知意无忤。亦若小虎为，登岩归茅宇。老母方倚闾，见樵泪如雨。数日邻人喧，有虎陷网罟。樵心动复疑，往视何虓武。乃即向雌虎，在阱如在釜。樵向邻人泣，此虎我旧与。愿探怀中钱，赎之纵山屿。邻人诺还笑，子言何咻噢。出柙必噬啮，谁能保尔汝？樵曰吁咈哉，我请下与语。彼果怒杀人，我则先为脯。须臾下复上，邻人避远浦。

樵独纵虎出，虎出首为频。自是每日晓，樵门置一羖。东邻或失牛，见鞹寻其主。入城诉长吏，诋樵以盗牯。虎又衔物来，老母掷之怒，曰若真报恩，同我入城府。虎果摇尾从，哀号挝官鼓。虎咆助冤呼，伏辠弭尘土。樵罪竟得白，将母归堂庑。归途母告虎，尔即我所怙。劝尔学伊蒲，勿再伤麋麈。自是每日晓，樵门饭一餔。

舟中与金次公作

棹舟画溪半，从篠缘柴荆。叩门金生在，四壁农器陈。堂前鸡豚迹，堂后诗书声。自非高简意，乌令躁心平。入舟论古今，触目感故新。诗文虽小道，升降通性情。有明三百年，作者起纵横。草昧鉴元失，宋方表儒行。理学造天地，制作亦朱程。成洪踵显漠，词翰增经纶。颇如成周代。郁郁称文明。何李本后起，愤然扫前民。文欲矫宋季，诗必说开元。其言虽近是，其心实分争。颇如五霸主，怀伪而假仁。不久升华歇，王李擅才名。君邑徐子与，崛起坛坫宾。奋臂七才子，魏晋不足邻。其诗则廓革，其文则土羹。此如鲁三家，又如晋六卿。陪臣效纷乱，愈下其权衡。海内厌之久，竟陵来两生。手以千里菜，往沃肥酥脣。醒者忽焉醒，重者忽焉轻。究其所见小，往往悖老成。潢污不到海，夜郎自为城。此如钱徐辈，乘中原用兵。自搆小疆圉，蜗角诩峥嵘。近虽知彼失，而未得其平。大道固茫昧，晚唐亦功臣。

缅彼数子者，俱非性情真。性情如山水，词藻如园亭。不见画溪滨，昔盛今已湮。园亭有时毁，山水无时沦。愿君为山水，万古留苍青。

游龙华寺礼瑞白禅师塔因赠伴我上人

积雨愆良游，理策乘朝旭。凉飔引轻艇，霁雾搴山麓。连冈塞迴渚，蓝舆改命仆。岂不惮骄阳，林风散其酷。蜿蜒入苍云，色照衣裾绿。山门巢翠微，剖山置其腹。列嶂若连波，万亩渟平陆。佛舍不数楹，僧寮亦踯躅。缅想作者心，把茅慕前躅。茗酌乐佳宾，松篁吹晚馥。夕呗响江潮，孤灯耿幽独。趺坐胁不席，旁有夏楚督。俯视城郭人，昏昏下方宿。夜半闻晨钟，深觉浮生速。

二

石塔郁岩峣，原敞群峰绕。千林停云霞，诸天虔祝祷。瑞公吾里人，天机契要妙。我少未闻声，此来遂幽讨。问公昔何因，弃湖访遗老。弥虎护松龛，布金化茎草。寺成赐嘉名，龙华洒翰藻。无意掘残碑，先合惊神兆。吾里多先达，玄风实杳渺。惟公洪法声，道压公卿小。痛披衣冠藏，干戈或不保。宛宛袈裟地，奕叶香花绕。世乱隐逸尊，惟公择术早。

三

怪石山毓秀，六和泉效灵。徒行忌触热，抱杖及侵晨。密筱露犹泫，细岑霖未分。屡折渡刳木，釜灶奔流声。六穴递疏塞，讲堂视竭盈。同时得法众，相约迭主盟。伴公金张裔，蜕室契无生。卓锡宏师教，圣凡龙象尊。好我不忍别，授绥复逡巡。苦被世网缚，我愧聪明身。会当矫轻策，来问西枝村。与公把草住，重寻泉石音。石坚而泉洌，可以喻道心。

论事诗与某友作

某友有弘光三大狱议。一谓僧大悲乃真福王由松，而弘光乃由柏，非福王也；一谓童氏妇乃真福王妃也；一谓王之明乃真定王，而孟津王文安公铎，必以为假，媚马、阮也。

居心贵忠厚，立论贵和平。勿谓文事小，奕祀是非陈。不见董狐直，千秋著令声。不见崔浩曲，一传须兼金。身败而名辱，三缄戒后生。论诗且论字，昨议何纵横。虽有小异义，不害大同心。唯观子集中，弘光三议成。不能无管见，试言子勿喧。弘光昔践阼，奸臣水火分。予时尚诸生，已撄马阮嗔。避地东海上，时事绝睹听。故于前二狱，不甚晰纷云。独是假太子，知其事最明，太子悲殂落，二王亦黄尘。斯人名穆七，王昺之家伻。昺固先朝戚，宫闱事略闻。昺死七逃散，寓与穆虎邻。两人因同姓，遂结为弟兄。虎挟七南走，中途资斧贫。假称王舅子，诱胁获金银。遂有妄男子，中途与深言。见其宫闱事，依稀语有凭。乃教假太子，可致捆载行，路旁愚惑者，见之或沾巾。洎至石头城，事遂不可泯。虎固有家主，鸿胪高少卿。恐惧且欢欣，上疏叩九阍。弘光初颇喜，急召旧内臣。曰卢曰韩监，往视汝其钦。少海尚虚位，果尔即前星。韩固福邸旧，昔未睹龙鳞。卢亦典兵久，未见长大辰。时有王与刘（王铎、刘正宗），东宫昔横经。载诏往视之，斯人匿床棂。再三始出见，应对舛且繁。为问讲读书，不能诵其文；为问宫殿制，不能举其门；为问崩裂故，先后说纷更。且其貌甚狡，不类太子诚。太子长且扬，斯人短而髡；太子声洪钟，斯人苍蝇鸣。又命三法司，聚观鞫庙庭。彼当烈日下，遂难隐遁情。冒曰王之明，斯亦伪姓名。一伪且再伪，吐实甘服刑。维时宁南叛，借端欲逞兵。乃长系诏狱，论久将平衡。五月大兵下，君逃相亦奔。市侩者吴二，率众破棘垣。拥戴出监国，胡床作辇轮。曰陛下视我，我为开国勋。封尔抢国公，斯人之如纶。即此一事观，岂是隆準孙。自始至终事，皆以太子称。并无定王说，颊舌何自腾。是年燕都市，不知何许人。亦号假太子，事与此相仍。恸哭骆主事，辨别谢青墩。若云南者是，北者从何兴？北者且非是，南者乌足征？痛彼太子故，有人自击曾。平西哭庭日，榆关戈甲临。李贼仓皇出，三王俱北辕。榆关西十里，螳臂思奋竞。有庵曰地藏，有僧曰法乘。亲见李贼至，南面坐称尊。三王立左右，从珰谷大宾。私谓法乘言，此俱天潢亲。贼败拔营走，僧亦俘抢搀。西行三十里，莳食红花村。忽见贼传命，太子遽告崩。挥刃向定王，痛哉同时薨。谷珰头抢地，亦饱猰犬断。只有永王在，马上发鬅鬙。僧时肠寸裂，欲救力不能。此予出塞日，亲遇此僧云。永王独至京，或见之贼营。只履色尚赤，衣带接以绳。自言两哲昆，已是未招魂。惟恐它人狙，四顾泣为吞。贼臣刘宗敏，须臾命成禽。哀哉赤帝胄，又掩白杨坟。前后合所闻，沉痛迫心神。嗟呼明祚绝，不与古先并。人心因思汉，庶几永祚存。又恶马阮奸，欲甚其贯盈，故于此等事，组织成意林。不知史臣笔，权与天王均。疑或传以信，讷且淆其真。怀宗死社稷，天属循彝伦。较彼衔璧者，鸿毛与千钧。何必设疑端，翻令大义湮。马阮祸人国，罪比秦贾深。即无假储事，遗臭何减增。当时四镇强，轻权弱朝廷。门户伺反覆，至死立屏藩。君子亦有罪，小人绝天根。国亡妖孽多，议论当清源。勿效湘东录，于今费讨论。

同冯洁士慈溪人徐贯时访杨明远于陆墓留宿怀古堂分赋限十三元韵

凉飔引轻舸，苍茫问水村。中有杨子居，萧条峙寒原。叩门书声歇，披衣颜色温。威风隐其德，环堵千仞尊。自非素心交，安得窥藩垣。偕来冯与徐，皆为名贤昆。密坐茅堂上，浮鸥视乾坤。唤妇馔香粳，呼儿具芳樽。感子简易志，来岂为盘飧。犹忆崇祯季，吾父侍前轩。

同时徐詹事，方驾称弟杲。后遭寃句乱，锁钥重津门。则有冯司马，慷慨请南辕。所谋适不用，坐见天地翻。尊君一布衣，咳唾等玙璠。能持诗画笔，下使公卿奔。三老俱折节，倾酒每晨昏。反复四十载，往事难俱言。今夕又何夕，我辈共讨论。勉哉承前烈，无令古道谖。

祭曹木欣

呜呼学士公，几年甘契阔。书至言加餐，何遽成永诀。初闻惊复疑，道远滕口舌。继闻含敛期，真如梁木折。君方壮盛年，朝野瞻稷契。慭遗悲皇天，岂独私心语。伊昔结交初，金门同射策。彤庭五色诏，挥毫共密切。文章风化源，操觚慎选择。自汉迄宋元，每代不数册。义取鲁史严，理发羲画窟。握手必我商，人莫闻其说。武陵胡夫子，学继千秋绝。倡教瀛州亭，忌者肆诬蔑。独君与我同，中心慕日月。世祖肇讲筵，选拔词臣列。方曹忝齐名，至动天颜悦。南苑夜仇经，景山春扈跸。帐殿灯火亲，尧酒沾溉密。永矢报恩身，百年何嵂屼。痛哉龙髯升，臣亡胡接迹。我闻老庄言，静为寿之质。君身如岱嵩，君器如溟渤。妄布马无粟，家鲜担石积。何事非静基，乃不享遐历。或者丁酉秋，佥人干霹雳。君实司其衡，帝怒臣心惕。我知君素忠，天衷鉴战栗。岂以恐惧情，自伤修俟力。或者行道殷，后乐心易戚。位未称厥施，忧天固骚屑。我知君素淡，况入佛老室。定齐得丧观，宁萦身外物。呜呼死生殊，世人悲愉别。旷士通古今，视等彭殇一。忆我昔远谪，君抱公冶恤。欲子我季子，高义云霄切。今看君子孤，巨源无计卹。壬寅我生还，絮语匡床侧。解赠止十缗，意比千金溢。今看君丧贫，希文莫酬德。君贤我何愚，长恸责难塞。最我伊洛传，难忘三友益。体君托孤心，后死安辞责。双翣楚云遥，孤坟汉水隔。炙絮非世情，知君定来格。

别吴门

停此非吾意，漫为故人延。故人言语甘，听之心跃然。竭来四五日，去税虞山田。遂使长铗冷，旅突朝无烟。一往五十日，消息如沉渊。迨归急相问，温言益便便。华筵酌康爵，握手叙别年。解推矢天日，罄折何联翩。逗留又两月，寂寞仍如前。欲归无舟楫，欲往忧心煎。老亲思游子，岁暮情弥牵。妻孥悬釜甑，望我济迍邅。嗷嗷长安信，大工待瓦椽。不嗟故人漫，嗟我愚且颛。贫富与贵贱，交情异古贤。如何至今日，始叹嵚崎连。旨哉朱公权，绝交有遗编。

钝斋诗选卷三

五言古体三

得二兄书却寄

水浊龙不蛰，风弱鶂难徙。缅彼骨肉亲，多难轻离仳。我昔与兄别，枫冷长千里。回首忽三年，梦绕池塘水。昨闻秦川归，旦夕邗沟舣。临风数驿亭，每虚乌鹊喜。仲冬还毗陵，促装仍徙倚。忽接尺素书，游筇已江沚。茫茫误何地，分背征帆驶。何不半日留，契阔倾卮匜。饥驱非自由，怅怅埙篪旨。

二

吾翁诗冠古，眼经万少年。独于庭闱际，觉我与兄贤。我行迫版筑，舟车不更延。昨别参岭侧，征衣制泪牵。唯望我兄至，酬唱竹林眠。书中云遄归，使我心缠绵。古来谢鲍才，家庭句每传。见难别何易，望兄久周旋。但念翁新健，将毋劳钻研。多吟思则苦，少吟欢莫宣。

知兄依时节，代我侍简编。

过吴江县有怀吴汉槎

乘舟过吴江，风迅不得上。怀我同难人，故里忧心怆。吴子后我生，文藻堪崇奖。论交白云司，杻械述向往。投荒同柳车，艰险难具象。豺虎同崇巇，死生身在掌。感子琅珰躯，时扶我亲杖。冰窟魍魉丛，稗食鱼皮襁。吹埙涕泗潸，洁飧欢颜强。带经惟子俱，吞声勉俯仰。我归子祖行，恸绝攀车鞅。寄语问尊亲，滴土泪成响。我誓报子义，图子归乡党。及我入长安，万事非想象。南还访子门，尊严已黄壤。尊慈茕茕居，饥寒无盼蠁。令弟方龆龄，令兄各异向。虞卿家且无，卜式义安仿。王程况加严，负子徒怀曩。但思天靡谌，有才岂终枉。子才如邹枚，强记尤泱漭。一目十行下，终身铭奇赏。土銼说盈廷，举端诵无爽。口答手挥毫，色夺珊瑚网。真为制科荣，何入同文榜。天将毓奇材，异数终成享。君子道其常，凭舷青天朗。

晤门人张图南

重身岂簪缨，酬德何穷达？结交贞寸心，死生不足夺。伊予忝文衡，矩矱先民阔。时采竞捷收，眼忽古光豁。气劘唐瞿黍，力排归胡闼。未成冠冕荐，至今心轇轕。生还闻牵丝，又闻遭降割。释服谒承明，平阳马载秣。政化移文章，定最当时杰。岁晚遇西冷，髯紫双瞳彻。借问来何因，朱绂云已脱。膂刚疾岂婴，鸣琴绩易掇。沿海逋逃多，乱伏才难拔。但愧隐沦身，报知负饥渴。呜呼报施言，岂为知己设？及门三十人，半翊先几哲。我虽望子殷，洁身亦安节。巍科酬良时，素志已成烈。焉见千载名，必待公孤列。我畊子灌畦，带经锄可说。古来河汾贫，岂烦房杜挈。愿子学凤凰，腐鼠无相吓。

苎萝山怀古

在诸暨县南三里许，逶迤小阜，趾浸浣江。有石刻「浣纱」两大字，乘筏扪之乃得见，俗传为王右军书，非也。旁有地曰苎萝村，相传为生长西施处。或曰西施萧山人，萧山亦有苎萝村，而无浣纱石。当时越都会稽，二邑皆会稽郡属，故所在皆以殊色得名。然以浣纱石考之，大约在暨邑者为是。

金堤郁嵯峨，崩奔自蚁穴。逶迤苎萝山，娇爱怜残碣。鸱夷昧沉浮，荒唐留象设。石上青苔痕，浣江浸未澈。水犀昔虎视，越食不敢咽。美人朝承恩，壮士夕流血。究彼沼吴功，夫差自为烈。帷幄亦何谋，粉黛夸殊绝。向使志不骄，百姝将谁悦。深宫洒扫流，拘原何巧拙。

所以志士图，每戒纤微节。如何枕簟间，千古丛兴灭。

浣水怀古

暨邑浣水，有黄姓，望族也。其先黄振，生宋时，轻财好施，作楼里门。每登望村墅，日中有未举炊者，往遗之粮；寒无告者送之衣。其妻刘氏亦斥奁橐买义庄，以岁入济族之不能婚葬者。乡族德之，名其楼曰望烟，庄曰仁寿。后有裔孙汝楫，亦有祖风。方腊之乱，汝楫瘗其货宝于室，将出奔，忽贼党执白旗前揖且拜，惊视之，乃其仆也。曰：「吾帅掠士女千余，闲一室以索金帛，否将杀之。」汝楫蹙然，悉发所瘗辇输贼营，千余人皆得归。一日梦神人谓曰：「上帝以汝活人多，赐汝五子科第。」后其子开、闶、闻、阁、闬果相继登科。高宗赐诗，有「昔日燕山窦，今日浣水黄」之句。

灵鸟产有种，良璧出有源。缅彼浣水黄，五子皆玙璠。名俪燕山窦，曾枉至尊言。徘徊流泉侧，楼榭已空村。惟彼祖父德，犹传乡里恩。赎俘倾盖藏，恻隐聊自敦。讵期神人语，报施大尔门。可知阀阅子，峥嵘非无根。娟疾何为者，贝锦恣飞翻。胡不自积善，用以裕尔昆。

记　梦

梦故学士曹公木欣也

尝以幽明隔，疑无鬼神通。胡乃昨夜梦，俨与故人逢。故人曹学士，死别三年冬。丙午春二月，我游浙江东。持偈夜不寐，展转灯瞳瞳。四更忽成寝，身居官屋丰。广廊植兰蕙，堂设屏障红。飞鹤作人语，报门有曹公。揽衣出户迎，不见冠盖从。回头顾屏障，二尺人如风。从屋下屏顶，从屏下障中。见我慰劳毕，长大如昔容。握手出障前，有轩幽且崇。中间几席具，四壁典册充。与我坐其内，审视怜飘蓬。且云别子久，我官仍故踪。因我讲学故，懒与世争庸。手持一卷书，《传灯录》五宗。云子近学此，定多箭铦锋。我云昔所学，皆在文字丛。近识无生旨，炯炯生鸿濛。君学此已久，何以发我蒙。答云二十年，参学自谓工。及至生死际，挠乱无寸功。我诵一古偈，答云旨未融。我云耆德语，君言何匆匆。反之改颜谢，敦勉誓克终。我问君葬否，答云墓已封。我问来何自，答云大别峰。我问冥司事，答云无吉凶。又云貌孤弱，贫无朝夕供。前过广陵日，承子故意隆。袖出一大枣，色青而气隆。又出一瓦缶，中注香酪醴。云将致貌孤，佐其诵读穷。我问何以致，答云生时同。我问彼见否，答云根尘矇。食枣即成味，甘苦淮为攻？持缶欲还我，堕地成虚空。言罢忽谛听，悲号涕盈胸。后会云无期，我泪亦漴漴。状变面忽丑，突崛如枯松。再欲攀持语，惊闻佛寺钟。泪痕兹枕被，音响犹帘栊。始知枫林青，白也感杜翁。元公梦裴相，款曲非朦胧。或由我心静，或由君意浓。死生即梦醒，何劳悲喜重。

送孟涉公归大梁兼寄冯玉九李万宗

生还困驰驱，旧交多契阔。新知素心人，倾盖慰饥渴。同时客金阊，二孟皆名哲。武昌致萧疏，大梁尤豁达。赋料张蔡亲，书就钟王列。朗咏虎丘诗，南英视滕薛。方期缟带久，骊歌何遽夺。惊风悲送远，吹入江云裂。此行半舟车，黄河闻水竭。世乱豺虎纷，间关慎所越。宋中有丛台，到日应积雪。台畔老冯唐，耘耔成甘节。夏邑李孝廉，亦是十年别。子云皆故交，因声问安宅。我有同门友，新秉陈州臬。招我春时游，趑趄尚未决。万一巾车来，道里不满百。何地致双鱼，期子同论说。倘与冯李偕，益使中心悦。小别勿重悲，翘首春江月。

游雨花岩宝寿寺一带因晤化南上人

春浓山邑庳，踌躇昧所适。客云雨花岩，山裂清泉幂。南连宝寿寺，有僧卓飞锡。乘兴急新晴，路剧容羁靮。淙淙何处声，晴空惊淅沥。仰见百仞岩，缘源俯薜壁。岩腹穿数椽，如巢悬云窾。盘屈更高峰，十亩空潭潋。寺古楼殿荒，谁考齐梁历。问僧适入城，斜阳归路觌。

邀余返蓬蒿，饭松坐瓦砾。云有摩尼珠，可照心源涤。何忍栋梁摧，不辟檀施绩。我思善末流，形景恐不阒。既隐飘笠深，缔构何欣戚？因笑喧静心，易地成涉历。我欲卜幽栖，回首云峰逖。

为牛丽阳寿

杖藜随浣水，歌舞闻喧阗。既颂令尹政，且祝令尹年。云尹初下车，山城水火缠。春温继霜雪，始乐耕桑畂。政简蒲亦措，税宽橐常悬。翻忤大官意，复赖大官贤。暂夺桐乡母，重瞻中牟天。方虑困踬后，尹操或改弦。那知百练质，镈锻益精坚。讼牍山岳积，剖决如流泉。却如小争端，爱卹故迁延。盖以民性朴，愤斗出偶然。迟之气自息，妙为清讼源。朝廷供用急，岂遑抚字怜。时于催科内，精白矢流连。大厘差田弊，梯航乐輓牵。衙舍等僧厨，粗粝或不全。我闻再三叹，末流逢古先。不负社稷责，益令藻鉴传。独昔尹茹苦，瘠身肥井田。七十别家室，菽水远亲筵。当此揽揆日，能毋西望偏。苦贞道乃久，仁溥寿为权。即昔壶浆意，何殊刘宠钱。即今祷祝声，几同缑岭弦。崇官待良士，遐龄归静便。此可持爵禄，此可俪神仙。传经益光大，藉手歌如川。

寄怀禺峰上人

空王泯情爱，离赏心何牵。尘迹昏垫苦，所思区外缘。禺公来山城，志在象教宣。讵知讼斗习，精义徒拳拳。靓我鱼水合，夙契介绍蠲。茗瓜数晨夕，偈颂悉玄诠。时启文公庐，得酬支遁篇。西冷忽鼓楫，问讯本师前。约我待江浒，同披五泄烟。昨闻归期迟，我恐难久延。昂首雨花外，飘笠迷云渊。誓将第一义，中藏期贯穿。更怀所赠诗，朗咏泬寥天。尊师亦我友，归当访法筵。幸留一片札，令得知周旋。

晤扬州李不挠得二亲平安喜赋

款门有一客，云自扬州至。遽起倒屣迎，何暇视姓字。我交扬士多，与客未把臂。但喜是扬州，我亲居其地。急欲问亲安，不敢口造次。委曲导其言，面赤心惴惴。一闻福履增，不觉欢声遂。即索平安书，客云来未寄。怪问知何由，云在兴教寺。遇我西邻生，偶及吾家事。严亲喜勿药，慈闱康且睟。童稚皆安好，门庭亦萧洒。再问诸子弟，何人朝夕侍？又问长安工，栋梁曾完治。客交本未深，知之故不备。不备亦无忧，亲安第一义。五十人已老，还荫双亲庇。一日三公轻，睽违乃经季。我岂好遨游，荼苦言难记。暨阳岂天上，双鱼久莫致。

更将闽海行，足茧心憔悴。今朝闻客言，欢忻纵游屣。岂待捧数行，始作万金视。

纪闻

或言暨之长山下，昔有屠狗人家，祀大士画象一躯。每旦剥狗于象前，必先熟一脔为供而后市，二十年如一日。忽有新安某商过其处，见一女子靓妆殊色，临流浣衣。迫视之，趋入茅屋，商心异，迹之，无所见，唯见其大士象，宛如所睹，诧叹而还。夜梦昼所见女子曰：「我屠狗家大士也，汝可买之来，必获福。」商晨起就屠，不言梦而求问其值。屠曰：「百金。」商曰：「故纸耳，何百金为？」屠曰：「此活大士也，昨梦中告我曰：『某商诘朝必来，汝须百金始许。然汝得百金后勿复为此污恶事，治屋娶妻，可终身温饱矣。』」商愕然，遂如屠言。而屠亦果如神言，为农夫毕世。我喜其事。为纪以诗。

暨阳有屠狗，家祀大士象。每旦熟一脔，拜求大士享。如是二十年，恭敬无异想。忽有新安商，过此心惝恍。美女临清流，意态非草莽。迹之无所见，归梦何灵爽。屠人梦亦符，百金酬鞅掌。一举化两夫，白业同稽颡。客或怪其事，我知言非罔。鬼神即吾身，感召止影响。屠命原有金，借为善者奖。商饶屠儿乏，裒益天心广。谁谓苍苍能修一念诚，腥蔬祀无两。屠命原有金，借为善者奖。商饶屠儿乏，裒益天心广。谁谓苍苍高，作善而无赏。

追绘先大夫遗像以一幅寄张氏妹系此

先君神骨贵，生平赋画工。晚乃假作手，约略绘虚空。当时亦仿佛，尤马难尊崇。背后展灵九，何乃罄欸逢。号恸不忍视，开卷何忡忡。因念致斋礼，三日思音容。世远不获见，合漠将何从。追慕六七幅，兄弟虔祀宗。嗟哉张氏妹，苦节贞家风。来哭复归里，愿得俎豆供。女子礼有重，降服亲莫同。古先矜义起，孝思许变通。涕泣命江舟，蛟龙慎邮筒。故乡多子侄，是日应从公。陟降几筵下，先君归旧丰。

咏怀二首

小鸟集卑枝，啄粒有余眷。安知邓林深，岂作竹实羡。人生闭隐时，如草逢擎敛。虽藏密室暄，亦苦风霜战。高枝宁久安，败叶曾何恋。所需本无多，长物他人膳。妻子虽至亲，于身已云变。胡为物役劳，神衰形早见。所以箕颍流，心尊而迹贱。

二

我身即圣枢，本无纤毫忤。才如圣有枢，已是枉心骛。释氏云即空，老氏思久住。有息岂无消，非无空何务。嗟哉章句儒，复鲜希夷悟。坐受两家攻，力辟还多误。孟死世无传，闽洛遗编纂。闲邪邪转昌，后死敢辞故。凛凛独善躬，炯炯天心顾。是乃克狂涂　，别无作圣路。

抵建宁喜晤姚经三

驱马慄高冈，鸣榔怯洪涛。到门见子面，顿忘深与高。忆昔离别日，生死判崇朝。何意今夕烛，复照泪痕消。塞外闻子贵，悲喜万端劳。生还苦奔走，未送之官船。生平口腹俭，从不累故交。范丹为卜式，力竭脂髓销。即今通负积，索者声怒号。有弟不能归，老母心忉忉。念子等脊令，急难谊莫逃。故轻千里险，弹歌舒郁陶。欲展清商奏，知子不待操。

其　二

我父同气人，存者惟我姑。别离二十载，相见泪沾裾。痛念我父没，触怀悲莫摅。为问我母安，再拜致起居。更怜患难苦，瓶罍告拮据。问答方纷杂，儿女罗盘盂。别时儿未生，今成两丈夫。各抱子与女，恭承大母娱。我姑勤渠久，禄养幸丰腴。天涯老犹子，问视愧区区。我有新生孙，未敢麟凤俱。愿缔朱陈好，休声先世乎。我姑倘惠允，我母喜何如。

其三

吾翁与若翁，德深意气久。束发侍典型，赉志知积厚。阿兄艺苑雄，屡北非战咎。吾子蜚英雄，一身备前后。材本金闺选，天子重黄绶。暂试明允功，讴歌起械杻。官方时益难，宽猛俱丛垢。筐篚别殿最，子复廉授受。何以善末流，所恃世德守。吾祖起刑官，宅相期不朽。江总外家贤，余光望星斗。

其四

性耽山水癖，夙慕武夷奇。此行非游览，安忍觌面违。出门去复返，恐失公卿期。将待子入省，我往问津涯。子画妙天下，归来述嵚崎。愿子拂东绢，为写烟云姿。峰峦浓淡间，安敢必有辞。但可脱子手，即足解我颐。还家悬素壁，呼弟具酒卮。置身武夷曲，感子翰墨私。子其多泼墨，我非得已时。古人丹青内，亦有管鲍知。

寄上黄改庵先生

矫策访遗型，见者怆今昨。三山逢余君，辛闻公矍铄。公与先君交，乾坤正炳烁。同官复同心，意气陈雷薄。先君暮归田，啸歌思旧约。踪迹云山移，鱼素兵戈削。昨岁梦楹时，犹寄怀人作。摄提实同庚，公健先君弱。天乎蓼莪哀，御李增悲愕。先朝戊辰秋，将车天禄阁。曾见诸父执，浩荡云霄拓。时虽未尽识，斗神俱约略。迄今四十年，陵谷悲星落。赖有硕果存，尚见典型托。储定商山芝，经授济南幕。耆英世运关，古今观橐籥。公文已日星，公业已卣爵。盖强海岳身，岂独慰寥廓。

武夷七咏 有记在故不详惟摭未备者为七咏

一　天游观在仙掌峰上

万壑环簃峭，永日恣翱翱。浮舟延佳胜，晚循仙掌长。行磴凿云海，孤榭逼星芒。暮光来复岭，亏蔽割阴阳。倏见群山耸，如受约法章；又如婴儿媪，仰母给酒浆。南望大王峰，整若切玉方。北眺白云岩，咫尺烂锦章。客言观后胜，平畴男前忘。水帘只数里，晓晴堪徜徉。朝起阻淫雨，惆怅下崇冈。山灵多闷奥，岂许窥者尝。回瞻宿处峻，半趾窘苍茫。昨何置几榻，曾不异康庄。始知平与险，观者为低昂。

又小九曲有新庐僧凡木所构凡木漳州杨氏子其侄即赤城实赞其隐计者也

石窦缀涟漪，盘涡恣舴艨。碣书小九曲，前哲鉴神工。下有试剑石，控鹤留仙踪。千年鞠荒草，过者伤蒙茸。老僧新结庐，拾椽入鸿蒙。更有齐契侣，乃是阮仲容。我来寻幽径，纡徐久乃通。僧本词赋客，谭笑气巃嵸。世乱归瓢笠，选胜定萍蓬。固知有道士，治乱俱奇踪。燕许遭屯邅，亦必高冥鸿。顾我岩壑姿，何犹氛壒中。

又

绝壑耸枫柟，长波激薜荔。翠微白碣封，大书仙颀字。云是王子骞，遗骨示神异。更有十数函，空山随位置。乡人祷雨旸，梯云劚鬼闷。风雨迷故丘，琳宫烜望祀。神仙既不死，胡为枯骸累？大道平而奇，千秋旦暮事。安各非灵匹，迹存曾孙惠。此理虽鸿荒，六合存不议。

又

武夷七仙艇，小藏有其二。四在大王峰，一于鍪鳌置。人传万历年，小藏一堕地。延首烟云间，隐隐舵楼迟。枯楂皮藓洞，风雨或飘坠。灵迹指虹桥，追琢杂佩璲。云可辟水火，宁徒起憔悴。道士持赠余，木质劳谛视。千年尚泽坚，各有精英萃。载咏三曲歌，早叹桑田异。疑是昔时人，避乱帆樯寄。至今登岸难，莫诩停桡易。

又

瑞草产枯崖，天为养道资。岂许凡器徒，轻与酒肉比。异哉忻都子，采撷括轻赍。喊山筑高台，喧声惊蛰栖。钲铙扬诏命，督迫草何知。明初蠲民力，御园没荒陂。至今芳烈气，缁黄营纷披。昔推接笥最，今称云窝奇。制学阳羡法，香比霍山枝。石鼎审晴雨，漳洲早枪旗。我来春未深，说者芬朵颐。此本隐逸福，第恐诛茅迟。赖有桑苧翁，许我沼清池。

又

密林曜丹崖，轻条象翠帟。祠庙且倾颓，遑言弦诵席。粤嵇汉武年，闽始通图籍。尧舜与周孔，苦被椎结隔。欧阳荐贤书，实藉常衮策。仅播文词风，未沾理道泽。倘非哲儒生，山海终蛮貊。仰高诚岧峣，晚对何苍碧。圣贤成土丘，风雨妬金石。峨峨佛老宫，丹垩崇烜赫。虽归妇孺沿，能无江河惜。倡率始观瞻，继起安辞责。

又

危峨砥漾湒，飞水浴崎岖。携筇小桃源，心目忽焉舒。叠石象重门，泉香土复腴。枕藉三仰峰，其高冠云衢。昔云有山羊，游食灵岩隅。愚民猎而烹，山怒风雨呼。一夕成平壤，此事荒且迂。我唯乐山水，安问蓬海殊。吾兄先朝彦，梵竺隐雄图。岂真伊桑侣，志与箕颖俱。悦此不忍去，曾报将军书。兹中多宗许，已辟支远庐。望兄早归来，旁留惠连居。他时践宿诺，休迷洞口渔。

游武夷归答问者

我游武夷归，有客讯幽邃。踊跃欲问津，答敢不详备。兹山游政难，结侣须同致。次必具糇粮，乡道亦不易。它山独山奇，兹山山水萃。方广不十里，峰岩攒屃赑。有水从中来，方园成位置。水以山为纲，山翻随水记。舟舆宜毕陈，陟降车或柤。外人不习险，山人业自肄。溪口买篮舆，倍损登临费。小舟苦逼束，大舟滩迢递。荡漾桃花船，幐客鲜轻示。缁黄拒客竣，食宿寡炊寄。少示冠盖颜，洈辞百端秘。萧然杖履身，訑訑视瘏瘁。须先宛转舌，巧啖刀锥利。奇峰静忘言，欲探次第味。指点望分明，土人如梦艺。必知迳庭由，必熟前后位。道院与讲堂，时代何兴废。题刻鳞次多，扪说核苍翠。堪此唯数人，数人难把臂。泛可崇朝遍，留堪浃旬迟。某峰通某岩，某岩阻某地。朝当登某山，夕当宿某寺。某当举棹行，某当策杖至。阴阳割眠餐。险夷审钝锐。纲条井井分，恐非数日事。磴凿日车翻，梯悬坤轴坠。惟藉同游勇，济胜相鼓励。一闻退缩声，高兴鲜不惴。我曾往返久，梦魂劳拟议。有记愧未悉，寄子见大意。子往必多奇，新诗幸无闷。归来考见闻，同载名山志。

钝斋诗选卷四

五言古体四

赠别廖东壁

少从先君后，弄翰学涂鸦。劫来四十年，屡迁愧专家。绥城逢廖子，超尘羡渥洼。余才及濡发，钩画古人遐。行窥鲁公奥，草撷怀素华。更萃历代秀，典则无欹斜。我思书法小，深汇性灵涯。史籀变鸟迹，峄山秦篆夸。八分起汉末，行楷六朝加。二王实渊海，心神走龙蛇。后世得具体，即足擒云霞。宋元列健笔，骨立俱嵯峨。但嫌气势薄，其如时代何。有明三百年，宋解传玉珂。邢董肇中季，卷轴重云车。晚起王文安，法度虞柳过。我曾聆绪论，融贯决江河。八闽虽多才，此道实蹉跎。惟有张丞相，偏锋诡换鹅。子生丞相乡，不受丞相讹。当由心与笔，得正重揣摩。子其益黾勉，义献岂殊料。

游玉华洞 在将乐县南十里天阶山之麓戊申秋八月十有二日同杨亦城僧文智儿子云施游焉

闽山多复连，武夷擅其萃。闽山多嵚崟，玉华毓其秘。我来芝山东，春顿幔亭辔。秋舠辍镛州，天阶招苍翠。逸兴鼓真侍，十里青霄遂。矫策指危峦，秘洞留先试。砉然山足开，眣盻阴风吹。金兽与火铃，凡蹑难其继。庭燎贸居民，初八何屃晶。神仙教佝偻，直躬恐快意。两壁工琢镂，虽幽瞩能庫。浩浩响青沤，迎浣游人志。攀扪似葛藤，蹭蹬抵积砌。照耀炫睹闻，奇诡纷难記。搏鹫翔层空，猛虎蹲积晦。仙佛飘幡幢，公卿杂珮璲。大帽孟嘉遗，锦繖洗氏赐。象侍驭娑朝，鲤跃蓬莱霁。房溢荔枝香，架冷鞦韆戏。秋高玉女盘，雪压陈公背。天柱久撑持，峨眉堪望祀。花开月峡明，星聚云窝俪。二老觌面传，三教倒身诲。沟塍周泉分，井灶淮南委。仓庾东亩充，坟槨北邙讳。饾饤食案陈〔一〕，耕耨牛车掣。远近迷信疑，固护知神閟。行行步终穷，忽遘丹梯坠。魑魅将帝言，偪塞来狡狯。气悍凛垂堂，回身悚颠踬。屏息七层楼，罗列尤瑰异。架库万卷书，有士读中秘。旁立然藜翁，三问不吾对。高崖扣鼓钟，铿訇失庙器。千投冀一声，中鹄战场利。青天雷霆惊，阴涧波涛沸。一龙夭矫飞，苍云屡经纬。方盘悬旻天，云浆列钻燧。闪烁万汇摇，帝察璇玑示。下有明月江，石梁横涕濞。中流萧鼓石，空有楼船税。旁石名丹鼎，探手灵丸二。再往即虚归，留待继者畀。未听天鸡鸣，何来晓月丽？翻恐长夜旦，疑已魏晋驶。欠伸述觏经，同游互纷炽。伊谁斧斤施，无乃灵娥费。昔传赤松子，采药亦曾蜕。山川诞精英，黾山钟宋季。我生耽冥搜，渊岳多霳雳。鸿蒙有泄藏，及此叹尤最。持问武夷君，高深何拟议。

归郡作

少壮离故乡，重归发已白。岁月悲迁流，萍蓬感荡析。明纲昔弛纽，法令如廓革。兵骄民力枯，议横主威削。本非胜广徒，奋呼同大泽。执政乏良谋，养雕待一决。淮南尺布缝，长陵坏土坼。江左适处堂，群小思窟穴。借仇巨室名，揭竿涎庙策。使有治丝才，立断州党悦。乃弃徒薪筹，致遭厝火厄。吾里盛衣冠，先几避江浙。我时从父兄，轻与乡园诀。因循妖氛延，仓卒钟簴裂。灵武值新亭，郿坞营兔窟。偏安计不成，遑洒中原血，我逃东海滨，几至无家别。赤伏睦五正，紫縡罗三杰。随玷薪槱荐，更添金马列。仇经旃厦余，顾问乡国说。穷庐赐九重，念臣风雨洌。缯帛寒女供，岁时同宠锡。岂不念青门，四海未安宅。蓬茅志康居，松菊仕寂蔑。正侍尧天长，讵意秦法烈。有弟被含沙，五听影响豁。至尊鉴其冤，覆盆已渐雪。鬼蜮腾无名，司败且媒蘖。遂令解网仁，难贯株连责。朝衣絷西曹，犹闻天语惜。始知赋命定，君相难损益。三年绝塞栖，荑稗饱穷发。长安且浮云，乡关何日月。田庐儿女情，利剑忍斫割。少年瞻顾思，汤火中胶膈。忽闻输作诏，急赴忘饥渴。儒素本薤盐，生归志所切。谁能念瓶罍，久滞羝羊节。果归辽鹤魂，寔苦悬鹑结。所以九折车，难税乡山辙。湖海长铗歌，面冷中心热。馈餐及与块，到处潜呜咽。所怀父母忧，岂问妻孥阔。有儿谪去生，破巢身计拙。礼有为人后，于兄义尤惁。雀角及孤婺，世衰情易竭。尺素昨朝传，待我扶屼嵲。长儿耕先畴，禾黍荒霖霢。孙子已成行，争绕含饴膝。大者能坐车，小者问何客。邻里盈柴门，沽酒炊新麦。留我勿复去，诛茅剧金帛。死别偶生还，安能遽决绝。出门见空村，风雨气萧瑟。葭菼作宫墙，瓦砾分阡陌[二]。虽无狐狸啼，苦被鸱鸮聒。知是兵燹余，更遭聚敛挞。昔闻黄巾乱，守啤抗滕薛。王敦指阙戈，桓玄麾众钺。俱出先朝授，本以防驰突。如何昭纬奸，遽酿豳岐逆。宛马牧濠淮，楼船下荆益。穴斗致三空，土崩甘一掷。吾郡虽弹丸，险阻上流搤。愧非咸阳宫，三日火不歇。枯鱼沫岂生，烁草根难茁。屈指三十年，疮痍犹骚屑。幸逢尧舜君，明穆俱稷契。此地久凋残，应先登衽席。谁为达九阍，蒲悬积负释。闾阎还揖让，飘零老亦怿。况闻桐山阳，已扫先人室。会当奉板舆，把犁安蓬荜。游遍识乡淳，身衰望世吉。区区思归乐，乌足诉城阙。

中秋公宴诗

郁郁金碧山，浩浩昆明水。疆索沿汉唐，叛服羁鞭箠。明季爝火扬，黑山称名诡。楼船辔遐威，前禽汤网比。皇德固湛涉，臣功寔崐𡾊。壮哉万里疆，堂陛销烽垒。我来曳裾游，步愧应刘趾。乃吐周公哺，馆我长兴里。嘉木荫崇闳，珍厨分馔簋。岂有悲秋心，能扰依光晷。明月发东沧，天香飘濛汜。始知令节临，更荷嘉筵旨。温纶贵戚传，丰餚爱将庀。璀灿武库珍，齐难腾金檪。芳醁琥珀光，益昷连城美。雅歌列谭青，嶰管迷宫征。羽霓久寂寥，惊侧壮士耳。快意适当前，富贵何躬履。计此良宴会，古今几屈指。杜陵奇严幕，所主勋爵庳。仲宣赋从军，义失词章侈，睹兹夔龙姿，真际唐虞理。宴罢仰金波，应照瑶池沚。

交水驿遇折臂翁

黝黝盘水远，汩汩腊溪长。崇丘冠古驿，控带雄炎疆。我来庚戌秋，崖谷何苍凉。兴衰寻古迹，纪载隔天荒。偶逢折臂翁，殷勤捧酒浆。礼数亦娴习，两手胡低昂？再问不我语，久之泪浪浪。告我明末事，欲纪恐不详。此地滇黔冲，自昔称阜康。有明赖黔国，坐镇久升平。嗣公失控御，群雄窥帝纲。比闻蜀陷贼，乘障召蛮羌。有酋沙定州，蚕食擅甲兵。私慕昆明盛，乘机击鼓镗。甲申十二月，诡辞玉帐霜。鹄起夺门巷，嗣公走永昌。是时贼在蜀，渠魁已斧斨。困兽突余蘖，裸体遁丛篁。曾侯树义帜，重庆扼汪洋。贼阻不得渡，不计夺余艎。徐收散亡卒，饥鹰饱复扬。瞰虚摈遵义，闻变跨盘江。壶浆迷父老，觉后已含疮。所幸逐沙酋，穷搜鲜柎萌。返戈虽僭窃，瞻顾尚惶惶。旋说陪京破，俄闻闽海亡。海滨拥帝昺，山负沮蚊虻。遂成偃蹇志，杀戮无吠龙。姓名难记忆，孙李最陆梁。又有刘与艾，同时号四强。其余更纍纍，残暴总豺狼。昔皆厮养子，拳勇悉相当。至是孙僭号，同辈眦裂眶。或劝以奇计，残明借宠光。果得分茅土，庶足慑诸伧。于是遣介副，已自署秦王。经年至行在，聚讼实徬徨。鄙儒慎繁缨，岂非古道行。奈何时势变，强同献纳争。峨峨一字爵，册宝共辉煌。自诩羁縻巧，其如觖望成。箕踞见来使，嫚骂抵秕糠。虽致褊裨忿，潜通问典常。间关竟不达，数载断梯航。孙贼时在黔，偷息日纵横。川粤大用兵，河鼓陨天潢。是即刘李辈，分途猰噬狂。黑山且响应，烽火达潇湘。夫岂王师失，吊伐正苍茫。楼船指梧桂，不暇救江黄。未几岭表复，未几湖南降。柳州寻漂杵，南宁载裹创。堵何皆授首，陈邓继牵羊。草间啼共主，衢路泣嫔嫱。普天乞寸壤，无地作河阳。乃用登台请，靦颜甘下堂。孙贼终藏怒，何知迓玉珩。再三乃遣将，要求千百方。背鞭侍臣血，头悬宫女妆。安笼蛇鼠地，疆索尚分张。三宫缠密筱，九庙侧青篔。大庖间日面，妃主或不尝。惟于朔望日，筹唱列丁粮。宫老有承业，酸辛冀一筐。带中衔密诏，省寺共经营。事已同鱼烂，谋将救探汤。强藩谁足倚，幽岐机可迎。握兵方外略，何计致匡襄。乃命黄门往，中涓继翱翔。誓以刺血诏，宠以晋王章。包羞帷幄秘，日夜望旌幢。何来华子鱼，露刃清君旁。责之以偶语，证之以谋桑。刀俎罗卿尹，系累及椒房。倘非稽绍死，难辞伏后戕。幸哉李王至，洒血溅衣裳。初欲奔官守，何来摇手防。遥意南阳甲，能无逆命将。乃知同反正，合力护龙骧。自是李在滇，鞠躬颇趋跄。调停求长物，仍欲化参商。孙贼有妻子，滇海寄明珰。厚赉归贵筑，怀惠或相望。那知谋益急，所虑只姬姜。忽见鱼轩返，指阙顿飞飏。大蒐谋将帅，佥云旧者良。军中三命锡，不识二心藏。丁酉九月望，相期此战场。滇众虽虓武，悉索颇怯恇。两军夜成列，月静水淙淙。一骑款军门，呼李上崇岗。密语人不闻，依稀识其庞。滇军遽竦踊，秣马砺刀枪。十九夜方半，蓐食鸡未鸣。突出击秦军，阵后声琅琅。谁呼秦军败，崩奔遂莫搪。又闻精锐走，还邀横水塘。新安二十万，两地尽诛坑。孙贼逃至黔，无面复城隍。又为留守给，何地托仓皇。闻说洪丞相，持符赦夜郎。遂来呼解胄，谁意荷分璜。滇军振旅归，群夸赤伏祥。登朝大封赏，井陌塞圭璋。盗贼终成性，前车罔戒征。已彰击柱伏，渐露请隧情。臣强君燕雀，民弱卒披猖。纵非天讨速，亦必死抢攘。郭相深筹画，炎火远缮缰。尉佗虽负汉，萧铣已归堂。忆昨贼初至，伏匿何踉跄。好言诱我归，兼金市壶觞。一旦拔营去，千骑夹房廊。捉生无一逸，剥割间笙簧。老幼虽幸免，断腕山峥嵘。翻羡死者乐，骨肉几能生。王师昨过此，盆水焚都梁。但恨不能捧，拜跪互颉颃。长者中原秀，早为尧舜氓。未知边民苦，幸为述仃伃。我闻泪沾臆，还为惜变更。群盗真犬豕，阻封谋不臧。故致两虎斗，社稷殉膏肓。吾谓谋即协，驾驭尽豪英。亦必随兴废，谁能抗彼苍。地僻车书阻，时久见闻厖。漫从采风使，乐府愧铿锵。留供稗史料，采者助缥缃。

捡先君诗跪读遗像侧

先君生还后，脱尘耽苦吟。一日尝数首，群缶娇元音。我侍每教我，谓我笔崎嵚。委曲诱我作，作成颜必欣。时我公私苦，南北奔车尘。回念堂搆责，至今疚在心。近年公事毕，鹊鸰难少平。始买一廛屋，种树作深林。以其省母近，志以依园名。一楼小且敞，摊书横短襟。偶捡《甦庵集》，未读泪已淫。努力求似续，何殊苍蝇声。长号遗像侧，威仪俨平生。儿口破叫血，何不指点临。始悔从前误，万事负君亲。

偶然作

西山肤寸黑，溶溶涨太空。郁雨不肯下，满楼吹山风。颇如我心泰，倏然撄途穷。局促大天地，蚁穴顿无容。又思倚伏几，祸福何初终。凭槛一长啸，谁施系解功。赵家妒蛾眉，执扇泣飞蓬。试问同辈日，心倾几后宫。范丹乞脱粟，嗟来颜不红。旁有饿黔娄，望如猗顿雄。万古何哀乐，哀乐俄顷通。不见曈曈日，昨昃今复中。

其二

紫薇夏忽僵，童稚砺斧锷。主人坚持留，入秋叶复灼。草木本无心，枯时生何托。东邻有老农，十耕久不获。旁睨胠箧豪，轻肥鄙钱铸。生孙不胜锄，崇朝千亩扩。不菑复不畬，京坻恣溪壑。人见得失殊，妄意天心错。不知后者收，惟观先者作。不知巧者饮，惟观拙者凿。屈乃伸之几，复在坤之末。

寄怀二兄环青

少壮兄禀弱，每苦寒暑侵。沸羹犹畏冷，一食瓷数更。良宴不卜夜，百武须车轮。垂老翻康强，高歌彻昏晨。胜赏恣陟眺，徒行扶怒嗔。今年七十一，翻然思秣陵。扁舟泊江浒，十日偕弟兄。老友钱仲文，浊醪曾屡倾。我喜典型古，不独埙篪音。兴尽忽返棹，且不归故林。云有旧同寮，绾符泗水滨。往作平原饮，畅兹别离情。明年江柳绿，更问青齐津。青齐使君豪，书尝招隐沦。登山不泰岱，观水不海浔。局局如升鲋，焉能豁歌声。归来再过此，共醉荆花阴。我亦四方身，将扬闽粤舲。守此息壤约，归当及好春。买棹秦淮曲，携酒木末亭。折简速老友，同气七八人。仰兄松柏姿，听兄棠棣吟。枞川衣带水，兹游岁可寻。

展二兄所赠先王父遗扇属儿旃装裱而什袭之

仲兄赠我扇，乃我王父遗。上书门生某，恭似函丈词。自恨生也晚，未瞻山岳仪。惟从我父后，得闻世德滋。我祖昔持斧，三振名藩维。墨吏望风走，皂囊日夜披。惟至举劾牍，过必求其微。尝云一路哭，虽较一家危。假使哭非真，将毋直道亏。斯人有子孙，斯人有亲支。不当而报复，岂非戚自贻。更念高祖父，明经官职卑。曾受直指辱，言之尝涕洟。所以三十载，末吏无鞭箠。世治贤材盛，属寮多皋夔。吹嘘必上天，老死不令知。至今门墙彦，感德如一时。泰兴朱中丞，为主虔祷祠。山东张尚书，庐墓哭甚悲。惜我家乘佚，不知此公谁。观其师生称，当亦朱张比。尔其勤装潢，勿作小物窥。即此是堂构，即此是箴规。

将出门寄示儿施

汝昨别我时，北闱音未至。簪缨堂構心，殊搅幽贞意。未几汝兄归，风尘来不易。惟知集聚欢，遑计升沉异。时危贱诗书，世业舍何事。况兹逢年理，蘸蓑无殊视。意中三间屋，翰墨墙东置。兄弟键揣摩，略成青紫致。奈余贫到骨，此志竟莫遂。累汝谋饥寒，督责将安施。赖汝禀姿灵，读书讵择地。儿宽带经锄，东莱编薄议。卖薪与饭牛，岂必工居肆。乐令旧文人，维楚名材萃。退食勤讨论，他山延涂墍。安见马迁游，不及董帷邃。邮简得其文，孝思征不匮。

其　二

连年从我游，童心执杖好。今年我出游，汝在楚江道。汝兄有三人，汝弟远怀抱。长子与叔子，故国山川渺。仲子长安归，虽败雄心矫。随我至枞川，省母归江表。寄书名叔子，恐其到不早。欲先呼汝来，情事空潦倒。有友官粤东，鸡黍期春鸟。扁舟历江湖，万里胡草草。彭蠡与匡庐，生平魂梦绕。更有徐孺宅，青压滕王小。此间多故人，况值岁云杪。或者留我旋，温我冰霜跻。此地去濮邑，千里非缭绕。汝曷告妇翁，来共椒盘晓。偕兄皆行车，埙篪恣幽讨。道路有诗礼，跋踄何缥缈。

桐城修志寓书求先传节略高曾以下七传寄之侑以诗

兵久前籍荒，修坠期后彦，龙眠礼乐区，邑乘急清宴。寓书救先徽，责岂徒称善。吾家箕裘遥，节从断事见。西川闻靖难，麻衣哭行殿。殉身中江流，气大水如线。两嗣奉节母，忠孝启贻燕。七贤挺桂林，簪绂埙篪禅。侍御暨给事，伉直摧珰弁。惟力掺如霜，惟朴笔如电。旁多醇儒宗，更播循良传。柏舟内范崇，同爨义门擅。貂蝉奕叶光，中落芳踪践。吾祖埋轮风，三狩摇畿甸。诞生先宫詹，丝纶承异眷。人知芝醴长，安识根源衍。粤稽高祖父，万善泯欣羡。好施而忍诟，钜细书难遍。曾祖性直方，万石和风扇。至今堂构隆，谁非谛造延。代远家乘佚，隐逸遗坛墠。小子昨还里，摭采历游輾。奈无世系详，复鲜碑碣谟。旧谱虽略存，爱憎语多眩。况自万历后，陵谷屡更变。幸兹令尹贤，易俗文章先。百拜溯前猷，万一征文献。更有张夫人，吾祖侧宝媛。维石同子留，笃行凛霜霰。令德冀阐幽，并上輶轩掾。非曰垂家声，亦以光国撰。绍衣与传信，黾勉名山奠。

咏史诗

决河灌坳堂，坳堂必为溃。倾廪注斗筲，斗筲必为败。志士拓所期，覆载非云碍。齐桓立霸宗，九合归泰岱。葵丘志既盈，从乱生徒侩。汉祖暨唐宗，规模亦宏大。业衰于小康，人咎立法替。不知矢志初，适与小器会。所以三古后，治止补偏弊。请观竞业心，尧舜胡憔悴。即至天地成，犹将廓无外。帝王与圣贤，达者同进退。

其　二

良医怀乌附，路跼不敢尝。至人惩祸乱，握兵不敢扬。古今无盗贼，近从襁褓将。抚之即箕毕，激之即搀抢。黔徒勒鼎钟，残暴古相望。宋襄志五霸，命日仁义亡。不知小信惠，乌足云丕臧。讵因车薪火，遂谓水无良。牧野蒙虎皮，庚禄靖斧斨。长平坑赵卒，胜广立其旁。非祛九代法，愿歌六月章。勿云耰锄弱，勿云旄钺强。

其　三

谷贱则熟荒，谷贵则歉㸚。荒非五侯家，㸚非七贵子。上古幅员约，几甸五千里。万役取惟供，休乐歌于趾。后季疆索宽，搜括穷山水。如何萧条气，日甚昧㘞理。或云内御奢，绨帐未加美。或云兵食兴，撤备减边鄙。或云岁币繁，金缯鲜呰哆。或云贡赋愆，催科不科晷。达人鉴事原，国败由官侈。不见江淮帅，下陈动万指。金张儿女连，珠玉包千匦。绮谷装歌儿，琼瑶饰冠履。天地不暇供，疮痍何自起。遐哉周官法，六廉从吏始。

其　四

鲁国有二生，屡征不肯出。商山四老人，轻身为储粥。大道泯卷舒，遐怀忘固必。籍经秦皇灭，伦自七雄轶。礼乐百年兴，马上何文质。群英惨战斗，汉兴灾始佚。复因嫡庶争，暴骨将焉恤。处则为道尊，出亦为民卹。当乱抱隐心，暗与天地匹。群阴伙孤阳，护之可不密。

其五

阉尹执河魁，名贤烬党锢。祸乱虽小人，君子难辞误。孟博矜画诺，无礼轻众怒。窦武招外兵，李固擅举错。具兹去莠才，终鲜匡时愫。翕訿矜清流，相誉复相妒。群奸伏床旁，设阱踣罔寤。吾慕郭林宗，吊张非自污。吾爱徐孺子，先几冥鸿骛。人孰甘无良，化丑皆成嫮。百行君能几，辄以求全务。何不泯妍媸，持心以平恕。

补窗

小楼有南窗，山光延广汉。冬迎旭景暄，秋欣夜魄廓。纸破何因循，枢折绳为缚。岂曰囊无钱，游心互参错。买舟系江浔，屡止还屡作。老亲意殷殷，家人情落落。自顾无钩金，何以充藜藿。且当岁云暮，寒江风浪恶。作指主虽贤，能无讶橐橐。回头谢长年，期向春花约。呼童具箕帚，为扫梁尘薄。吓唬蔽瓮牖，风雨不能搏。解装出翰墨，吟哦欣有托。人生赋命定，贫富何哀乐。孔融怀刺出，漫灭空酬酢。袁安土室卧，闭户甘寂寞。承颜孟氏园，读书子云阁。不贵稻粱恩，嗤彼空仓雀。

送别汪今孟

汪子从我游，乃在丁未岁。是时风木悲，我心如疚疠。君今别我归，亦洒终天泪。伤哉已逾年，葬养贫为厉。昨约君同行，老母留我枻。君家亦有母，安忍攀车轊。君才何卓荦，过眼义无滞。学古竞挥毫，炉锤破余地。律身绝狭邪，制词秉夙慧。广筵展欢谑，深杯不辞醉。终焉慎礼仪，少长鲜颠坠。如此五六载，交深谊非细。即脱千金装，我心犹造次。奈我食无余，对此颜憔悴。到家应岁宴，衣拂椒花丽。再拜介春觞，儿游难迢遰。儿知故人贫，故人情不易。春生甹浅原，我志终能遂。君曷辞老母，先期二林寺。同登五老峰，上把匡续臂。前期有深情，少别无酸鼻。

送宋荔裳司宪西川

自古经纶才，必赖文章济。皇天重其成，艰难每历试。之子齐鲁英，秀骨金张裔。笔摇泰岱雄，学含沧海丽。忆我论交初，乃在公车岁。甘泉赋正豪，燕市酒同醉。自谓致身早，青云鲜失坠。抱璞嗟予归，执戟非君志。及后忝金闺，鹤厅瞻纵辔。倡和继元音，脱略空时辈。陇右歌出牧，榆关悲憔悴。何幸卢龙节，适与广柳会。解衣暖我骨，滴泪沾我袂。至今锡类仁，犹感脱骖惠。生还再遇君，含沙刻木对。徒愧叫阍心，觌面忍狼狈。来观浙江潮，更鼓金阊枻。道路恤衔冤，亲识高门闭。坐使班扬流，穷途衣食匮。即今豸绣光，岂殊昔珮璲。嘉宾维沓廷，即是张罗地。时至有盛衰，道大何轩轾。把臂辄论文，示我别后制。古气益磅礴，洒落风尘累。始知乾坤外，浩荡骚坛置。蜀道古今难，刑名生死系。传闻兵火余，虓虎交堂陛。锦城千里区，蓬蒿夺秉穗。民贫法易罹，兵顽风难暨。惟嘱冀公心，在在于门计。政暇览山川，篇章发幽閟。杜陵有前踪，惭我诗非类。吊古骋芒鞋，万一成都至。能无学严武，辟我草堂位。不然宾鸿归，时望新词寄。或者屠钓间，泽吟堪鼓吹。勿虚风雅林，早报循良最。开元相广平，四海同文治。

校　记

［一］仃　原作「钉」。

［二］阡　原作「吁」。

钝斋诗选卷五

七言古体一

恭赠先太仆墨刻登八卦台诗作歌

陈州旧有八卦台，古丘神碛何崔嵬。吾祖秉𢡟昔过此，登临朗咏留苍苔。好友星轺能吊古，披图考迹知吾祖。惠贻锡类古人谊，悄然莞磬殷堂庑。吾翁触景悲风木，五言细写霏珠玉。我时櫜笔赋长杨，归来座右瞻先躅。我生未得侍大父，德业先从家乘睹。瞻族菑畬文正田，挥金伏腊平泉圃。直谏先朝戒履霜，埋轮到处颂张纲。桃花源接鄱湖水，碣石风连雪苑香。中州持斧年最久，公余每命登山酒。蕴真采异历幽岩，古牒遗图多不朽。即此诗韵何铿锵，字体端严本二王。以视后进诚天壤，而何当时不以风雅名朝常？我闻石经昔为中朗书，辇致长安遭艰虞。刘郛采之丑玉羽，覆以丰屋何渠渠。昌黎手撰《淮西表》，谗夫力挽丰碑倒。义山且欲上明堂，手书万卷传遗稿。此皆慕古抱深情，况是箕裘到后昆。讲筵昨正询龙马，几欲陈风诵本源。又恐转非当日意，退藏轻泄苞符秘。耳鸣阴德肯堂心，缥缃岂许流光易。谨悬素壁列牲牷，百拜将同经史传。食德安敢忘所先，子孙保之其毋愆。

恭睹先大父中州墨刻五岳图作歌

噫吁嘻！我生晚未见吾祖，帷从画图思绳武。昨朝得诵卦台歌，五岳新图今复睹。五岳之图何所来？我闻传自柏梁台。瑶池难使三山近，丹鼎先令五岳开。真形流出人间见，或如悬釜或如瑱。横欹侧立相回环，赫虢尽摄乾坤面。就中独立嵩山高，三花二室尤岧峣。森罗四岳三公秩，藩都镇地何迢遥。吾祖先朝按中州，亲衔璧马祀嵩丘。裁成欲使遐荒被，罗网先从岳渎收。更疑往事杂谣谚，诗书尽斥齐谐眩。一图一纪一讴歌，考年辨号传封禅。丰碑大刻缑山顶，松风夜夜笙鸾迥。职方似为周官稽，谏猎先从禹贡警。此时神庙正垂衣，四海烽清忝稷肥。晋宫未启瓜台怨，楚舞初生子抱疑。吾祖批鳞曾杜渐，剪桐那识兹乡县。黑山忽起黄河飞，波涛不贯灵光殿。数十年来万事更，蛟龙夜泣海田声。铜狄金茎俱茂草，谁言石刻自西京。即今乃见羊公碣，定知守护劳神物。鸿都围看尚讴吟，况是儿孙忍呜咽。天子方今乐太平，搜求遗迹遍山林。万里江图黄子久，《十三经》写欧阳洵。此图撰刻山灵尊，更出先朝遗直臣。安得毡包席裹立致此，濯冠沐浴上成均。词同泗水蛟龙篆，事比岐阳品质文。星烂斗焕国治新，岂徒以壮小臣高山大泽之家声。

河之熊

有熊逸于河荛者殪焉。猛兽若此可慨也夫！二弟为纪其事，余系以诗同慨也。

边人畋猎为生业，驰马冬春争蹀躞。将军农隙更观兵，八旗决拾夸杨叶。归来毛血纷如雨，就中难得熊与虎。虎负高山善攫人，熊栖空室藏雄武。熊经自古通丹篆，上巢下窟知雌伏。舐掌蛰息学养生，金盘岂易肠蹯熟。己亥之冬冬至前，有熊踽踽来河边。腰镰樵子下山早，咆哮突遇狂风旋。樵子四顾无弓矢，非熊即我分生死。徒手当熊熊披靡，须臾血染城河水。甲士争传樵子强，不知樵子亦幸尔。假令熊踞深山巅，罗网安能逼后先。千人百人尚迁延，一蹶不兴亦天年。嗟乎！藏器于身以待用，遵时出处分轻重。天地闭藏草木衰，神龙且静熊何动。熊兮熊兮实□悲，不悲熊遇悲熊时。出林已与机械遘，宁待阽危泣路岐。君不见渭滨卜协兴周室，维床早应悬壶吉。一物行藏各有天，反复古今何太息。

书双峨寺僧卷

古人无死法，古心有明时，所以古井内，获得古人诗。先生生何日，阳逻不守三宫质。战将如叶坚城摧，孑然穷窭独不屈。曳履行歌歌声哀，纸上至今呼欲出。我闻此帙崇祯季，不知即是双峨寺。康熙改元我来吴，老僧为我述其事。古井夜夜吐光芒，辘轳引绠绠何长。绠尽铁函方盈尺，函内贮灰灰内锡。蜡裹绳头鹅绢黄，血沉龙甲鹃痕碧。当时廌绅尚节义，争传竞玩称奇异。遂令节钺问穷檐，至使贾人射重利。图书贵贱各有时，三十年来事复囧。犹幸本朝法纲宽，尚容稗乘陈书肆。但其函阴有特笔，此书出日一切吉。鼎革东南如沸羹，不知吉者是何日。河洛二代呈苞符，丝竹三经来屋壁。瑞应或为本朝先，神明别有扶持力。老僧又欲建高阁，稠桑修竹恣荒度。中塑先生旁列书，衣冠伏腊虔冥漠。同时更有一碗与一杖，杖铁苍然似老龙。碗质冰花如玉盎，设之左右同鼓钟。客来拜舞歆神贶，兵戈不见布金人。残经破屋空惆怅，我谓志在事必成。乾坤且为先生更，人心一日不即死，先生一日如长生。老僧但能存此志，安见祇园无数楹。异时华栋临深井，万古常闻慨息声。

与铁帆上人夜话欲作广陵怀古诗铁帆因出崔羽长先生诗一册见示读而奇之因纪以歌

禹贡荆扬地，繁华数此丘。过客如云鸟，诗文足汗牛。山河依旧当年概，笙歌不贯兵戈内。我来自作招提游，清灯只与山僧对。凭吊千秋愧赋才，孤怀欲写遗踪昧。山僧手持《怀古诗》，卷不盈秩云是广陵作者前遗逸。展卷再拜惊鬼神，非惊其词惊其行。先生姓崔名一凤字羽长，读书好义甘草莽，曾逢庆历太平年，学宗伊洛倡乡党。席户时听长者车，著书日抱名山想。忽闻城市祝融发，千家万家惊曲突。熊熊将及先生居，先生家有四柩未窆窟，欲去不得欲举不能。僮仆奔散烟焰凭陵，地不可入天不可升。柩毁乌用微躯生，回身再向四柩拜，虽死难逭子罪大，恸哭伏棺冥目待。惟道身殉秦劫灰，那知火返中牟界。须臾火灭四邻空，独有先生之居巍然在。灵光殿、伯姬堂，诗书留屋壁，宵训传女良，至孝格天地，谁言应渺茫？自是名德重井闾，马融之帐康节车。东粤欧公竹西社，才华祭酒推子虚。先生善诗兼善书，八分草隶中郎如。即今数首皆手迹，遂令钩画亦楷模。吁嗟乎！古今之传传以真，袭者安能比故新。骄奢尚习隋梁旧，惠化难湮汉宋人。况是诗文本性情，情能反性性能生文，忠孝日月椎鲁嘉闻。漫向风云敲白雪，须知方寸掷黄金。先生行谊已山岳，故看作述宝球琳。不然二十四桥明月间，岂少此六十四首之绝句，而令人讴吟之至今。

有客行

有客报门不言姓，但云盟好自先正。见我局促如见虎，审视不觉双泪迸。音容似父还似兄，自言患难等重生。家破田鬻骨肉尽，网罗未肯贯余丁。我昔束发家君从，曾拜尊君钦北斗。

是时伯也正少年，与我诗文相师友。丙子尊君文战负，秦淮鞅鞅寻诗酒。伯也寿亲为买姬，深山大泽龙蛇有。后闻生子皆名驹，祸福无端从此俱。栾盈几令曲沃绝，赵武犹看宣孟余。我昨生还燕市曲，闻此欲救救无术。南还舟遇仲也妻，脱乘无谋相望哭。归来遍访季也踪，茫茫烟海迷遐躅。客今何来往何之，何由得识梁鸿栖。客言行李来西湖，浪闻欲与我父期。履穷足茧三月余，金阊归就故人儿。闻我卜宅毗陵西，到门欲叩拙言辞。吁嗟乎，客勿悲！我虽未知客，知客父与兄。吾翁念若翁，泪下尝沾缨。敢不体此怀，为客心经营。患难人时有，平坡理易明。客从西湖来，必知西湖事。株连文字狱，杀戮无老稚。妇女裸且髡，连樯如鬼魅。又闻山东大索贼，十家九家瓶罍匮。十数万人骈首亡，屠割不异炙与胾。经难还将比事观，君家犹算天恩异。吁嗟乎，客勿悲！父书可读祖德遗。尊君赍没志未伸，伯也早亡功未成。冰坚芸黄硕果在，天意将毋眷此身。炎凉毋悲彦升子，人情盛世亦如此。报酬毋思睚眦怨，请君熟读《信陵传》。倚伏由来如转毂，春阳早入严霜屋。重耳出亡晋祚复，叔向能昌羊舌族。客但敛形读书敦孝友，焉知患难不为将来福。

得徐鸣岐滇游草阅之喜而寄此

生还宾从如秋叶，频游剑履纷书帖。天地惟留冰雪心，高音细律穷通接。初秋茅屋灯火清，邺架萧萧风雨鸣。检书忽得《滇游草》，把吟不觉星河沉。炎荒岂足穷司马，夔峡真能益少陵。忆昔戊戌春，青藜灼灼夜半明。朱衣倏罗岳渎珍，计为魁梧奇伟之豪英。进见恂恂处子贞，交臂未入风雅林。及我北遣万里征，闻君亦有滇南行。滇南不在方舆外，但苦干戈荒草昧。君思禄养不遑将，倚闾望隔蛮烟塞。又闻司农急会计，六条未宜劳臣例。瘴鱼行昏九折车，清风归冷图书柮。我意君为行役苦，不则或为左迁沮。见君诗卷何泊如，始知道力当求古。我归经岁未逢君，双鱼一问广陵津。囊中亦有穷途咏，扬扢思同载酒人。吁嗟乎此道微，岂只穷愁时。滇游本宦游，请以宦喻诗。自三百篇后千余年，而有盛唐之诸贤。变调咸从三百传，譬之齐鲁受封于周室，虽帝制自为而彤弓宝玉颁自天。又千余年明弘嘉，李何竞向盛唐夸。此如田韩赵魏拜爵于齐晋，虽称僭窃而克家。迄今则又百年余，作者多读弘嘉书。此如原陵春，尝之附势于田魏，虽如二君而终类臣妾之驰驱。性情有真，礼义有门，予发予止奚恤人言。纵不分符于周召，亦当服采于开元。岂可朝承北地命，暮拜历下恩。蛇行匍伏为家老，而不溯大雅之渊源。吁嗟乎！欧阳已判六一老，端明勋业岂草草！君村必为当宁需，何暇追琢名山稿。功成名立归来时，倘肯云林访故枝。或有起予论，或有俾尔奇。赓歌飞动乐何其，聊一思君寄此辞。

长歌为胡方珠五十寿

屈指别子岁月久，此来逢子五十寿。亲在恒言无老辞，同人且酌南山酒。我与子交虽友朋，实若天亲无薄厚。我父髫年交尊君，六骏情亲天下闻。藐予总角及成人，无日不与父执亲。章句夙承负剑训，笑啼最识凤毛声。龙眠同学有许子，大雅希声凌正始。子曾受业许子门，问奇余弟同经史。故里兵生白下屋，孟家邻卜襄阳曲。朝夕无缓寒暑从，万端忽向沧桑逐。难坚肥遁我拼飞，易嗜丘园子蠖屈。是时尊君正远游，干戈归路日悠悠。余弟适为括苍宰，蒲毂千山迓蒯缑。长安闻此喜出涕，不特喜子喜余弟。此谊当从淳古求，知子菽水欢无既。及余远谪关山道，乡国前期迹如扫。何知皂帽复归来，堂前更奉丹颜老。人苦子才不早贵，更苦朝飧贫无饩。我即寿子此两端，世人那得知其谓。艾龄宁即祝彭聃，乃得亲年八十三。人生最乐孰逾此，鹖冠岂不胜朝簪。更有床头书万卷，阶前玉树争繁衍。卜砚将车继古风，偭金何似贻谋善。世眼难言富贵好，古今富贵多荣槁。不见朱门茂草生，优悠白屋同云岛。我亲强秴尊君健，我颠未白君颜倩。从此期颐答景光，奉亲携子偕嘉宴。刘姚蒋叶诸弟兄，相邀不远江如练。画手江东曹李多，一年一度开生面。留向名山传万年，六骏儿孙多且贤。

徐二娘募金歌并序

徐二娘，吴门女子，住杭州梅东里，善琴奕度曲，音客妙一时。尤工页戏，好辞翰。客有招之至湖上者，酒间问余姓字，愕然曰：「君在此耶！」乃令余自叙述二十年间行事，为之愀然，数日特顾余，见余衣衿敝垢，命小嬛悉卷去，为余瀚濯缝纴，以狄香鞮芬之。又见余发鬅，忻然揎皓腕，为余栉之。二娘素善酿玫瑰膏子，甘香异常。又知余好食洞芥，武林人家无之，皆继继饷余。又闻余有募金单，持数纸去为余募金，曰：「世岂无哀王孙如妾者乎？」呜呼，难矣！此在丈夫且少，况女子乎！况平康女子呼！况始终无一笑之平康女子乎！呜呼，世之扫权门如不及而弃故旧如粪土者，闻二娘之风亦少愧耶！

田庐既尽版筑苦，瓶罍飞輓劳风雨。七十老亲养不顾，叩门那问陶潜语。侍郎周公为我策，周栎园世间岂鲜捐金客。为我灾梨刻募单，朱门白屋纷干谒。赵岐亡命范雎寒，在骖谁解晏平鞍。攒眉似赠千金易，再过还求半面难。亲识宁真意气少，高车自结临邛好。乌雀原知翟氏稀，虎鼠何伤曼倩草。武林忽遇徐二娘，姑射肌肤燕赵肠。酒间见我潜悲辛，怪我须眉何早苍。问我性字喜复惊，尔得非清风女子诗中之桐山生。闻尔曾为关塞行，何幸见尔西湖滨。询我悲辛亦何故，我言未毕泪已注。访我邸中把我诗，为浣我衣织我屦。毅然侠气薄层云，自解花钿助我贫。更持募单数纸去，为我遍走王侯门。云此涓埃佐君养，忧心少解游方畅。上有高堂母过愁，泥涂岂足为惆怅。妾本吴门良家子，流落人间遂至此。何异君薰三殿香，今日千人颜面疵。妾悲君遇因自悲，悦已容同知已死。吁嗟乎！剑侠曾闻聂隐娘，稗史流传李氏倡。悠悠世上徒相识，谁知剧孟在平康。再拜受之惭且惶，结交四海多昂藏。募金乃出徐二娘，吁嗟乎，徐二娘！

易病吟

客问主人何易病，昨宵鼓腹风前咏。快意旋看疢疾生，今朝憔悴羞明镜。主人答客悲且笑，我即告君君岂料。伊余弱冠逞词场，彩翰飞舞红颜少。犹值金陵全盛时，倡楼宾舫恣长啸。只愁欢宴竭金尊，那知风露侵兰膏。一自上书金马署，凌云赋受君王顾。讲武甘泉仍觐文，春秋侍从轻风雨。是时自谓恩无量，是时自谓臣年壮。顾问多陈世务书，龙颜常得欢相响。手指斯人告大臣，云为特简堪储相。记曾请急署采薪，黄门飞鞚来问状。十日趋朝赐绣裀，亲垂天语询无恙。忽然获罪谪荒边，大君造命岂徒然。槛车已逐关山去，秘撰犹蒙黼座怜。更闻同官传帝语，冱寒屡念孱躯苦。冉冉三年召贾生，萧萧两鬓归苏武。去时正遇雨潦降，多洪必拉沉波浪。东行多江河，「多洪」华言「渡口」，「必拉」华言「河」。徒涉褰裳不计程，嗄汤夜夜穹庐帐。「嗄汤」华言「淖泥」。銕背山连长白遥，銕背山在盛京东北二百七十里，即明将杜松败绩之地，长白山在混同江北腊法多洪东北，即金太祖起兵之地。如抗如坠度朝朝。目眩头风愁狖猱，百年一坠那能邀。木罂稗子樵且汲，地无陶器，以木为罂盛饭，饮食无稻米多食稗子。亲前强笑退后泣。始知忧患果生人，劳苦曾无燥湿入。奉诏归来值隆冬，坚冰一片海山空。险阻潜消积雪里，豺虎惟留困斗踪。手劈大木燎原红，烘天不敌霰霜浓。仆僵轮拆牛马风，生死都忘帝德中。新例酬恩唯力役，东西奔走难窥屋。冷眼难甘肥马尘，靦颜终乞朱门肉。失路方知行路难，抱病方知无病福。莫笑慊七尺躯，沧桑何异阅麻姑。只今犹有形骸在，芝木无劳问扁庐。君不见杜少陵，酸鼻青蒲去锦城。峡中卧病经冬春，伏枕愁时盖有因。又不见王阳明，勋业全从谪所成。金丹瞑眩良知能，手驱二竖活群伦。我病岂因寒暑生，吁嗟乎，我病岂因寒暑生！

横玉山

山在长兴县西北三十五里下为顺泰乡祠今改为观音寺。

西北有山名横玉，下俯顺泰乡民屋。顺泰乡民十万家，不工不贾耕山曲。土腴岁稔常不收，鞭扑征输多夜哭。东平杜朴巡皋塘，因民建祠虔祷祝。自此斫畬不逮前，他区虽歉此区熟。

元季兵戈祠宇倾，夏税秋粮又不足。父老呼天天不言，广搜细绎人谁告。忽有堪舆善地经，笑指兹山为祸福。山形类鼠窃食田，田苗岂足充溪谷。须建一祠祠神灵，神若有灵鼠乃伏。于是邑人颜福慧，访旧鸠工勤版筑。祠成夜半雷电风，弥山若有弓刀逐。草枯数日叶复青，此区丰歉遂同俗。我来闻此骇且疑，《齐谐》岂尽荒唐录。山形类鼠尚害人，况当猛虎人为牧。劝君为神勿为虎，为虎恐有风雷扑。吁嗟乎！方今天下鼠，尽化为虎而食人，空山何处有鬼神！

白头花烛行

坦上刘翁何好奇，集有白头花烛诗。花烛岂是白头事，夫义妻贞两得之。白头老媪倪氏女，少字东邻陈家儿。陈家小儿名敏八，十八从军戍边陲。媪遂矢志不再适，直待敏八重归时。敏八军中五十哉，每逢佳偶必苦辞。皤皤百战归来日，始与老媪初结缡。老媪是年六十一，灯前羞涩春花枝。鸡鸣忽忽天欲曙，新蚕到老方成丝。刘翁亦是苦节士，故特表为风俗维。

同僧煮孏茶歌

山僧与我皆嗜茶，当暑亲烹顾渚芽。山僧笑谓茶理微，我悉告君君勿讶。君知此茶何所始，紫荀名从贞元起。御史栖筠典是邦，有客献茶尝之美。万两泥封进上方，急程焙贡遂难已。常湖二州争献功，三春那惜耕农空。吉祥寺改磨茶院，宋元不辍芳时荐。自易轻猺隶省司，兹山亦与朝规变。草柘泉浊不堪收，遂令罗嶰空阳羡。吴人山峒皆名嶰，罗山洞壑岑苍霭。山之夕阳胜朝阳，故称庙后尤清香。洞前亦有向阳地，根浅沙多叶不黄。凡茶依土此依石，石岩枯峻风霜积。凡茶宜嫩此宜老，老根饱受阴晖益。凡茶皆及雨前栽，罗嶰茶围立夏开。梗细叶青萧箬气，犹早朱明数日来。雀舌莺嘴手难触，黄金碾畔飞绿玉。微溉少著澮且清，嗅之香似婴儿肉。采不宜晴不宜雨，去不宜早不宜哺。碧露初稀天宇澄，千钱顾得采茶女，一曲茶歌万叶翻，瑶华纷坠湘妃浦。文武阴阳火候微，香篝翠釜经营苦。金沙苦泉今已湮，紫花新濑亦埃尘。唯看光竹潭清冽，煮此犹堪慧水伦。君欲品茶先品水，君欲辨茶先辨理。色香高下界微芒，有如理欲纷难记。君能自荡肥醲心，灵味方来幽寂里。我闻此言起避席，半生枉抱卢同癖。不至三余不遇君，空从桑苎寻前籍。安得即归邗水滨，涤器再拜献老亲。更述此言佐麈尾，芳堂色昭阳坡春。

过狮隐庵得尝真庙后茶因向庵僧白乘乞少许寄老亲纪以诗

老亲屡索庙后茶，我求不得尝咨嗟。姚生叶生皆好我姚在式、叶采九，所致中驷非灵芽。客或告我狮隐庵，有僧每岁入烟岚。当春买得真茶子，焙造不令它人参。试同君往叩，不知在家否。此是真庙后，而亦不多有。捷步循荒途，横桥穿密柳。叩门僧出迎，袒裼而白首。久客露姓名，未免在人口。便问老亲安，欢若平生友。询之云在弁山寺，曾见大字蛟龙走。须臾出茶茶味下，小物亦盗虚声者。老僧怪我颜色动，客代我言何潇洒。方生好奇有同心，相茶之法如相马。欲求神骏寄高堂，当偕珍脆欢杯斝。僧谓子何易言之，此是山林大药资。每年铢黍皆有数，富贾豪门未可期。君欲奉亲胜自吃，我请为君斟酌时。自起燃松脂，悠扬小灶青云迟。自起吸天泉，寒冽中冷逊自然。自起涤沙壶，时陈妙制近代无。自起拭瓦缶，口不径寸白如琇。最后乃向佛龛右，锡注方开香满牖。倾出枝叶颇粗黄，粗黄乃是真庙后。忽然松风来晴阶，湘芷庾梅纷入怀。咀嚼始知灵味厚，在碗苍苍白露偕。我与客皆惊未有，老僧无言但摇手。山中真味固难知，岂容市上轻授受。愿分少许奉尊亲，应共瑶浆称万寿。

钝斋诗选卷六

七言古体二

画溪行

叶令许为画溪主，因循簿书复阴雨。瓮牖朝光晴且闲，扁舟自买何容与。道远不暇命多俦，囊空羞涩酒家楼。独与山僧携茗具，棹讴轻发晓风遒。我闻画溪之源自东川，群流汇聚几洄沿。上为合溪下三箬，就中独以庵画传。澄波彻底二十里，古藤缘木木参天。此来唯见从篁与翠筱，居民寥落高林少。宛转陂陀断复连，园沙尽日眠鸥鸟。一楼当岸倚斜曛，山色溪光四面分。荒径南邻清果寺，曾住诗人钱仲文。古丘废井多莫考，冲融碧浪青山沉。旁有金生博古流，来言往事足神游。楼台夹岸中天起，丝管连舟春夜稠，是时隆万方全盛，顾公刘公初致政。官良民秀田禾丰，山川修贡光华映。自遭丧乱老成凋，眼中桑海遂难问。吁嗟乎，君勿悲！乐游华林古来奇。管弦未歇蓬蒿长，销沉不待变迁时。即今犹有溪山在，我辈登临酬胜概。旷士高怀等盛衰，啸歌岂必黄农代。

怀古阁歌赠归希之

吴儿作伪成风俗，翻哂真诚为朴遬。瓦砾群夸博古图，涂雅亦诩名山录。细骨轻摇䶮舌音，公卿昂价矜亲族。妻儿待米身号寒，怀宝门墙伺草木。前代收藏项墨林，近时博雅季泰兴。起乘富贵走良苦，贫贱安能望后尘。屈驾桥西有归生，徒手敢与二公争。红尘十丈埋茅宇，瓦狗泥牛列肆陈。入门曾不殊裨贩，登阁身如置汉秦。窗牖皆生三代色，杯盘俱非人间式。方丈难容并坐肱，危梯不受褰裳陟。储无担石志千秋，室有同心成博物。问客欲何观翰墨，先所适石经憔悴。钟王传东晋，初唐称劲敌。宣和不烬熙丰余，元明变化争毫发。图书卷轴难具言，就中最多李龙眠。揭钵石鼎春蚕丝，足与张顾相后先。楚峰夏山子久笔，真本今闻归巨室。好手临摹法亦工，况有倪王业辅弼。后出铜樽必商器，否则中何有祈子孙三字。累累君家若等伦。观者咋舌复摇手，或疑真伪窥山薮。君非好货非好名，宁同市井竞苗莠。翡翠光移齐鲁青，雕镂巧抉神工秘。有明宣庙制器精，瓦缶金罍轶古今。泉刀那得购其真，吁嗟乎，归生奇！不奇于古奇于贫；不奇于博奇于诚；不奇于洞识能辨，奇于讷言朴貌，混身阛阓而人莫测其涯津。阁有题额曰怀古，苏洲刺史旌其户。郡乘它年采笃行，敢将隐逸为君补。

题宋荔裳所藏黄子久浮岚暖翠图歌

吁嗟乎，宋子君犹生，犹生携诗画，与余相遇于江城。此非君之幸，将幸乎世道天心。与君结欢在丁亥，出入升沉二十载。怜君两度困含沙，当身不异沧桑改。倘非圣主鉴沉冤，偃肉那堪俎上醢。见君喜对君，悲君翻无语。但论诗险阻，逾知忠孝切。刀钲益肆讨论奇，更出画图悬素壁。风雨忽来屏障湿，岩壑纷纷暖气盈。丛林在眼身堪入，我闻子久之画重元季，当时宝有三图异。九峰晴雪富春山，心神尤重浮岚翠。九峰之图在吴兴，二图闻已入高门。君之图书应散尽，胡为犹有此图存。世间真伪亦何凭。焉知在彼者非伪、在此者非真。古今异物关天地，定有扶持赖鬼神。吁嗟呼！昔出榆关君送我，牵衣顿足哭道左。及我生还君坐诬，西曹泪滴锒铛锁。何意我生复见君，何意君生来江舸。世人但识富贵荣，见君才力祝功名。唯我知君有异情，凤翯何心欲再鸣。翙翙惟流奕世声，君近徂徕有六逸。我家龙眠山嶺萃，偕隐相期作画图。应向巅崖添二室，二室之阳诗书藏。我将与君读书行义其中，而成此江河万古之文章。

至日同杨明远宋既庭过徐贯时二株园宴饮分赋限夫字

徐生之园先代余，托门扫空忠孝俱。自非胶漆承前图，过客那得窥绳枢。我来吴门十月初，遍访徐生知者无。风尘始税蓟门车，草茅已为故人锄。至日阳生花欲舒，石栏阴洞争盘纡。须臾丰膳出中厨，更携子弟列座隅。阳云宋玉皆文儒，纵谈喧闹清夜徂。徐生意气空江湖，何独于我如友于。忆昔戊辰趋燕都，吾翁携我观石渠。亲见若翁堂堂躯，置膝爱我如明珠。甲申避地奔三吴，烽烟吹断北来书。若翁见我悲且吁，问我高堂双鲤鱼。自是分携事变殊，二十年来过隙驹。行路谁怜赵氏孤，泪水空转楚大夫。吾翁言及必沾裾，古人交道其庶乎。尔我何心愧楷模，江河世态空纷如。对君歌舞忘艰虞，春风次第遍姑苏。两山青峙具区铺，更欲从君提玉壶。

僧瑞宁赠我陈章侯大士变相图作歌谢之

陈生书画江东闻，近时真赝何纷纷。我来广搜不可得，见此不觉毛发生。烟云一僧何来露顶坐，厖眉高瞯左耳大，衣纳山河襞积生。眼看日月车轮过，云是大士变现比丘身。普陀白日来心神，相本无相更何现。瓢笠因公一写真，挂我素壁不忍卷。解衣想见霜毫吮，长物余当知己归。连城敢乞邯郸遣，瑞公长笑复抚手。狂生遗迹不常有，即我结交数十年，曾无一画留窗牖。陈生豪放近莫比，睥睨画手如敝屣。丰屋珊瑚或怒嗔，诉负团绢翻色喜。有时含毫终日不肯下，有时酣酒狂叫泼墨滓。此特秋宵闻诵经，趺坐忽起山月清。自云已摄百千身，索纸磅礴气纵横。文人藻翰妙天下，赫唬安用缅风雅。但肯为我作诗更作书，丹青金石同潇洒。我闻再拜还太息，是物传流关神力。一技高深且动人，何况雄文与硕德。瑞公尔无忧，水月何烦岐路求。焉知入我三山笈，非即悬公五蕴楼。我书未比陈生画，好还恐逐天心戒。慎勿他人画易书，还珠还椟空言迈。

走狗叹

有犬锐头高四足，皮乾毛暗步蹉跼。日到僧厨窃伊蒲，每出街市遭鞭扑。土人云是前令张，身死妻孥散异乡。昔养此犬今奔亡，赵氏小儿为收藏。犬傲不为赵家守，天寒日暮乞余粮。我闻张令牧民如乳虎，冤号塞路天无语。日剥民膏饲狗马，枥下牢前同传姆。此犬曾共猎场逐，金铃警捷韩庐屈。又傍琴堂怒视人，嚎声一震千家哭。武人将同国猰心，用者何为朝延辱。独怪江乡民情殊，积威刀俎翻晏如。即今有政同襁褓，转笑慈祥为鲁愚。呜呼，民岂殊！当是贪官污吏习俗缘染之驱除，事久自看恩怨浮。试观此犬终日摇尾而民不一食，民心岂怨此犬乎。此犬饥死亦有魂，应随张令诉天阍。悔不早为良吏不促算，犹得牵之上蔡门。

丐户叹

暨阳有民百余户，老死不齿齐民职。路逢负担亦侧让，岂屑婚姻连比室。弱者生理唯渔竿，鼓吹舆儓强有力。问之耆老云固然，考之志册亦莫识。或云宋时降北人，大定归俘正朝律。子孙世坠皂隶流，数百余年无恩恤。我思宋畏金如虎，招徕不遑敢过疾。或云明初诛顽民，重遣元族张朕堲。又云再兴从叛者，越公立法深且密。呜呼！覆载无不同，况经易世沧桑习。贫贱升沉凡几更，斯民何独无矜恻。即使当孥亦太远，自新岂少兴王式。必因会典乡饮篇，乞丐不与至贫立。兹为游堕警廉隅，岂锢残黎遵帝则。草木应荷圣朝慈，沉渊谁向君门悉。习俗宜更不一端，此笔应先仁者恤。

有赠我陈章侯画苏长公像作歌纪之

卧病朝闻风雨颠，有客冲泥来相访。手持一轴画，乃是陈生所绘苏公像。陈生之画真伪陈，近时伪转多于真。昨从山僧得一大士像，笔迹仿佛李公麟。此图较之工尤胜，素毫宛与文心称。不识苏公何自来，英姿飒爽呼欲应。箬冠高屐衣氍毹，雪寒野阴筇杖扶。手插梅花古螭卣，欲行不行何踌躇。背负一革不可辨，陈生博物必有见。倘非鲸鳄之寝皮，抑或虎兕之坐奠。苏公涉历多嵚崎，此必步自雪堂归。不则生还南海后，妙高玉露寻荆扉。我才不逮苏公远，出处聊堪方偃蹇。敕炬才然赐玦遥，文章犹傍先皇衮。金马重来泣鼎湖，空王老信名山遁。尝欲绘我飘笠身，好手经营未可寻。到此不觉融心神，安知异代同怅望。此图非即写我真，我即用以遗子孙。古人买丝愿绣平原像，其意岂在平原君。

放歌行为友人寿

与我行年同五十，结交乃在二十九。君甘贫贱乡国安，我窃功名风尘走。盐官司马诸舅行，避地因同宅相友。客子畏贼复畏人，卑枝野果何颜厚。君时絜榼瀼西屋，英论排搁还极目。谓我文章似班扬，泥涂自许如鸿鹄。及我登朝复出关。柳车驷马几倾覆。闻君乐志老鱼樵，茅堂清簟常舒足。生还忽遇西冷庙，惊看我老君何少。回首当时似反掌，万端陵谷随嗟悼。今年复共若耶溪，告我方春重娶妻。愿得明珠成凤羽，欲买幽居学马蹄。君事方如少年始，怪我颠毛何徙倚。才知隐逸驻丹颜，岂似荣名催贝齿。王生王生箕颍流，故山深处即丹丘。自是优悠太平代，何须竹帛与钟卣。

有赠持胡彦远所书扇不觉哀念成诗

有僧扇书胡生诗，读终不觉泪盈臆。交多应愧死生忙，物在深怜故旧失。长安丽句公卿闻，西湖觌面歌舞集。交君虽暂知君久，行年较我惟长一。如何萧寺十日欢，遽成蒿里千秋泣。记为山人说卖茶，清词斐亹蝇头识。又读我诗赠我言，齐纨长句书相忆。当时得失何寻常，伤心此日无遗笔。闻君无儿嗣复殇，有亲八十贫无食。一棺金尚友朋分，孤坟绋止山僧执。自古才人坎壈多，如君身后尤偪亥。开帙真惭地下心，追酬无日空反侧。老僧若肯相赠贻，吉光片羽同珍袭。

茶市谣

昔闻茶易马，国典垂今古。惟知市马场，不识采茶所。昨来暨阳邑，兼闻父老语。始知此山实产茶，年年夏月输天府。昔者商饶茶叶多，近时茶少商人苦。明初茶市在绍兴，天启三年移此城。商来印牒报守臣，车推舟运送金银。长吏抚之如子弟，主家事之如父兄。是时产茶亦无数，旁连州县六七处。雨前采撷春后烘，捆载趋走如烟雾。开秤上箱俱有时，准平镏白言无误。不知何故今全改，茶山取次无精彩。间能采焙待商来，利较昔时输数倍。主家持衡少作多，里胥逢怒功为罪。终岁辛勤不疗饥，商人何饱我何馁。商人闻言亦太息，尔道卖茶不如昔。那知买知今亦然，熙熙利市成忧厄。且如去年贵戚家，宣云一过恣诛责。叱拨不足继参貂，三秋居积空一哑。又如今年提督府，下菽千斤发民宅。欲从其奈昂价何，必违即作科条谪。关征国税如牛毛，操赢计利相寻尺。我行闻此心茫然，司农大计三端传。茶马实与盐漕连，盐政已毁漕政乱。何堪茶马复更迁，财赋在国血在身。上壅下竭疾必生，为问王公与大吏，疾生身败血安存？回头复语商与民，勉供正税毋怨争。圣朝惠政如天地，岂使尔曹欢娱反不如明季。

赠冒辟疆六十双寿

冒子之母八十一，冒子与妻偕六十。慈孝裴王礼法传，宾朋高会诉堂室。我忝冒子两世交，先君尊君实连镳。我初遇君杨子桥，君颜少好云霞标。盐官同难毗陵别，回首烽烟梦寂寥。生归转得数晨夕，梁鸿借庑尝分席。夜烧灯烛话开元，聚散平陂何历历。冒子固是先朝哲，先朝往事余能说。赤眉纷披蜀洛争，士林口嗹玄黄血。虚声横议酿戈铤，运移气斮钟簴裂。冒子西行非得已，只为尊君筹战垒。叱咤执政连党人，终脱劳臣归故里。有才如此不见收，至今痛恨杨与李。十年蠖伏知雄雌，唾面宁甘竖子嗤。惟敦孝友偕琴瑟，更琢文章勒鼎彝。

人言君志与时违，更怜垂老禄养睽。我识君心在千古，岂与二豪争醯鸡。即今十亩何徜徉，安知乞宪无典常。申公之车盖公堂，不则二子才且良。岂不能邀翟茀以荣亲及祖母，而补而翁之未遑，君其为余晋此觞。

钝斋诗选卷七

五言近体一

南苑廑猎赐宴应制

顺治十三年仲春上驻跸南苑阅武行蒐礼召廷臣恭祝赐宴各赋五七言律诗绝句每体一首。

万马跃沙阴，金铙教战心。镝飞思后载，网密纵前禽。三接天颜渥，千盘御醞深。小臣欣奉爵，吉日颂车音。

邻寺看花

无村赊麦垅，有寺近茅堂。将父扶筇健，携儿散步长。砌荒红雨积，殿古白云香。顾语栽桃叟，重来春更芳。

再过邻寺

再看邻寺树，已满夜来花。气转深春易，香生野径加。读书人共静，新法酒难赊。更嘱东风待，堪留对晚霞。

风　直

风入纶扉变，器尘避禁林。天高黄幄静，阙近紫云深。触物烟霞思，乘时宵汉心。雕虫依日月，未敢说抽簪。

雨　直

时急桑林祷，驱车敢告劳。臣心趋翰墨，帝载想焄蒿。香惹廷花湿，去凝禁柳高。四方才霡霂，已与乐春膏。

晓　直

秉烛甘宵食，披衣习晓风。周庐惊早钥，残月见悬弓。治乱豚肩内，明良马迹中。坐深楼阁影，渐睹日曈胧。

晚直

事大君恩重，才微顾问偏。典须稽古史，心益爱高天。堂馔金盘锡，藜光玉炬然。珮声归凤沼，已听漏壶传。

即事

日喝畬田土，风飘梵利钟。祈年非利已，福国不须农。彩仗缁衣引，金函玉女封。会看雷雨应，华祝自芙蓉。

怀曹木欣 时木欣以妻病请急次日上遣学士赐药问其痊否

穹庐怀我友，似听读书声。旃夏君臣谊，刀圭妻子情。交惟同志切，思亦暂离生。传说回銮近，论文早款荆。

其二

闺阁垂天问，葠苓出上阑。剪须恩未渥，截发诏同看。后史传闻美，微躬报称难。鸡鸣催曙直，益重戾廖盘。

出塞送春归是日立夏大人从车上以此命题余及二弟邵村吴子汉槎钱子德帷同赋

出塞送春归，天心无是非。柳同官舍绿，马逐战场肥。草木深兵器，关山壮客衣。芳菲随地满，何异故园扉。

东征杂咏

发襄城

自都达关门至盛京，即古襄城地也。馆此二十余日，乃首途诣谪所名宁古塔。宁古，华言「六」也；塔，华言「坐」也。相传昔有六部落驻此，故云。太宗时始入版图，去襄城尚一千七百余里。是日襄城同谪诸公皆辱祖饯。

度关还出塞，同逐亦凄凉。勒马荒城送，摇鞭古驿长。黄冠甘去国，朱绂已垂堂。仰澍高飞鸟，无书报故乡。

张伯火罗

张伯，华言「大山口」也；火罗，华言「沟」也。是地有山甚高峻，车必脱辐以绳缒之而下。

马牛皆解羁馽纵之，择路至山下，乃复驾辕整辔。如是者无日不然矣。

俯身千百尺，直下一车飞。涧落龙潭曲，峰悬鸟道微。山山天四合，树树雨重围。淅沥蚕丛路，长歌问是非。

十八岭

峻岭相连，尽日在深溪乱石间，俗呼为十八岭，其实不止十八也。岭麓皆插大河中。两岭相接处必有浅濑界之，濑尽处则皆淖泥，土人译为虾塘，深凡数十尺，浅亦数尺，徒车皆不能度，必缚薪，或为桥，或布土，乃可过。意即《汉书》所谓辽东水道多泥处也。东行之苦以此为最。

天意扼雄边，千峰抱大川。野荒泥滑滑，山古路芊芊。异国黄梅雨，流入白草烟。熊罴迷战垒，征鼓忆当年。

四道岭

环望皆山，四岭尤峻，相距凡十余里。深丛巨石，无方向可寻。中有一细径，层折上下，青葱晻暖，殆非人境。

才过十八岭，又渡四重山。青插层霄瘦，红垂落日斑。不知何处去，安问几时还。天际寻毛幕，孤烟即故关。

年马

又名呀吗，华言「人」也。四向皆山，中一峰巍然立巨石于其上，望之如一人踞峰岭而下瞰，故取象曰「人」。自出襄城，无日不行山水间，亦无日不行风雨间。至是淫雨三昼夜，诸川涌沸，平地为谷，毳帷布幙，日凡数徙。此地去鹦歌关止三十里，行十五日而不能至。盖大河巨浸，有数十道，伐薪刈木，行人自为之，故难渡也。土人多奉浮屠法相，呼为「善友」。乃昔太祖初定辽东时，惟浮屠氏获免，故多冒伪僧，近始复为居民。云俗好礼贤贵，乐施与，客至争致馆，縻于其家，曰：「此中朝贤大夫，在天为文昌星也。」一岭复一溪，溪尽岭还齐。雨挟江湖漏，云驱虎豹低。朝朝年马宿，处处夜乌啼。阴霁亦余命，何悲客路迷。

鹦歌关

山川环结至此独开一谷，复有连冈十数折乃达平原。形势尊雄，真天所以限内外也。西去沈阳三百二十里，东去则杳渺丛薄，莽无人烟，或云阴阿里，华言「郁李」也。此地多产郁李，遂以为名；或云阴沟喇，昔时一部落也。天聪中归版图，今其族犹有存者；或云鹦哥里。昔有鸟来巢于林，多文采，能人言，尝告人休咎多前验，土人祀以为神。有识者曰此鹦哥鸟也，皆无可考。今设关以讥参貂之出入。关有甲士十余人守之。往来者无汉字文牒，率以一园木剖为二，中篆满字，合而以皮束之，至则解其束视其书，稽其人马车载之数，而后放行。若朝士度此关，吏尚携壶浆再坐而饷，呼哈方而不名，其如中原征求苛扰之弊，则无庶几讥而不征之古风云。

万里人烟绝，当关一木遮。龙蛇惊过牒，鸟鱼乐奔车。侯吏葡萄酒，穹庐苜宿家。重边凡几度，何处望京华。

了深必拉

「了深」未详何谓，「必拉」华言「河」也。在鹦哥关东北八十里，源委莫可考。两岸皆古木茂林，𥳑沦汹涌，杳蔼阴森，踞高望之如青龙蜿蜒于云烟中，朝夕万变，不可名状。而波涛缓急，率视阴晴，以为消息，夏潦方盛。余驻河滨八日而后渡。

深波环灌木，曲曲拥云青。名尚劳重译，源何考旧经。浪声催鸟疾，雨气逼龙腥。夜半胡笳拍，游人濯足听。

小阿稽

自盛京东行九百余里，有混同江。江之东南岸有地曰「腊法多洪」，「腊法」者即《清实录》中载武皇帝所灭十六国之一国也。旧城去今地尚百余里。今以往来渡江者多，遂于此设舟楫。「多洪」者，华言「渡口」也。多洪之西有小阿稽林子，多洪之东有大阿稽林子。「阿稽？」者华言「山峪」也。两山相压，曲径崎岖，大木千章，参霄蔽日，虽停午不见微阳；虽盛夏不知暑气，而湿蒸成露，滴叶间淙淙作雨声，彻昼夜不息。其下则溪流激湍，沙石污泥逐步皆有。或木自蠹折横当衢，高盈丈，广数亩，行人辄盘曲以避，而蹈困攀葛，又不知凡几折矣。

深林四十里，俯径入秋毫。虎迹窥人密，龙吟趁雨豪。千盘歊雾窄，二岭挟天高。刊木思神禹，乘輶岂告劳

大阿稽

小阿稽亘四十里，大阿稽亘六十里，险阻尤甚。晴秋健马行林中，亦必四五日乃出。时水潦方降，泥污积委，加以草莽间蚊虻肆起，有白蛉子者小如尘埃，多如云雾，着人头目如胃蛛丝。以手挦掴，血盈爪掌，辄不可搔，不可浣。然不能不搔，不能不浣。累累丰起，疮痏遍体，疼不可忍，夜半少瘳，而次朝乘马则又任其唼啖矣。又有霞虻，小者如黄蜂，大者如雀，专唼牛马，千百成群，顷刻肉陷数处。牛马一闻其声辄风而逃，卒不可逃。御者先裁布为衣，披牛马身，露其四蹄、口、目，以便服乘水草，更持一束艾作帚，时时拂拭，乃遑宁处，不然则牛马多死亡者。徒步者亦多辑艾叶作一圈戴头上，首尾相结，前垂一绪，爇火作烟，乃可少免其害。二物此地皆有，阿稽尤盛。

万牛梁栋木，谁使闭蒿莱。皎日临无地，天年养不才。纵横六十里，高下数千回。笑策虺隤马，崎岖歌莫哀。

抵宁古塔

垒石为城，树柴为郭，人多耕猎，俗号淳庞。

女墙依草舍，叠石傍山岑。两月无人眼，经年逐客心。息肩同故里，安隐即长林。雪后春回易，操弦漫越吟。

雪 归

扼边环木栅，低户瑾炊烟。空肃山谷立，风回雪片悬。栖鸦沾晚树，归马瘦高天。忽讶衡门近，行吟忘路偏。

夜 坐

夜坐清灯静，窗临白月微。人难期独觉，天为洗前非。岂作穷途恨，相期古道归。雕虫诗技小，亦可当金徽。

夕归

落日迎山紫，人家逼水黄。风沙迴暮色，烟火聚云光。一径柴桑里，千年古战场。心安何异土，朝夕自徜徉。

令小童刈蒿

客久奴如子，山遥蒿代薪。刀镰歆弱息，风雪共樵人。萬稗充飧饱。鱼皮短后新。敕厨藏饼饵，归报汝艰辛。

理裘

寒挹故时裘，开箱泪暗流。裼辞宫锦色，香尚御烟浮。回想承恩日，曾逢献寿秋。万端臣子愧，到此益悠悠。

见鞋

线滴妻儿泪，装经风雨颜。谁令迟布袜，遂尔负青山。晓露天街步，霜峰绝塞攀。何如苏广汉，织草卧乡关。

答吴汉槎借读通鉴纲目

可与言今古，荒边只有君。赋诗能渐朴，观史不徒文。我已中年后，心难强记分。幸将成败理，抉要与同闻。

其　二

胡天汉日月，宋代鲁春秋。彤管当年笔，牙签昔日楼。行厨原自富，腹笥更相谋。茅屋清灯意，宁徒慰旅愁。

二弟偶问河图

细省平生事，无非悔吝端。果能知羑里，何处不长安。地远冰先至，天回雪罢寒。盈虚原可见，须向画前看。

夜　雪

雪如江上雨，不霁便纷纷。岂直微阳动，偏教积气分。严威边屋狎，高响夜窗闻。万里袁安醒，香炉尚夕薰。

读　书

出处愧前贤，心伤转自怜。请看何禹甸，竟欲事尧天。边老头难黑，空低月易悬。室中图象在，倚伏信机先。

早　起

摊书才一卷，开户已三竿。早起赊宵课，煨炉失塞寒。沙陶蒸稗白，柳汲井花乾。逐逐争邻妇，余惭管幼安。

拟古乐府诗

以五言拟乐府诗，六朝人好为之。至唐则出以律。大历以后，或同于咏史，盖其时之贤人君子流落不遇，而感时兴事，恐伤怨悱，故托言往事，以自摅其抑郁无聊之思耳。己亥之冬，余弟邵村同吴子汉槎倡之，大人案节以和，余亦为之，非敢颉颃古人，聊以乐吹埙和击筑云。

春日行

莺啭山川语，花明台榭枝。不迟天宝后，可是建元时。宫里卿云曲，民间喜雨诗。两京千万户，弦管日熙熙。

关山月

万古一明月，兴衰照汉关[一]。白登围始解，玄菟战将还。边冷秋防急，军严老将闲。迢遥因许国，梦不到家山。

乌夜啼

如毛秦法律，似雨汉恩波。人意看旋转，禽言亦鼓歌。乌乌云表落，息息月中过。多少参差羽，因声返旧柯。

王昭君 一名明妃怨

后宫轻一入，哀乐即由人。早织田家素，宁蒙塞上尘。汉恩终不薄，胡地亦生春。易妒蛾眉分，何悲画未真。

班婕妤 一名长信宫

为雨恩初渥，翻云虑每深。遽同辞树叶，悔杀向葵心。月漫虚栊影，风吹别殿音。非因歌舞贵，安敢悼遗簪。

吴会吟

响屧醉朱颜，襟江铸碧山。霸王何代事，士女至今娴。箫鼓春花夜，人家秋水湾。舟中闻铁笛，疑自五湖还。

将近酒

万虑樽中酒，双丸头上丝。书生空学剑，壮士不辞卮。海镜当筵色，江花入笛枝。醉乡无怨客，莫读屈平词。

战城南

汉帝劳边略，秦人计首功。长城到海极，枯骨与山同。杀尽民何叛，兵强德自通。迂疏嗤镐洛，蔟矢说从风。

东武吟 东武，泰山下小山也。有老卒不得封侯，而徜徉于其上，见《乐府解题》。

束发沙场里，归来雪在头。空村瘦海月，雄剑断江流。奴仆旌旄日，将军矢石秋。青门爪一样，身岂是通侯。

远别离一名湘妃怨

从竹岁时斑，湘流日夜闲。如何离别意，遂在鬼神间。恨逐波心叶，眉嚬岭外山。苍梧云冉冉，疑有翠旗还。

玉阶怨陈皇后事，见《乐府解题》。

何事不如新，常疑众里身。娇时恩未觉，谪后罪方真。花色风前渐，车音月下频。回思金屋日，歌舞易三春。

妾薄命许皇后事，见《乐府解题》。

花冷御沟烟，春风影自怜。君心才易地，妾命遂占天。新法严霜立，深恩皎日迁。但求中外事，一一竟宁前。

梅花落笛奏也

五月忽飞梅，江风楼上开。黄昏三弄出，清浅一株来。香湛凉州满，音飘庾岭迴。谁怜何水部，摇落故园哀。

空城雀

楼遗何代瓦，梁落旧年泥。不烧夜山绿，无人春草齐。密罗宽野宿，残粒纵卑栖。寄谢上林雁，飞飞莫路迷。

幽涧泉 琴奏也

万壑雨啾啾，朱丝涌碧琉。松高猿狖夜，霜净雁鸿秋。似有垂纶地，真从洗耳游。曲终斜月上，孤照海天愁。

秦女巷衣 秦符坚嬖莫容冲事

雨露及人奇，何须学画眉。后宫空妒女，外戚愿生儿。竽瑟俱从好，龙蛇只贵时。自伤巾帼质，安敢忆佳期。

山人劝酒

篱落静春风，邻家白发翁。桑麻兵火后，斟酌水云中。怪我归何晚，呼儿罍莫空。相期新稻熟，再就菊花丛。

公无渡河

侥幸川能涉，茫茫叹此翁。怒涛天地满，复辙古今同。揭厉高歌里，平陂世眼中。彭咸不可见，何必问鲛宫。

陌上桑 一名日出东南隅

春日路迟迟，逢君桑树枝。易投应易弃，相遇不相知。苦节诚难白，无言尚恐疑。安能得野鸟，离合任人为。

乌栖曲

明月移人易，浮生对酒难。玉筝催琥珀，银烛照琅玕。且喜东方早，先愁北斗阑。昏鸦须打起，莫使在林端。

折杨柳

未别计归期，当风折柳枝。絮繁将妾意，条弱系郎思。絮伴愁明日，封侯记此时。何堪羌笛怨，更作断肠吹。

采莲曲

郎面亦如花，朱颜妾漫夸。池连金谷水，人坐木兰艖。红粉沾罗袖，清讴落锦霞。晚凉贪并棹，月起未还家。

结客少年场

七国四公子，三秦五列侯。倾交非藉势，疾恶不须仇。物换事黄土，家亡人白头。回思恩怨事，历历梦魂秋。

树中草

尔亦根株好，谁令累豫章。秋霜迟叶萎，春雨傍枝长。避世梁鸿庑，依人杜甫堂。藏身看草木，客迹更何伤。

双燕离

一片东风影，分飞何处携。我辞宫树北，尔去海云西。羽惜珊瑚网，巢怜玳帽泥。餔雏安故巷，会得聚春溪。

行路难

山水何能险，艰难在客心。簪缨有九析，床第即千寻。马蹶康庄易，狐濡浅濑深。至今悲蜀道，空作上天吟。

沐浴子屈原事

太洁必无邻，宁须沐浴频。独醒谁共醉，既故莫言新。臣罪名何定，君心怒即真。三湘虽放逐，旧国来未神。

铜雀妓

罗绮试春风，年年漳水东。欺人生死后，误妄笑啼中。霸气临江尽，宫妆向月空。恩深遗令在，不敢怨芳丛。

登高立而望远海

到此忽天高，连空卷雪涛。中华翳日影，异域浸秋毫。勋业人间澹，神仙上古劳。便应随雨翰，天地视鸿毛。

梁父吟

管乐终无忝，萧曹惜未成。两朝匡后主，三顾误先生。夜冷阵图月，春啼祠庙莺。至今襄水上，犹听浩歌声。

思归乐

胡为游四海，垂老不言归。观里桃千树，金城柳十围。枥疑新客马，阁认旧时帏。却恐余还去，儿孙绕膝依[二]。

长干行

江环朱雀路，寺记赤乌时。六代吹箫曲，诸天礼塔仪。偏安常正统，秘策每降旗。木末王孙梦，年年春草知。

千里思苏李相思之曲，见《古今乐录》。

鼓死将军在，深心岂易论。向非余目击，亦说尔辜恩。林雁思银汉，边花泣玉门。肯归宁薄赏，莫负别时言。

雨雪曲

朝阴常不雨，日落便生寒。况有千峰雪，偏从百战看。家遥城角苦，将老阵云残。铁甲三韩外，何时罢筑坛。

白头吟

爱妾非徒貌，怜郎不在琴。如何才子意，亦若世人心。犊鼻望当日，凰音悔至今。始知秦氏女，真识使君深。

黄葛篇 一名越妇吟

归越输金币，欢吴乏庙谋。岂徒臣子辱，亦是妇人羞。叶绿施春谷，流黄织夜楼。临江还战士，应在锦衣秋。

门有车马客

异国逢乡客，辛勤话故乡。烽烟添别后，儿女尚他方。已习长羁苦，翻因新到伤。天涯樽酒夜，明月更如霜。

车遥遥

酌酒驻征车，长亭景未斜。春风吹别泪，驿路溅山花。青海宜蓬矢，红颜易塞笳。好留苏武貌，归日画天家。

蜀道难

已上三川道，安辞百折忧。连峰亏日月，高水落春秋。跃马空凭险，乘檋多凿愁。回车羡早识，周道恣遨游。

夜坐吟

笳声疑野鹤，霜树骇南枝。有客愁难寐，空堂坐独迟。古人何必在，后事沓难知。宛宛天河影，无言向户垂。

边马有归心

代马出边城，思归日夜鸣。人多关塞怨，物亦故乡情。生死三军共，流离一顾成。何如辕下驷，刍粟老咸京。

侠客行

意气千夫上，身家一诺前。逋逃堪敌国，金帛每回天。告密持阳石，降书射鲁连。事成人已隐，姓字亦难传。

北风行

边寒无四季，宁待北风吹。中夜燕山动，千群胡马悲。单于知转面，都护欲扬旗。犹幸南风至，征衣想寄时。

芳树

不知夫婿去，春色向人侵。花落庭中树，人伤天外心。游丝依蕊静，飞蝶饮香深。莫使芳菲尽，榆关昨寄音。

巫山高

巫山连峡水，迢递楚江春。过客疑云雨，君王信鬼神。猿啼台下树，花老梦中人。不读《高唐赋》，安知想象真。

捣衣曲

亦有官衣赐，何如机上丝。月明双杵落，秋早一人知。腰准辞家日，心同寄到时。归来问长短，应审别离思。

野田黄雀行

不啄空仓粟，喈喈向野田。藏身应得地，戢羽谢高天。争食蒿丛里，偕飞葛叶前。南冥多巨翼，看尔纵风烟。

于阗采花

地自图经外，花宁异洛阳。胡风多贵女，持户不须郎。盘发羞明镜，临春急晓妆。暖烟皆产玉，应有佩生香。

碧池望秋月

池与月相临，月因池更深。微澜摇桂树，清影落波阴。吹笛悲秋气，登楼伤客心。长江何处见，湛湛入枫林。

玄圃临春风

绿归芳树暗，香拂早花开。但识游丝起，安知春气来。金铺声近远，翠袖影徘徊。寂寂扬雄老，披襟百尺台。

夕行闻夜鹤

天际落清商，孤飞夜未央。斗横江月正，声远塞云长。惜羽翻矰缴，忘机谁稻粱。沧溟原尔宅，莫为故群伤。

晨征听晓鸿

落月响茅店，天涯雁亦悲。同嗟行役苦，偏有惜群思。残梦云中续，遗音峰外迟。帛书将附汝，可宿上林枝。

岁暮悯衰草

霜雪肃群卉，成功告一年。高松还自落，小草更何怜。梦绕王孙带，香留楚客篇。入春无几日，辇路忆风前。

霜来悲落桐

秋从湖海至，一叶受风先。随向深宫里，无人金井边。皑皑霜似雪，漠漠夜如烟。何处临瑶瑟，歌终意悄然。

解佩去朝市

何尝甘恋簪，日日误山林。待至东都送，俄惊西日侵。保身翻陷阱，报主转销沉。尚想青门老，先余此际心。

被褐守山东

得种旧山田，何辞鹑百悬。初衣劳昔梦，故国见今年。白首夔龙幸，青箕沮溺贤。倘还搜隐逸，移屋更深烟。

枯鱼过河泣

充盘甘作鲙，渡海诩为鲲。成败丝千尺，贤愚水一源。后车来末息，堕甑顾何恩。为寄蛟龙语，乘云填禹门。

游仙曲

乐事岂能长，三山无帝王。可怜丹鼎药，难返白云乡。任运能齐物，斋心即化方。峨峨金掌露，秋草茂陵傍。

陇头水

何必望秦川，登临已惘然。东西千里水，今古万重天。命将开边日，迁人实塞年。百罹生我后，安得保林泉。

襄阳曲

大堤杨柳丝，又上去年枝。船舶江头满，人归楼上迟。书来裁素日，梦乱卜钱时。妾纵留颜色，能经几别离。

弃妇篇

仍着嫁时裳，含嚬独下堂。儿娇初去母，姑老转愁郎。失爱追何及，因人事岂长。新欢易胜故，应不似残妆。

浮萍篇

根浅不依泥，丛生水面齐。官河春荡漾，鱼藻日招携。波乱聚还散，身微东复西。渡头何处客，踪迹共离迷。

上之曲

射猎即耕桑，诒谋启帝王。业当先肯搆，圣不在垂裳。圈豕供金镞，当熊并玉缰。朝朝传警跸，何暇赋长杨。

猛虎行

虎负深山险，弯弓未敢亲。入山胜入市，逢虎莫逢人。笑对藏机面，翻输异类仁。鲁郊看婪哭，终不去城闉。

秦女休行

报仇甘一死，肆赦忽重生。何故公乡议，犹原父子情。女风钦侠烈，国事想和平。敢笑缇萦弱，空言感圣明。

明妃怨

和亲犹国事，容易怨琵琶。多少《长门赋》，空嗟上苑花。名留青冢远，望逐紫山斜。寄语承恩伴，长安岂尔家。

紫骝马

鞲出薇花署，人被御赐衣。锦城春正好，绣陌草初肥。步过倡楼缓，鞭知酒幕挥。春山云片片，不辨五陵归。

高句丽

盛代宽胡舞，方名纪大常。衣冠仍载汉，年历尚沿唐。朝宴曾中愧，流离忽近疆。还家陈异俗，王会画低昂。

邯郸才人嫁为厮养卒妇

王归功合赏，妾嫁典堪偿。纵使非箫史，犹堪老笛床。寄衣甘塞曲，辞辇忆宫妆。莫作升沉叹，齐眉几绣裳。

鼓吹入朝曲

马齿无劳问，龙鳞幸再攀。丹心仍似水，朱户只如山。日动仙人掌，风遥雉子班。铙歌天上至，知是五云还。

校记

［一］衰　原作「哀」。

［二］膝　原作「漆」。

钝斋诗选卷八

五言近体二

泊潞河

入都仍去国，侥幸此离愁。白骨生辞冢，青山老泛鸥。河乘霜雪满，舟载柳花浮。人自宜南返，何嗟水北流。

泊伽沟

连朝辞济汶，今日舣伽沟。路近江南地，人归塞北秋。花明新筑堡，酒记昔年楼。满目悲陵谷，何从访旧游。

晓发有怀

夜色宿参横，苍茫晓雾平。花残迷浦白，月小闭村明。薄暑乘朝气，轻箫入梦声。念君舟于惰，曾否共宵征。

夜发淮南

客迹随方滞，淮南亦久留。今宵孤棹远，真作故园游。月涌千峰静，星临万顷浮。到家丛桂发，应忆八公秋。

将之虞山

客里更为客，秋山载小舠。云归孤嶂迴，水浸夕阳高。荓动波痕合，林间鸟翅劳。长天任万物，安用首重搔。

舟坐

潦偏霜后长，风认去船吹。泊不疑村僻，途难任客为。望收天地敛，静入古今随。僮仆忘机卧，披裘独咏诗。

易　醒

易醒增宵永，窗虚白亦难。风高欺岸弱，浪阔打村残。泛宅鸡应少，单衣析自寒。州城知近远，何处听更阑。

病　起

病起门前望，林凋冰在河。胡为霜雪意，偏向草堂多。几日天难定，今年客又过。所欣身勿药，慎莫叹蹉跎。

有　怀

病骨增寒夜，轻舟秉烛明。难言愁更重，不寐梦偏惊。遥忆闺中意，翻怜客路情。今宵孤枕畔，有泪湿三更。

淮岸千艘予买得一舟独小而敝长年既老且病尫羸呻吟闻于终夜性复暗躁遇事哓哓语不可辨惟从痰嗽中听之若哑声鸮乃值狂风涉巨浸而能抵岸亦幸矣戏为诗

风饱客帆欹，长年病且衰。垂堂凛古训，利涉戒前期。买棹偏逢此，遭时小亦奇。中流看万石，蒦落尔何为。

有尚往淮阴者托其起居老亲

忽逢淮上使，欲寄老亲书。无那帆樯速，难将笔墨摅。语堪千纸当，别记一春余。莱舞遥清昼，双鸠可晏如。

其　二

老父诗情健，新年应更多。青山撩兴早，蓝毛益颜酡。邻叟何人问，梅花几处过。相依惟小弟，觅纸定能歌。

其　三

家贫慈母苦，白发尚持筹。事事儿孙累，年年居处浮。参丸虚远志，禄养误前谋。赖有兰枝满，含饴足解愁。

其　四

五十余年近，犹烦繈褓忧。迹安心转苦，儿老爱逾周。旅馆从僧假，贫囊仗发谋。慈怀堪寄慰，应得畅春游。

月 正月十四夜

忽惊高月满，光异雨晴中。明向阴时畜，云从定处空。江春沾树白，市影照灯红。元夕明朝是，歌钟眷旅穷。

雪

春后江南雪，胡为挟塞威。霰风吹户积，花气入楼非。阴为晴时郁，喧从寒外归。天心多倚伏，故尔益芳非。

晏　起

事满终宵虑，朝来梦转酣。夙兴亦何适，夜雪似相谙。拥户容真懒，登楼当野探。始知土室卧，不为感朝簪。

凯 旋

凯旋何处卒，万里震山川。是地皆输粟，无民不挽船。庙谋穷草芥，天道长戈铤。大有斯人在，胡劳聚训年。

月 霁

二月烟花地，江山我怯登。岂徒杖履减，自为雪霜凝。晴色夜能卜，春花晓定增。急期明早出，蜡屐最高层。

檐溜冰

阳燧熔楼瓦，琉璃挂佛幢。晓风珠的的，晴昼雨淙淙。驯至因迟日，销融后客窗。愿回鸠鹊暖，早使冻心降。

春　分

忽尔春光半，人劳风雨中。年堪催鬓白，雪肯放花红。耕忆江田薄，云瞻淮树通。不乘登眺兴，那得旅愁空。

过张稚恭旧园因忆稚恭二首

张子园林好，心伤此日过。几年空竹石，底事别烟萝。葵悔轻依日，蛛怜巧织罗。断桥欹剩水，不敢恨风波。

其　二

同谪未同归，遥怜丁令威。田园皆易主，妻子更谁依。泪逐梁泥落，心随塞雁飞。生还应共隐，何地卜山扉。

闻　莺

雨后莺声滑，垂杨拂寺楼。古堤惟草木，小鸟昧春秋。忽送前峰静，能生旅梦幽。经诗不归去，堪奈子规愁。

清明日同陈曼仙孙物皆李书云及令似昼公与两儿子泛舟郊外

良友虑余愁，佳时约宴游。广陵千古地，春色万家楼。弦管凝飞鸟，鱼艖竞泛鸥。登临高兴满，夕照更林丘。

移寓别铁公

门生假茅屋，扫阁迓琴书。汴漫陈蕃榻，苍茫惠远庐。斗城非异境，暇日任回车。投辖惊禅客，徘徊益重予。

重过石塔寺赠铁公

古德严三宿，心知情易留。况今两月住，重作暮春游。篱犬迎前客，巢莺送故喉。茶爪深竹里，谁忍遽回舶。

夜过程穆倩

客寓邻茅宇，深宵恣往还。每将沽酒意，遇尔读书闲。篆籀龟龙画，樽罍秦汉斑。置身千古上，谁道屋三间。

其　二

小塾咿唔集，知多谢氏儿。诗书贫不废，衣食母能支。世乱安居贵，名高闭户宜。常闻式间客，曲巷碍车旗。

其　三

犹记鋈湖畔，连床古寺春。青云何代梦，白发廿年人。别后儿俱长，重逢家益贫。悲欢今夜酒，不易乱离辰。

读中诫经

焚香真诰侧，日午气氤氲。树满庭初绿，心清鸟自闻。妙诠无剩字，仙路寓繁文。转悔青精饭，从前误海云。

偶　吟

苦乐何穷已，平心定太虚。胜人无长物，作客有藏书。视膳赊吴粲，教儿课鲁鱼。谁言江上屋，不是故园居。

舟中

又鼓淮南棹，江湖路几经。渚花渔舍白，山雨郡楼青。患难轻行旅，炎凉信驿亭。冰霜维楫处，犹记隔年汀。

其二

自古艰危事，名贤迹尚存。况余曾薄禄，近且算宽恩。一卷江湖阔，千山雨露繁。苍苍应有定，穷达世难论。

其三

侍亲才两月，底事又奔驰。家国愁眉里，生涯汗浃时。乾坤何孝理，今古半茅茨。我自从前误，宁须怨别离。

其四

古人游五岳，兴不计穷通。即此篷窗是，将无布袜同。云连淮海涨，天判楚吴风。斥鷃无相诮，鹓雏纵远空。

毗陵市中忽逢彭哲人哲人素多须时以奏销事罢官

揖罢不相识，惊呼却是君。紫髯霜已积，青海雁无闻。何意重逢此，那能手即分。茅堂在咫尺，沽酒莫辞醺。

其　二

六载如驰马，怜余已再生。别怀难具述，近事不胜情。法为微官立，家因报国倾。悲欢何定绪，易彻曙鸡声。

坐杨园桂花下

懒到游心减，园林咫尺关。偶然披户牖，不易入云山。凉雨滋花密，香风过水闲。葛巾坐危石，身在八公间。

小　堂

小堂巢众绿，携茗坐初晴。雨沐花如笑，风吟水自声。寂寥千古息，羁旅万方情。岂必躬耒耜，云生悦晚耕。

读书

抱书亭上读，交翠入衣襟。纵欲买山隐，安能如此深。故人空宅谊，客子闭门心。杜老夔州日，何多感慨吟。

倦读

倦读时高坐，蝉声落早凉。未知何日月，谁向此行藏。饥不临书簏，愁能避篆香。云封松径雨，日干滴苍苍。

雨

秋暑易更凉，林生雨后光。空声翻众叶，野色聚孤堂。静喜羊求减，闲宜豕亥商。初寒寿炉火，童子一焚香。

其二

雨压众松齐，秋声入大谷。振衣孤阁小，纵月四天低。远浦思摇艇，乡山约杖藜。往来真浪迹，暂赏莫相暌。

听儿施读书

有声穿竹屋，稚子读《毛诗》。抱椠诚时贱，抛书何所为。老知哀乐错，事非困亨期。须熟衡门句，讴吟和乐饥。

家　书

老亲离壮子，百里亦依依。不敢临岐泪，登舟自满衣。昨传江上札，翻促故园归。遄往来应速，承欢忍久违。

寄旃儿

莫道皋桥苦，客身即广居。况多儿女聚，且慰播迁余。善气因时术，藏锋读我书。古人观养志，定省不嫌疏。

与某友

高朗千秋志，艰危百战身。吟枯方得句，饥死不言贫。挟术安游屐，藏形委钓纶。翻嫌柴市里，犹作殉名人。

其　二

支干与骨相，素合李临淮。生向崖州剩，名从灵隐埋。僮奴无米散，妻子读书偕。半檩羁栖屋，门前即卧斋。

其　三

生与乱离从，知音悔早逢。心期奕世定，出处二途容。雷雨君常蛰，风云我愧龙。真交无隐语，歌泣每宵钟。

其　四

比邻栖异地，每讶往来轻。似为寻山水，还言访友生。歌终常夜哭，诗就不书名。枯井开金箧，敢君叹息声。

雨　余

鸠唤雨声余，凉生万木疏。轻雷随叶下，细浪跃鱼初。闭户何多意，搜诗亦苦予。嗒然亭上坐，不读却摊书。

雨 夜

闵雨宁愁久，空阶警梦声。老亲百里外，借屋两三楹。佛火楼前设，书床竹下横。不知无漏否，一夜广陵城。

夕 坐

夕昏檐未月，瞑目坐焚香。岂有浮丘约，求予广漠乡。混茫天际雨，寂历镜中霜。何日尘缘息，千峰独裹粮。

钝斋诗选卷九

五言近体三

延陵季子庙

山谦之《丹阳志》云：「延陵有季子庙三，后皆湮废。」今郡有二庙，一在双桂坊，一在东门外，或即志所云南庙，在晋陵东郭外者是耶。

前贤高让远，遗庙此邦多。古井飞山叶，秋霜冷径莎。庭栽悬剑树，钟奏列风歌。泰伯祠邻近，英灵伏腊过。

陈氏书楼

梁武帝微时，与陈文表友善。武帝即位，授表廉州司户，表辞，愿还乡教子。敕建陈氏书楼，在奔牛镇。

故态容英主，高踪旷钓裘。那知天监际，又有赐书楼。宸翰辉雕玉，琅函启燕谋。白云怡宰相，何似百城侯。

芙蓉湖

《宋志》云：「在县东五十里，南北八十里。」《吴地记》云：「无锡湖一万五千三百顷，名晋陵上湖，」又名射贵湖。《寰宇记》云：「东南流为五泻水。」《南徐记》云：「横山北曰上湖，南曰芙蓉湖。」旧志云：湖面百里，一望皆菰蒲荷菱，为江南烟水伟观。皮日休、陆龟蒙与魏不琢载酒赋诗，由此经震泽，穿松陵，抵杭越，目其舟曰「五泻」。明宣德间周文襄公忱筑堤注东坝，捍江水上流，悉成圩田矣。

碧浪漫秋花。萦迴百里赊。野田迷迹久，往事忆名嘉。五泻舟千古，三江水一涯。何年知洞口，几曲问渔家。

湖氏山堂

胡公名淙愈，字完夫，以直谏文章显于宋，历官礼部尚书。归老作堂于横山之阳，曰横山堂。旁有泉，名高氏父子泉，乃高太常绅早岁寓冲虚观，得泉甚甘冽，后出宰故里，章圣特命其子夷直为尉就养焉。首访是泉废已久，至是复腾涌。别驾黄中异其事序之。

胡公归老地，一壑贮云烟。齿列耆英会，溪通父子泉。赐金容买宅，抱瓮足忘年。始信还乡客，躬耕亦有天。

二周墓

周恭先生与其弟孚先先生，俱程门高弟，世系晋陵。明郡守李嵩立碣墓侧，祠祀之。

东南归洛学，二子识渊源。馆授杨中立，家邻邹正言。著书微义续，论史直声尊。千载瞻遗烈，河山贞墓门。

麻将军祠

将军未知为何许人，相传名士龙，宋德祐间以巡检领文丞相命，救常州，与元兵力战死。里人祀之为土神。

败宇枕荒丘，村翁祀故侯。姓名前史佚，英武百年留。志决传烽夕，神来获麦秋。故今改革事，多少失搜求。

思贤录

谢龟巢先生与修《宋史》，特为邹忠公立传，归复为《思贤录》，以表其祠墓。昆山王仲昭许为镂板，会谪官不果。后得卒如其愿，先生作歌谢之。

反覆《思贤录》，怀忠论定时。干戈常后载，梨枣赖前期。遗直征同调，多材叹百罹。当年空秉笔，国史有余悲。

曹将军祠

明弘治间里人眭紘甲子乡试，第二场已具卷付收者，而若有止之者三。省阅乃知脱落。既梦一绯衣人曰：「吾曹将军也，幸预试事，故得佑君。」榜发，紘领第一。后捡郡志，见青城寺为唐上将曹公之故居，乃即其侧立祠。祠有井，古木盘郁，人敬悼之。相传为将军藏鍪甲处。

治世科名贵，凭依动鬼神。灵开文字目，庙祀梦魂身。犹有盔鍪迹，难将影响亲。岂关今贱士，自是俗移人。

留瓠堂

徐瓛故居也，天顺间瓛尝遇一道士，奉之甚谨。瓛方贫，道士以囊留其家而去。逾年复来，纳金若干于囊，又去。往返凡数年，皆未尝一解其囊，道士义之，投一瓠而别曰：「冬无蔬可剖食之。」瓛如其言，得医方一卷，试之无不验。瓛死失其书。

廉始生奇遇，留金试扁仓。神仙无赤籍，然诺一青囊。书授圯桥寂，花开桔井香。可怜铅汞客，白石闹丹房。

剑井

河中有井，相传葛仙翁驻鹤之所也。仙翁昔负剑过此，剑忽跃入井，后尝有白气亘天如虹。宋元来，凡郡有封拜及魁多士者，气辄见，人以为异云。

龙跃古潭空，秋旻亘白虹。相传飞鹤地，曾驻葛仙翁。斗气分川秀，奎章兆国工。若逢求旧日，定出倚崆峒。

中秋

桂花竞令节，冒雨缀繁枝。客自何方返，香从此日吹。饵羞疑井里，儿女问流离。且作它乡聚，无惊旅迹奇。

赠鸽

庭中一鸽来已三年，日步空阶啄遗粒，夜宿童子一败篼中，群鸽飞鸣，辄入其队，移时复返。每予归必来窗前，有依依意。予每出，必踽踽而送出门外。因赠以诗。

孤鸽来何自，经年不肯离。似怜予借庑，亦欲伴栖枝。世满鹰鹯畏，餐甘鸡鸥遗。羡君随地适，阿阁等茅茨。

将之广陵省亲

几日毗陵驻，征装又问期。去将依父母，别本易妻儿。雨暗山光合，江深寺影垂。停桡当八月，应有听涛诗。

出门示小女

弱女攀车问，兹行何日归。古今皆握粟，进退总牵衣。亲老栖枝远，儿多就食违。踌躇南北路，欲答语常非。

登舟

装以频游易，扁舟就水涯。回看烟际树，已远客中家。云峤余生约，江秋旅思加。再来枫叶满，漫认武陵花。

示别云施

连年从我出，孺慕习寒温。今日留荒塾，送余别远村。加餐删絮语，授简重离言。莫道而翁误，诗书失讨论。

隙小

隙小更垂帘，篷窗细雨沾。晚烟随岸阔，秋气入江严。务简从途永，身藏合运淹。用文非大隐，却怪论名潜。

晚　泊

雨收湖岸远，画土辨方言。村就人烟密，舟看鼓吹尊。山寒孤烛敛，潦净一江奔。徙倚青帘外，情非在酒樽。

晓　发

泊即戒晨征，潮平候月生。一篙千里梦，万古五更情。秋响入新叶，鸡声指暗城。客床甘寐少，长短任邮程。

九月七日游雨花台甘露阁张公祠一带

日迥高原寺，江残王气楼。晴山招旧客，野望入新秋。贼散兵难罢，民穷罪易求。岂徒离别久，堪白庾公头。

其　二

乱山缘落叶，杰阁峙荒塍。知是昔游地，难寻当日僧。百年留客在，万里梦家曾。秋色何悲思，销归任佛灯。

其三 张公名可大，昔殉于登州者。

老将存祠庙，松间旧鬼啼。子孙藏梵呗，战伐讳碑题。天意旌旄贵，臣心斧锧迷。空传青海上，潮汐尚征鼙。

木末亭

雨为登高歇，孤亭及晚情。江屯云气湿，山递夕阳明。新树何年种，双祠隔代更。重归易陵谷，漫感暮秋晴。

正学祠

大宝亲藩袭，孤忠顾命贞。谁能问九族，不敢负平生。步改仇应释，恩深姓且更。未知泉下意，歌哭定何情。

景公祠

丹楹开古路，谁葺景公祠。白刃心难绘，绯衣梦果奇。忠能垂异代，殿转拓前时。黯惨钟山近，松杉应更悲。

九日偕亲朋儿侄辈登临觞咏竟日儿侄辈留宿寺中

朝霁严城启，宾朋迟未来。独携群从辈，早上雨花台。秋气苏云雾，游踪讯草莱。惟忻风物旧，谁若鬓毛催。

其　二

又偕宾从往，望合两山秋。松枯江亭古，笙弦云幕稠。佳时矜故土，多难剩良游。随意荆门会，凭高更寺楼。

其　三

同登甘露阁，再启菊花樽。萍梗新家国，茱萸旧弟昆。兴酣天际叶，诗满夕阳村。谁肯即归去，昏钟奈市门。

其　四

儿侄喧僧榻，怜渠忍即嗔。年来才有父，天在勉为人。作赋知群和，谋樽问近邻。婆娑老子乐，万事只天伦。

其　五

因念高堂祖，驱驰诸父违。将无逢令节，益想聚莱衣。尔辈依亲乐，余何久客羁。谁能真缩地，使我即庭闱。

晚归长干寺

晚散登高侣，临风独步闲。萧然黄叶寺，随意夕阳山。雨载三秋气，江垂六代颜。浮图天半火，伴影落人间。

偶　感

乘时宜右武，因代合删文。邹鲁生何益，皋夔书未闻。治朝多捷法，上古悔为君。却笑拘儒眼，生今逐典坟。

其　二

寸壤不归周，称兵大国差。转输吴楚惯，杀戮禹汤谋。谁道青天险，何妨白骨丘。汉文直世主，容易罢戈矛。

其　三

财赋三吴半，输将万里劳。剖符如传舍，责负果吹毛。怀玉中难饱，求全国易饶。何须𫗧贷诏，多事下农曹。

其　四

周官宁足用，汉制亦何疏。开国铨衡地，盈廷讨论初。六条新定画，一吏可迁除。莫惜摧残甚，生材自有余。

舟　月

雨久月痕新，江寒夜恐人。金波浮眼阔，白露入衣新。坚坐乾坤里，高吟离别身。秋声落砧杆，似为客舟频。

闲　侣

野步寻闲侣，逢人不用名。但能成揖让，即可活平生。止险安江势，忘机狎鸟盟。交经新故行，行路觉多情。

风　践

风践重阳信，船成暮雨村。小鲜团细火，浊酒急柴门。静躁俱无著，东西各有言。浮萍看日月，不离此潮痕。

冬　气

冬气郁如春，莺啼细雨匀。尚留庭树叶，恼杀负喧人。天令宽南土，游情媚故津。江流闻未落，拟放钓船新。

经　岁

经岁邗江驻，秋风去复来。坐看高树落，到记早花开。辙静容门雀，厨寒任大灰。久宁生客厌，老愧四方才。

有感二首

负固谁能置，巫山急用兵。几时乘白马，何计惜苍生。斗粟百金致，丛篁万骨争。杞人空抱滕，傍月望欃枪。

其　二

不识销归处，唯看国计空。铸山无妙术，竭泽有神工。聚散惊前辙，乘除虑伏戎。朽红应有待，未敢问苍穹。

晤张蘧林

觌面惊颜旧，知君道力深。嗟予蒲柳质，早见雪霜侵。昔别记何地，重逢泪不禁。万端俱梦寐，身在即天心。

其　二

同谪不同地，生还曾寄书。君言破巢鸟，难作过河鱼。霈泽腾荒徼，新欢到客庐。顾惭声气合，忧乐总相如。

其　三

昔承天笑近，亲见简中枢。凤嘴恩同沐，龙髯梦忽殊。谪宁无后命，诏或体前谟。惨惨冰霜泪，因风湿鼎湖。

其　四

管乐才何忝，锋芒恐太雄。近多幽静气，知是困衡功。系遁心应破，先忧望未同。屈伸天意在，莫遽纵冥鸿。

抵毗陵

岁晏驰驱里，人归霜雪中。到门春气渐，倾箧旧装同。长物添年齿，新诗进古风。挽须儿女问，吟彻烛花红。

食所寄故乡米

旅食无渠盎，惊看饭似银。意怜儿女寄，日识故乡春。经岁劳朋友，才炊忆老亲。山田三百亩，卖尽不言贫。

同友人圃行分赋

送子柴门远，畦蔬霜不枯。旅怀看甲坼，孤立类荒芜。酒忍贫厨惯，诗销壮志无。尔行无富理，何更怅穷途。

我归

我归因岁暮，归不识冬残。牖破春光满，花开斗室宽。嗤贫从妇老，裁句答儿欢。自是羁栖惯，宁因道力安。

除夕

此岂余乡国，居然客是归。难安车马意，易息古今机。妻子饥寒习，比邻故旧依。东园桃树好，随俗插荆扉。

其二

回首升沉事，都从梦寐销。但知今日是，不记岁年遥。天祀朝廷永，春怀故土饶。团圞常借树，何敢叹鹪鹩。

其三

邗江儿子去，代我献椒盘。计日昨朝到，含饴隔岁看。叩门能脱乘，借水足持竿。嘉庆屠苏酒，多方旅抱宽。

其　四

一室胆瓶花，香生几席赊。黔娄无此富，王粲更何家。得米烟长暖，吟诗日未斜。浩然尧禹在，近代岂年华。

甲辰元旦

久客安时序，农书又授春。天随陈迹动，人识倦游新。亲健余宁老，诗成家未贫。浩歌江树晓，斑鬓信风尘。

人　日

冉冉途为客，行行日是人。雪光朝迟柳，江气夜归春。城僻还箫鼓，阴多忽月轮。自憎苍鬓改，难为彩花新。

晓　发

客倦易成梦，舟轻动不知。忽闻邻吹发，才识此身移。人语鸡声里，天开月落时。忧端消息处，道力验希夷。

雪泊嘉禾因访张蘧林

一冬浑不雪，已识早春寒。风逐高城动，湖连晚雾宽。生还怜有骨，久别话无端。本为阴寒驻，翻同访戴看。

雨发

水国阴晴易，暄寒早暮分。草香生夜露，湖晓逐山云。程远桥为纪，舟轻浪不闻。吟诗堪过日，一任雨纷纷。

风急

风急饱帆侧，潮生逆浪鸣。望中赊水驿，坐处作江声。蹈海惭身事，凌涛负远情。乾坤吾道在，川陆任长征。

舟雪

但看天在水，不见雪因风。漠漠横桥小，戎戎曲港通。晚沾村树白，春湿烧痕红。客路袁安醒，收缗羡钓翁。

饮马

浙人浮易动，万马镇钱塘。麦倒田家惧，兵休盗贼倡。圣朝何隐忍，新国用刚强。莫厌西湖水，朝朝饮骕骦。

月泛

雨晴湖倍好，尽日镜中行。况吐春山月，难忘良夜情。楼虚岚影入，人静水光生。赖是高城闭，能销歌吹声。

把卷

把卷春灯下，高歌可当悲。湖平山有月，寺古鸟无枝。友道已今日，穷途况此时。前贤多失路，似我更何辞。

夜　雨

雨及春农志，高窗喜夜声。操犁何必我，休甲喜先耕。暑解炎方气，泥疏热客行。六桥新涨满，独望更含情。

晚过净寺寻豁堂上人

岂为探玄侣，乘风晚渡湖。游情急阴雨，道气益穷途。塔古传钟静，波宽载月孤。入林忘坐久，归路有啼鸣。

别钱黍谷

同籍同朝久，知君愧未深。转从游汗漫，得见致崎嵚。古调欣鸣鹤，空囊有断金。提携飞动意，名胜日追寻。

其　二

留者非徒我，归期忍不更。皇人悲别浦，风雨送孤城。后约知能践，当歌难此情。愁听今夜笛，都罢断肠声。

其　三

枫叶虞山最，君应返故林。我生习漂泊，问友借登临。游此青帘舫，诗赓白雪吟。未离先计会，莫怪酒频斟。

夏　夜

南方疑气侯，夏夜早如秋。短烛明微月，高空定宿舟。风喧潮打岸，草冷露盈州。展转难眠客，披衣独倚楼。

改　期

欲往惭无故，将行又改期。问余迟速意，难答去留时。失路安荆棘，千人叹絷维。鹍鹏虽易翥，锻羽亦低垂。

夏　至

夏至明朝至，清灯惜夜徂。半年违定省，万虑忍穷途。门塞表蛙鼓，歌敲老骥壶。归巢看聚翼，日日愧慈乌。

留别胡文述

文述，先师武陵公之少子也。时亦客湖上。先师典试分较教习司成，门人之多一时尤盛。

昔侍河汾席，君尝绕膝前。音容悲昨日，山木恨多年。衣葛途何告，荷薪优或怜。尽东虽万亩，羞说陆家田。

其　二

病榻无遗恋，惟怜少子贫。十年拚永诀，重见喜成人。世复公侯定，家留礼乐真。自伤流浪久，老负在三身。

其　三

不为饥驱出，缄关读赐书。才华应组绶，清白显菑畬。菽水穷途苦，风尘年少疏。古人随地学，游亦有三余。

其　四

曳裾何地可，弹铗四时寒。不意人如此，那堪我亦难。欲分囊且尽，未别语先酸。莫负倚闾望，秋风趁羽翰。

夜雨

寺树因樵尽，何来叶上闻。乡心偏醒后，杂响易宵分。越雨乾无日，江鸿望有群。归期难自定，书札漫如云。

观时

终讼儿童喜，观时野老忧。人情争必乱，生事苦逾偷。粟富谁能食，天高补未周。贫囊羞涩甚，翻觉是安流。

钝斋诗选卷十

五言近体四

破寺

破寺城西曲，相传历宋元。残碑留界索，古木护墙垣。地湿苔侵佛，畦平稻在门。日中休市早，林僻径如村。

夜醒

亦有山城鼓，通宵纪五更。忽惊孤枕梦，正值四槌声。心弱树偏响，愁深月转明。不知头上发，又白几多茎。

僧斋

病赴僧斋约，墙东强竹笻。步迟篱径曲，堂静佛客恭。风定苍龙雨，云移白鹤松。南宗言不尽，还欲坐昏钟。

赠处士金金心

得见金高士，兹行良不虚。此心能豁我，道味岂求余。莲幕尝辞聘，松龛日著书。健行如野鹤，七十步蘧蘧。

其二

少冠诸生第，中因丧乱休。先几甘退谷，随境得沧州。文颇推徐渭，诗惟说陆游。知君违世好，踪迹古人求。

其三

曹问河阳令，言君不可招。忽然破寺里，来赴老僧邀。密坐忘时久，问家辞路遥。傍人指五柳，深处可维船。

求诗巷

志云：元末沈贞隐居茶山，其地有求诗巷，唐宋名流多觞咏于此。余嘉其名而作诗。

地曰求诗巷，情深当日名。应多高蹈士，难匿著书声。圣代宽文禁，田间乐发生。千秋谁卜筑，来与问嘤鸣。

过竹林庵

饭饱循溪步，萦迴一径苍。晒经开古殿，扪碣下空廊。积雨衔峰度，霾云郁日黄。老僧堪茗话，归路及斜阳。

望柏树亭

亭为故刑部尚书顾公应祥所构，环植柏树，今有存者。在县东北三里，据高山，望太湖如在几席。

何代尚书亭，森森柏尚青。诗邀莲社月，酒带草堂星。丘壑怀游衍，山川助杳冥。时平城令问，过者羡仪型。

拂几

拂几深窗坐，将秋暑始临。天如宽热客，风故落高林。既在低颜日，难容强项心。谁云行路险，吾道不嵚岑。

出寺

几日不出寺，闲階落叶平。稀疏宜旧月，留滞感新声。贫可谙交态，愁堪炼道情。夜来方注《易》，夫子在艰贞。

下若寺

秋入寒溪净，身临古寺横。佛留唐宋面，井纪帝王生。水洌人偏弃，僧残屋几更。只余村酒旆，尚署箬溪名。

清果寺寺为钱起故宅

我来清果寺，牢落愧幽寻。传是诗人屋，相怜晚岁心。石溪新响竞，山木古风侵。犹有宅堪舍，前贤贫未深。

灯　下

暑迟秋转热，天意尚乘除。岂有愁中客，终身困下车。月来今古际，人老是非余。独爱清灯影，炎凉照我书。

城楼夕望

孤城因石壁，高处立斜晖。满目云山是，清秋故国非。水依来路落，叶似去年飞。底事常羁旅，将寒未授衣。

秋　阴

叶残犹恋树，风至易为声。自入游人耳，随成物候惊。时因贫贱速，身向别离轻。晴且多悲思，那堪雨欲生。

无睡

厌酒自无睡，秋深夜欲长。连年多旅舍，大半在僧床。海近风声厉，家遥被气凉。残灯何寂寂，犹闪读书光。

发余干

客迹易迢递，归舟秋已迟。斗城何贮我，山叶自趋时。贫橐甘能壮，新交送亦悲。劳劳天地里，谁聚复谁离。

舟卧

倦即成高卧，谁言篑篁安。叶飘秋响急，舵打浪声残。北语居氓畏，戎装小仆欢。普天争战伐，刁斗彻宵寒。

过南浔因访庄季坚

秋晴风浪促，系棹为君迟。相见重生后，难忘同难时。交从魑魅苦，祸免播迁奇。季坚以早谪而免家祸披豁乡园酒，更深醉莫辞。

画眉鸟产越山中平望镇有桥名画眉桥云俗传鸟过其下则不鸣童子买得数笼皆携之过桥上过后悬舟中鸣噪倍常戏慰以诗

野鸟离乡路，题桥俗谚奇。果然经此后，群噪若为期。梦或归巢数，身因巧弄羁。画船安饮啄，漂转莫深悲。

寓承天寺

又到承天寺，回头已二年。驰驱何未了，须鬓更苍然。天卷秋云净，松留霜叶坚。道心征损益，底事不同前。

泛舟虎丘遇余澹心因与同登仰苏楼访龚广生时姑苏初撤防兵

欲寻僧寺树，特棹女坟船。山拥参差日，天围锦绣烟。戈铤甦旷野，桔柚醉清弦。忽遇同心侣，登临兴倍牵。

其　二

老翁年八十，夸健寓高楼。铁笔江山色，丹颜翰墨秋。经难传寡女，瓜欲此通侯。强作柴门送，还期杖履求。

小　亭

雨闷孤亭静，花飞乱树香。鹪鹩栖易稳，鲂鲤食谁良。亲药方书合，儿诗故国将。儿子云旅自故里寄诗至得天宽俯仰，飘泊信沧浪。

春　寒

裘藏复启箧，衾卷更装绵。寒岂江湖甚，春将肃杀偏。雨旸悲物色，刑赏卜高天。知是忧无益，其如嫠纬怜。

瓜州闸口晚望

薄暮临江立，花飞小市收。云晴横似练，山静覆如瓯。邪许哀民力，崎岖笑客谋。万艘争勺水，孤艇任淹留。

野 步

倦游程易改，饩饱爱晴春。村径何须识，孤怀岂待人。野花红酒色，乱水白江身。烂漫成新句，都忘步屧频。

访钱黍谷不值枉作和答时在扬州

君容亦囊空，何嗟世路穷。诗书输剑槊，缟带贱萍蓬。念尔过城北，先予去巷东。应门童子瘦，问答夕阳中。

其 二

忽枉新诗至，萧条欲告归。有家君可返，似我客何依。生事甘飘梗，幽居眩钓矶。试听霜鹤响，岂为稻粱肥。

哭姚觐候

情亲从襁褓，聚散各中年，小草君多苦，长杨我愧先。一官三易地，万里再归田。五十埋黄土，彭殇难问天。

其二

君妻为我姊，我女适君儿。蹁跹知何状，机丝安足支。于门车可驾，渤海犊堪犁。必复看清白，前人岂我欺。

其三

昔别忆何日，送君之楚时。一尊南浦酒，万古北邙诗。生死真朝露，穷通等隙驰。还丹原有术，悔不早相期。

其四

昔遭严谴日，君仕汉阳年。虽少烹鱼信，应多铩羽怜。归逢滇海使，远致广陵笺。篋笥今重捡，余生愧尚全。

其五

去岁江干棹，迟予十日留。早知成永诀，宁忍滞归舟。老已随人渐，贫犹向发谋。皇天劳困我，摧折到朋俦。

其六

讣至不敢哭，恐伤堂上心。眠餐应失节，衰疾岂能禁。安稳词权对，凄凉泪暗淋。至今迟絮酒，谅定九原深。

其七

中元逢俗节，为位哭招提。拜手不能起，伤心孰与齐。生无多旧雨，死不别云泥。此日巨卿泪，临风倍惨凄。

其八

卜筑藏玄草，东桥约共游。那堪书在壁，已见壑藏舟。令子收遗稿，邻人指故丘。山阳枉道日，清绝笛声愁。

暖

浓霜开昼暖，暄气入寒生。似为野人背，偏回大地晴。步深疏树影，庭湛小春情。索共梅花语，繁苞已渐萌。

晤陆绣闻

闻子南归久，差池会面难。十年缘一恨，重见语千端。天远谪何罪，恩多家苦寒。会当沾异数，春水共渔竿。

冻蝇

因热几能全，微躯何尚延。情原同玷璧，事已异趋膻。欲鼓寒山翅，难辞温室天。朝阳还贯汝，应感雪霜偏。

寒鸦

纵带夕阳明，寒栖涩晚声。枝枝滞冰影，哑哑雪疑更。时噢毛难满，身存巢易成。岂能随燕雀，入水乞余生。

枯菊

犹有数枝叶，霜中认旧篱。根含重放日，功报退藏时。樽熟陶潜酒，吟枯杜甫髭。乾坤孤干在，荣落有前期。

雪里红

却留颜色在，独受雪霜恩。乘令矜群实，凌寒让晚存。珊瑚垂弱蔓，枫叶比孤根。幸近袁安屋，飘零硕果尊。

室中画眉

携笼复归室，代鸟畏冰霜。毛羽寒将损，飞腾春恐妨。细声高冻晓，野梦密斋房。莫作云霄叹，乾坤正闭藏。

发广陵

维舟不肯发，岂独惮冰霜。市远亲需药，囊空妾典裳。一宵离即梦，归日先出商。愁听江声近，应随去棹长。

吟　苦

吟苦难成字，谁怜今夜心。亲衰还借庑，俗薄转求金。数别轻行李，言归非故林。千端萦客枕，孤梦不堪寻。

渡江

屡渡轻风浪，凌晨双橹开。雪飘今岁始，江逐万年来。衣薄惊寒异，时危惜鬓摧。祖鞭无可著，击楫不须哀。

舟滞

春天曾度此，万舸压江争。又值寒泉涸，仍羁归客程。艰难甘世路，流滞此吾生。过鸟何飞疾，高空向我鸣。

望金山

树落晓风寒，江平水在盘。云吞战垒隐，波咽寺钟残。栖息何年久，登临屡过难。一丘分治乱，不独异追欢。

晚离润州

二更潮有信，十里万艘通。留乃知行乐，宵能补昼功。篙声腾浪白，樯影落灯红。自笑江湖兴，悲欢尺寸中。

有感五首

负扆商周制，持衡伊霍功。四门民力尽，二府国储丰。授钺锱铢定。垂绅筐篚工。圣朝行俭德，不在素丝风。

其　二

那有天人应，空劳休咎征。汉时曾慧见，周代亦山崩。制诏颁恩已，求言采用曾。回天别有术，不向五行称。

其　三

雕虫明试小，何故始唐虞。功使秦人贱，翻劳汉法殊。文衰兵自贵，纲密德应孤。随陆何多事，陈书不挽弧。

其　四

潢池终赤子，包併非尧天。修德归清野，移民当拓边。帝恩容白骨，庙略冷清烟。何必昆明水，招徕汉武年。

其　五

尺寸天王地，司农制置周。但能勤织作，何必悼诛求。民富君何与，田多荒自收。翻嫌周礼拙，茫昧度神州。

至毗陵重游杨园

园子说来迟，凋残红叶期。竹喧迎旧节，梅老郁春枝。久客疑吾土，频过易岁时。萧萧双鬓在，一任谷风吹。

其　二

恸哭典型遥，非徒感旧要。云埋携酒阁，冰断说诗桥。物易寒暄改，情难生死消。宋公魂梦远，应为首阳招谓静山先生。

晤门人屠懿仲

师弟何同病，穷通总再生。路逢疑旧鬓，坐久慰新情。谪忆关河远，官怜瘴疠轻。八年千种泪，身在漫纵横。

其　二

严谴囊头日，仓皇亲故惊。橐饘惟宁武，抱子类王成。敢料重逢地，翻吞百折声。交非经患难，那见古人情。

其　三

才奇年复壮，谪籍未云卑。细省宁无咎，功成会有时。旌旄多椽尉，钟鼎报君师。莫叹龙蛇异，轻生蠖屈思。

其　四

传经多寂寞，似尔尚昂藏。惟望门墙贵，来生泉石光。家同鸥鹭泛，田为脊令荒。傲骨逢知己，艰辛诉不妨。

静　坐

日暝未张灯，烦襟入坐澄。栖鸦鸣亦寂，新月掩还升。游久归如客，门闲子当朋。羲唐何宇宙，应许静怀登。

新霁

忽放高窗日，如惊故友逢。积阴新耳目，豁达到心胸。暖昔迎时柳，青怜待屐峰。游情先越峤，行役倍从容。

忆儿旂

屈指计归程，江帆应皖城。经年才一聚，千里复孤征。风烈溯流便，装贫客路轻。平安何日报，舐犊慰亲情。

其二

惟汝江乡住，常言伏腊孤。别亲偏岁暮，抵舍亦穷途。粔籹亲知问，椒花妻子俱。老怀翻足慰，莫只忆屠苏。

其三

汝妇行厨米，娇孙村塾书。苦怜贫后惯，学未难中疏。姊近宜长讯，田荒莫废锄。田庐须预葺，待我鹿门车。

其　四

即我难离祖，因知汝苦辛。饥寒违药饵，患难迫风尘。闽海山川阔，中州道路频。明年星聚日，应及广陵春。

闻　鹤

梦醒忽闻鹤，悄然众虑清。长松鸣静夜，残月澹高楹。姿本三山贵，时随万物更。何当辞近玩，莫负峤云情。

坐

非向书中得，宁徒静处偏。嗒焉何宇宙，不动此山川。雨喜青天阔，春含花树鲜。古今来一息，物色漫相牵。

留屠懿仲小饮

交缔文章重，情经患难真。知能容老懒，定不厌厨贫。谋妇开新醞，隔篱呼比邻。辖留应不去，何用效陈遵。

揽镜

觌面疑非我，凝思识旧颜。变迁天地共，哀乐古今攀。发在何辞白，时危敢自闲。平生心迹愧，难向说人间。

舟晓

晓路声何杂，锹金击汰齐。静生知水阔，寒入见霜低。失路羞良友，无家愧老妻。忧端偏伺我，都逐五更鸡。

过嘉兴将访张蘧林

日午停桡早，将为访故留。同官复同难，相望每相求。萍亦来无主，忧端话未休。童儿先问讯，但恐亦长游。

乙酉避乱嘉禾实生儿旅舟中作此示之

此地昔生汝，钟灵或有天。回头争战日，细数读书年。已见长齐父，安能我似前。少陵诗继祖，德薄愧青毡。

晚发嘉禾

岁熟江村密，斜阳岂惮征。轻装随野水，晚树别高城。缆缓容书字。波清爱濯缨。莫愁沽酒暮，新月已柴荆。

新月

月不因人客，随方晦朔来。一痕天上见，万里雾中开。欲没犹沾树，才升已动杯。未知几圆缺，始得大刀回。

舟晚

舟晚如村塾，群儿各执经。吟高山月白，灯逼岸扉青。拙计安时论，分阴重古型。从来勤用足，岂必尽家庭。

少睡

何事能愁我，偏怜少睡时。将衰多惜妄，既隐岂求知。身世盘中舞，行藏枕上诗。华胥真有国，迢遰亦难期。

舟暖和儿子云旅韵

沙暄春动草，风细水明舟。寒改南天易，阳应岁暮周。瓶花香湛几，书卷静依裘。蔼蔼山如画，窗开抵卧游。

泊早和儿旅韵

日暖正堪发，前亭远近疑。倦游从众易，经乱择途宜。雁度波环堞，鸡鸣酒出旗。斜阳如待客，扶杖一吟诗。

钝斋诗选卷十一

五言近体五

次武林寄书维扬

亲老岂游日，情难语外人。寒暄俱旅梦，家国奈儿贫。闽海路将远，高堂春益新。有方堪寄讯，江雁嘱来频。

寄书毗陵

少别时虽暂，封书事易繁。情增垂老累，语转少年温。米记床头瓮，花怜客路村。季冬风寒冷，小女莫柴门。

拜岳坟

莽莽荒原冢，中藏岳鄂王。气增华夏重，土挟姓名香。铁马天心阻，金牌往事伤。再瞻南向木，遥落恨风霜。

饮罗镜庵即席兼送之长安

到即逢人问，知君仍旧居。望门湖海气，登榻古今书。仗友悲驯雀，留宾问煮鱼。窗前波潋滟，可较隔年如。

其　二

讼冤开近令，同事已簪绅。臣罪杯中影，君恩谷外春。大章宜委曲，长路急风尘。禁掖蒙疏豁，音书早钓纶。

客　去

闭户非游事，其如褊性偏。衣冠强磬折，香茗习周旋。客去湖光静，吟成寺景迁。世浇亲故减，敢望曳裾怜。

湖中落日

湖水同朝暮，奇光落照开。波翻金柱立，烟忍赤盘催。丝管趋城急，鱼龙隐浪猜。欲穷旸谷影，更及晓钟来。

渡钱塘江

筍舆侵晓雾。十里渡钱塘。吴越分明镜，乾坤变苇航。漂萍从地远，江树入云长。回头西冷路，犹怜接故乡。

别张图南

相逢非意想，遄别漫言悲。三日周旋地，多年梦寐期。鸿冥嗟志决，蠖屈莫违时。策马追江舸，翻添客路思。

江　沙

江沙如故里，嬉逐忆童年。亲串迎青草，诗歌画碧烟。人从离乱别，家已岁时捐。却怪将衰客，千端触旧缘。

过萧山县

越水临江始，吴山隔岸齐。风谣摄大郡，耕凿异前溪。缚竹舆争客，如瓢艇荡泥。村村岩壑里，尽日快攀跻。

雪

雪憎岩岫寂，融湿树为春。径亥沾泥滑，山寒出雾新。含空能乱眼，到地不成尘。驴背山阴道，敲推笑牧人。

喜遇王泗哲

伫立冰霜路，缘山望处直。梦中枯骨在，眼底白头新。握手倾离绪，沾巾说故人。清宵拈碧酒，悲喜易连晨。

客诸暨与门人牛丽阳夜话

璞蕴名山玉，渊含秋月光。小城虽吊谲，说尹必慈祥。术驭车须覆，多鱼网必伤。柳榆应世俗，吾自爱行藏。

其　二

阁泪披衷愫，言如出我心。即无安邑馈，难忘角弓吟。饥爨莱芜米，贫分鲍叔金。输公与菽水，义戴古人深。

雨　晚

夕照藏何地，弥空细雨留。雾交声在瓦，风折气侵楼。短景阴阳逼，行踪日月浮。琴书堪永夜，淅沥漫含愁。

岁　暮

岁暮犹为客，淹留为主人。寺楼安笔墨，山色界冬春。钟磬浮生省，风谣好句驯。梅花檐外色，不异故园新。

赠禺峰上人

挂锡荒原寺，何嫌受请稀。厨贫道侣集，形瘦佛声威。钵隐千花席，珠藏五叶衣。陶公诗酒汗，时与濯玄机。

其　二

何处分凡圣，劳君指点曾。但言心与法，便是日中灯。海鸟无栖树，金鳞已透罾。高峰溪径绝，谁敢一身登。

晴

鸟语晨光内，吱吱卜晓晴。久阴藏异色，静昼响新声。犁暖催耕急，钟乾省梦清。游心赊万壑，先拟芋萝迎。

归

借车还客拜，遍郭不移时。性僻宜荒邑，交新敢后期。静参初授偈，细改夜来诗。忽见僧楼近，如归野老篱。

醒

颇爱寒宵永，群酣独醒眠。气深回戊鼓，籁寂领霜天。安命动无虑，因时静有欢。始知持偈力，不为梦魂迁。

城 上

山逼烽楼瓦，江驱井邑陂。碧开春浪远，青结雨峰攲。闽海方游事，兹城无去期。故园劳望眼，未敢计归时。

偶 步

偶尔偕僧出，遂成郊外行。山开千里目，春放一朝晴。麦动青呈色，蜂游暖渐声。旅间堪数往，莫怅夕阳情。

正月十七夜雨阁悬灯

节过灯犹挂，雨寒光倍清。琴书明寺壁，云月避山城。客老春多惜，心间乐易成。萧萧孤灯影，无谢几微迎。

雨　窗

湿难登近岭，寂坐客窗阴。云逼花光瘦，烟通鸟弄深。焚书空似我，把卷日忘今。晴雨皆天事，无劳旅抱侵。

春　晚

寒暑成推谢，谁嗟逝水过。何年春不去，回首事偏多。花摘留孤艳，瓢悬待晚酡。鬓边亲间黑，未觉岁蹉跎。

摊　书

寺阁延高烛，摊书常不看。萧然章句外，别有见闻宽。心弱中年后，情深静夜端。武侯观大意，犹惜世氛干。

再过朱公庙

野庙接成端，频游旅兴宽。烟收阛阓豁，雨集洞岩寒。死赐乡人福，生难妻子安。贫穷轻世眼，何代不辛酸。

香烬

香烬蒲团寂，高楼静不哗。竹敲风过鸟，叶动雨扶花。御物心无竞，观内世有涯。邻钟闻放梵，起步日初斜。

牛丽阳招饮南堂

故人心太古，良夜酌春星。饮尔清醇气，忘余辛苦形。歌深笼月碧，堂迥纳山青。愧乏扬雄字，虚成载酒亭。

好会

归路晨钟及，才知宴坐深。欢娱容雪鬓，云月惜尘襟。旧事频权胜，新交益贵心。客宵逢好尝，岂肯易招寻。

连朝

歌舞能扶倦，连朝宽酒杯。谁言霜鬓客，难听雪弦哀。雨贯云间月，灯清鸡后煤。淳于贪杂坐，不受晓钟催。

杖藜

杖藜偕老衲，路熟绕清溪。岂必芳菲遇，聊堪咏啸携。园容村径达，山逐雾痕齐。城僻招堤近，休嗟暮霭迷。

闻钟

殿近钟声数，偏惊此际心。张灯人事毕，向夜客怀深。春去余天地，情间纡古今。蒲团踵息处，喧寂总销沉。

读杜

读杜如读《易》，江河万象归。每嫌笺注浅，深悟昔年非。逢乱人偏赏，含情知未希。自怜千载异，怅望敢同依。

墟暮间有蔷薇一丛缘石楠而上花数万朵灼灼如霞偶寻及之亦奇观也

寻花忘径曲，数里见霞山。藉力枝无弱，矜高色更殷。地幽留艳久，时过待人闲。莫漫辞攀折，经春一顾间。

闻鸟

鸟亦成天地，音规晓色多。我醒如止水，触响作微波。睍睆何悲喜，飞栖总啸歌。空城与积粟，饥饱较谁过。

夕雨

夕雨楼偏敞，开窗延暮光。垆侵古砚紫，茗挟晚花香。白日果谁驻，丹砂岂异方。高吟迟秉烛，非恼鬓间霜。

三月二十八日谒东岳庙归途中作

随俗瞻遗庙，归行古岸晴。雨矜山叶密，江荐诸苹清。混沌藏歌舞，风尘晦姓名。莫惊藜杖路，逐众自含情。

书　声

雨响书声达，群儿夜诵诗。歌呼知有得，勤苦合无时。射策非尊此，从游每藉兹。年皆过骥子，莫更旅途迟。

汲山泉

晚步山泉活，分流雨后清。盎中天影合，意内茗香生。手汲情偏重，多求事亦营。却怜杜陵叟，余沥问三更。

去　住

故人情谊挚，小邑见闻迟。欲去果何适，将留恐自疑。江湖俱汗甲，花鸟习愁眉。纵有三间卜，难消岐路悲。

三月三十晚步

犹有一宵春，残阳及水滨。扶藤宁忍遽，骋望若为新。回念来时雪，关心去路尘。古今悲荏苒，何独客中身。

夜听子规声

夜半惊啼鸟，愁心况子规。不来春亦去，客久尔如知。月澹声应切，风轻翮正迟。故园花历落，曾否占高枝。

子　规

春驻人间好，君来何故催。深宫遗恨在，锦花旧声哀。万木浓阴合，孤飞细雨开。病身难再拜，偏作寺楼回。

送别黄祯符

作客还悲客，同途识苦辛。孤装破篷雨，古寺落花春。弹铗千秋泪，临岐一叶身。扶摇看少壮，老滞倍伤神。

访友人不遇

泥滑步难赊，随筇到尔家。庭间嬉稚女，篱静缀疏花。晚出应谋醉，频来每问茶。残棋深竹里，不负子猷车。

化南上人过访

雨暗庭阴合，黄鹂日往回。久无佳客至，忽见老僧来。礼强区缘朴，诗兼禅说该。江淹怀抱寂，一对惠休开。

观市剧

歌舞供禳祀，通逵越俗成。旅人来市阁，众里听新声。侪伍何名姓，羁怀有送迎。盘伶齐社酒，漫说古人行。

昼坐

注经成日课，夜饮倚朝慵。一坐蒲团静，能令万虑封。浮沉云外鸟，出没雨前峰。岂必辞环堵，丹砂始驻容。

昼卧

昼卧宁徒倦，忧来未有端。百罹生我后，一字向人难。幸说门墙好，犹艰世俗看。黑头摇尾白，叹杀古冯谨。

病

病恐余难老，因愁促鬓花。知医翻谢药，畏日转寻花。世弃身何补，途穷室更赊。铸金无异术，仓扁亦谁夸。

庭　月

山街新月半，吐影上方深。万汇澄秋沼，空阶肃客心。灯荧留佛面，籁寂凛钟音。但恐蟾光没，何知衣露侵。

楼　月

久雨清光贵，尝看忽满轮。山高迟到寺，楼静早依人。远水侵天白，庭枝入夜新。金波赊病客，何惜倚檐身。

题诸暨大雄寺壁

井邑万山围，清江众水归。民刚争讼惯，地迮黍苗稀。并食嗟游铗，经时冷寺扉。主人贫且甚，客敢怨无衣。

期友人同往茶市

卖茶成令典，小市集西商。绿甲三春雨，红垆数里香。客言芬口頰，旅兴动旗枪。闻尔人家熟，扶筇好过将。

假　室

楼低不称夏，敝石假山僧。开牖时驱雀，垂篇坐隔蝇。有情南郭几，多事北窗楞。望远虽无地，清虚适寝兴。

病起步月

当暑拥衾坐，连朝病未苏。今宵凉月下，竞与众人俱。光侧经数满，轮衔远岫孤。赏心兼试足，不觉步瞿瞿。

陈一如招泛浣溪蔬食茗饮游兴甚适

路熟游心异，轻舟绕近岑。山如迎旧面，水欲涤烦襟。病时膻腥厌，情从茗饮深。清谈终日味，翻胜浊醪斟。

别暨阳诸友

经时留此邑，良友愧周旋。古寺诗文会，春江歌舞筵。性尝多缱绻，别其不流连。离酒旗亭满，踌躇屡驻船。

别大雄寺

古寺经时驻，宁徒三宿名。近岑春夏色，远水暮朝声。挥翰酬僧饯，题诗谢友行。十年惭学道，随地有离情。

晓发临浦

空囊亦警夜，击柝远鸣鸡。帆挂僮才卧，材移月渐低。迹同新浪动，梦及早凉迷。何日驰驱了，乡园晓暮栖。

过吴门不及上岸因简顾松交

云暗阊门树，归舟遄不维。水疑消夏曲，花负辟疆枝。契阔时非久，重寻路岂岐。题书报好友，应不责前期。

阊门外遇顾倩来

望我搴帘问，遥疑车内人。相呼忘步蹶，不意倍情亲。访旧添生死时闻诸霞坤卦，询途忍贱贫时余自闽归。高天迟日落，携手更逡巡。

将至毗陵

今日毗陵道，临门应日斜。缆催翻觉缓，径熟转疑赊。久客人情习，长贫旅思加。数时妻子米，何计偿邻家。

其二

痛自杨公殁，毗陵少故人。纵多壶榼问，谁复典型亲。忆昔装囊解，相迎笑语频。今朝马融笛，益怆下车神。

雨望毗陵

浮图不可见，睥睨亦难寻。何意归怀速，偏教夕雾深。缆牵泥活活，眼注雨淋淋。迟疾宁关此，空劳怅望心。

毗陵晓发

老亲望我甚，安敢一时稽。未曙催炊黍，将晴办饮霓。钬金支过鷁，衡雾听鸣鸡。迢遰丹阳道，偏疑咫尺迷。

丙午小春郊园社集即席分得雷字夫字

霜木增悲思，孤怀闭草莱。不因良友集，忍逐胜游来。亭景含深照，天风贯石台。将车曾此地，倍动蓼莪哀。

其　二

谢传登临屐，未明犹此途。假合今尚在，肯使兴偏孤。分韵应先就，传杯定共呼。音容才几日，天地泣荒芜。

其三

危时艰彦集，胜地喜樽开。况值冰霜后，多从湖海来。名将空李郭，交不数陈雷。深酌枫林晚，严城檄莫摧。

其四

清霜冷台榭，杯酒霁平芜。人自黄初旧，游将曲水俱。新声惊少壮，往事触悲愉。共羡南楼兴，婆娑愧老夫。

维絷

父背慈亲在，严寒忍暂离。侍餐常早起，对雪罢吟诗。倚伏人何定，东西路总岐。自伤维絷苦，不敢北堂知。

开书

傍架不终帙，开书泪满衣。恍然侍白发，无复见彤帏。志矢箕裘重，吋伤风木违。始知百感集，不自一端归。

遣 兴

家贫世路薄，负重母愁多。助我知谁力，忧来奈汝何。笑宽堂上食，狂放醉中歌。今古苍天问，前贤好揣摩。

醒

愁亦夜无寐，纷来伺我醒。自维还自释，谁动复谁宁。偪仄头成白，昂藏眼孰青。所生应有意，未敢度苍冥。

夕 坐

一息古今驻，晖残灯未然。志明无暗室，气定有高天。云逼垆亲火，花传几湛烟。嗒焉且无我，何处与周疑。

馈 奠

馈奠晨昏后，兴居下北堂。惟将诗过目，无复恨离肠。稚子承饴弄，门人废古章。僻居甘客少，塞径任榛荒。

愿将

分陕争周召，调亭自古难。何期九牧地，已得数年安。起陆酿龙战，履霜忧岁寒。愿将《霍光传》，一上圣朝看。

邗上逢吴匡左

闻君舟渐近，每日候江干。忽听鼓钲歇，互将颜面看。官能留鬓绿，骨不受贫残。多少余生事，杯从剪烛宽。

其二

艰辛不肯诉，诉恐厌人听。贫到无家破，眼将何路青。伤哉葬养苦，去矣鬓毛零。别易逢难数，君应念独醒。

钝斋诗选卷十二

五言近体六

丁未元旦

榻依亲榇晓，帷彻报邻钟。半白才更始，三生痛莫从。易衣传节酒，饮泣悦慈容。爱日同伤逝，椒盘百感重。

其　二

楼工卒告竣，恨不及亲知。地下慰今日，空囊怜众儿。负逋惭孝友，报国信寒饥。四海诗篇在，谁为失路悲。

入　市

万国凋民气，繁华此地留。杖藜非玩物，入市即佳游。混沌藏熙攘，安全祝道周。客身虽渺小，世乱亦焉投。

暄

暄气酿春早，开窗淑景迎。瓦烘霜日澹，树郁雨香生。长铗邀诗兴，寒江泮客情。乾坤直道在，无虑路难行。

人日

十日新年日，随方各有征。人传今夕异，节自汉宫称。柏叶盘中谢，金方胜裹登。北堂堪献彩。休向鬓毛憎。

谷日

乍晴欣谷日，卜岁不为农。湖海奔车地，春秋寄食踪。锱铢民牧攫，阡陌庙谟攻。倘更逢凶歉，敷天何所容。

顾云同雨中过访论诗竟日

蓬门封积雨，愧子湿衣来。径喜新苔破，花宜小牖开。近诗增细律，往事记寒灰。昏路忘泥泞，悲歌未遣回。

寒

极阴应酿雾，风雪敢辞寒。炭贵偏添火，梅开转护阑。香焚暗牖静，书触古怀宽[一]。尚想千峰色，迎暄叆叇看。

连雨薄霁偕顾云同及舍弟与三儿施侄良泛舟邗沟

待霁游期屡，轻阴速放舟。花明尘眼岸，云薄古堤楼。地胜情多感，途贫乐易酬。缓风容竟日，傍夕更夷犹。

发广陵

稽首辞亲棣，凭舷泪重挥。严容悲日远，慈膝恨多违。半世冯谖铗，分阴莱子衣。回头空五鼎，生死万端非。

其 二

不忍题前事，牵衣忆下阶。讵知千载别，悔不百年偕。薄俗甘颜面，长途仗保怀。市人惊路哭，枯槁问形骸。

早 渡

早问春江渡，寒多草未芳。云遮风切水，天远日吞荒。两岸千艘塞，孤村一树香。酒旗招步屧，不为敌轻霜。

野步偶遇卜肆入坐移时

舟淹耽野步，沙软径能修。江纵渔歌远，村融花气幽。垂帘逢小肆，驻屐启危楼。疑是星槎客，来随隐者游。

京口舟滞

句水邦储糸，孤舟竞万艘。蹉跎刓命赋，留滞漫心劳。到亦非乡井，归胡急舻篙。长歌将暇日，听者说《离骚》。

舟夜静

月皎浪收声，舟回旅梦清。寂然无一物，森矣列群名。籁岂分天地，身何有死生。崇玄与辟佛，多事起纷争。

其　二

大与乾坤塞，平为万物基。何须先事往，焉用后几追。雨润春泥动，风消夕浪迟。此时询七尺，衾枕不知谁。

晚发京口

得解青丝缆，何殊脱韝鹰。日斜遑问宿，塔近不求登。来艇如飞鸟，争桥似入缯。征途有前辙，若个鉴来曾。

雨　窗

窗深雨益暗，寒几对垆温。香篆萦书细，庭风鼓叶繁。天高哀乐幻，身啬古今尊。翻恐前山霁，邻僧牵屐痕。

睡早

天易殊方雨，寒催短景昏。起迟容倦客，睡早醒乡魂。身妄何吾土，时屯岂拙言。悄然齐物类，不假漆园论。

长吟

寂寞传文字，予怀岂是初。愁将翰墨送，心共海天虚。孤独他乡夜，长吟万古余。翻嫌陈长史，容易碎琴书。

雨坐

小室暗生清，垂帘雨送声。天如增野水，客自信长程。诗热交游面，酒回故国情。摊书不竞读，老眼畏逢迎。

读书遗像侧

经受童年久，诗闻患难深。今朝遗像侧，复听读书音。孺慕老逾见，衔悲远益侵。依稀聆謦欬，难继过庭心。

夜卧遗像侧

焚香不灭烛，神冀夜深临。麻经因人易，牲齐从俗歆。海星明晓汉，林响荡高岑。强寐祈来梦，其如哀转侵。

买得窑制观音像一躯将归奉老母

质同冰玉洁，制貌海陀慈。归作萱阶奉，心先莲室驰。青泥镂画笔，赤火变清池。和靖金刚呗，宁从象教疑。

除日至斗姥宫

屋置孤岩竣，松环曲磴遥。到来忘岁月，不信是今朝。钟散江山迴，窗含雾雨消。下方纷夜火，谁解望云宵。

守岁斗姥宫

亦恐韶华去，招提坐夜分。春从何处见，声自几家闻。地僻甘销梦，时潜悔用文。百年终采药，新鬓任纷纷。

过天秀岩

古路新沙筑，山高睥睨藏。傍岩苔剩雨，近海树无霜。佛凿云根细，僧烹雪涧香。培塿俯万井，临眺意苍茫。

再过天秀岩

昨游不到处，僧引得穷奇。眼豁江山待，天垂风雨疑。登楼花近我，扪碣藓知谁。今古悲来往，斜阳步转迟。

遂拙上人房啜武夷茶有怀李磊英却寄

僧煮阴厓雪，留宾野寺春。三山火候异，九曲种枝新。桑苎一家何在，支林棹可询。千峰期握手，嘱尔问前津。

登　舟

岂即还家路，登舟若已归。海潮知夜满，江鸟欲朝飞。口惠甘低首，身劳炼息机。春风吹旧草，不叹久游非。

晓发梅浦

泊如飞鸟倦，开似晓云征。语嘿遵闽俗，眠餐适道情。鸡鸣催野色，风信视潮声。且喜滩沙远，犹堪自在行。

上　滩

毫发牙樯辨，逶迤石齿争。始知经路险，不敢怨人情。信义终堪仗，波澜岂易平。可怜江海客，顺逆半劳生。

雨泊樟湖访澄雪上人因宿其般若园承惠松石图却赠四首

几望桃花误，樵人指别溪。冲烟临古渡，听磬踏深泥。树闭柴门迥，灯悬佛座迷。即非终夜雨，亦欲宿幽栖。

其　二

榻小容同梦，衾单借衲衣。竹喧春雨乱，江响夜乌飞。岩穴惭无地，风尘知昔非。何颙岂好佛，息影羡忘机。

其　三

难后藏名字，居然白发僧。旧图传碧海，往事信青蝇。家破文堪卖，儿亡孙可承。几年婚姻毕，五岳老还能。

其　四

寒松元旦画，人日待予来。脱赠如留意，孤坚欲共猜。传将高士比，意自古人裁。谡谡盈怀袖，前林首重回。

滩　行

流泉如峭壁，邪许入云间。滚滚花生雪，峨峨石近颜。舟轻双翼鸟，客静万重山。解缆怜前哲，犹看滟滪闲。

人日舟中

人日连风雨，山寒岂卜年。重滩飞夜响，高雾落新泉。鬓耐金花冷，颜羞海树鲜。江村多柏酒，赊取莫愁钱。

次延平府

百折苍山锁，千层碧浪穿。人烟围绝巘，城堞倚长川。方语殊蛮舌，星光入女缠。飘零留故剑，分合事茫然。

黯澹滩

乱石据群湾，惊波拍巨山。挽舟人并力，争穴水殊颜。名忆垂堂戒，心知刁坎闲。由来平与险，不在浪涛间。

宿南雅口

不系延津棹，今朝应建州。转蓬多迕迹，握粟岂前谋。片月沾山叶，孤峰冠戍楼。预思朋好会，数起问更筹。

芝城送别姚经三还里

入闽原为子，急难伏嘤鸣。那识天多意，因教法变更。曰归怯空橐，欲往厌长程。今日沾缨泪，定徒送别情。

其　二

初至芝山日，逢君适会城。及余弹铗往，又值弭舟行。梦屡天涯别，吹翻客路成。昨闻归计定，来送故兼程。

其　三

谈必清宵尽，町畦彼此捐。自惭兄弟久，知尔岁时偏。聪慧翻由习，宽仁实自然。于公门第语，古岂妄流传。

其　四

三凤君先翥，恩纶被北堂。我姑报机杼，犹子与辉先。内外宫何异，升沉天不藏。骅骝但骋足，由命即康庄。

其　五

驿路名山绕，春风万树斜。武夷尤险绝，经过心停车。句许关心老，图知觌面加。吾将继幽讨，留迹待桃花。

其　六

为赶樵州约，客中翻送君。不知愁所自，但觉袂难分。桂楫浮春嶂，芒鞋割晓云。闽天虽少雁，双鲤互殷勤。

其　七

两世千秋谊，还多骨肉亲。山川今古险，葬养播迁身。真感临邛意，翻怜鲍叔贫。归装示母弟，应亦谅艰辛。

其　八

赴阙车应缓，游筇吴越期。倘寻邗水曲，幸过习家池。炙絮悲风树，埙篪协露葵。相邀有秋月，知不负追随。

崇安县

百年朱子里，送别偶经过。山琢神工异，城留古俗多。著书高海日，篮遁濯清波。劳客惭安隐，临风怀櫂歌。

逢僧拙汉

老僧逢异地，涕泗说先人。语寄别时痛，交翻方外真。齿衰行益苦，峰古住常新。我有龙眠屋，相期旧结邻。

送张禹木之官绍兴

此自意中事，何劳加额呼。十年老循吏，三仕古名区。圣代重良牧，时髦避旧儒。遥知采葛女，定咏昔无襦。

喜晴

海国春多雨，经旬始一晴。照窗如乍富，曝物似新营。计日惊将夏，梦家归未成。柳花千岭雪，信杖逭离情。

晴过宋长石小饮

乍晴生逸兴，出即过君家。岂知居衡近，应知诗思加。小樽开密室，细语动新花。霁漏疑增永，还车日未斜。

见　月

绘句才见月，应是雨多情。恐我思家苦，因教久闲明。疏星喜青汉，晚蕊竞新荣。灭烛看宵影，吟成参斗横。

观儿施所作武夷赋

岂是渊云妙，能传山水奇。少年知奋腕，老眼足舒眉。莫竞长门价，须从鲁殿遗。将成偕隐地，翻笑用文移。

观儿施较射

弧矢竞时尚，儿童习战争。岂直成武备，意欲笑经生。儒术谋诚拙，蒙功射亦名。须知矍相圃，不似少年行。

饮张禹木署中

隔朝即思见，不约亦驱车。况值讼庭静，兼逢解榻初。奇文萦带草，细酌剪园蔬。云雨看交态，相期古未疏。

饮门人袁立仲

契阔京华久，江城良宴深。风尘看古道，山水对披襟。醉喜荀卿御，贫惭范令金。麦歌盈旅耳，足慰授经心。

晚登城楼

临堞结层楼，凭高俯大流。雨归溪势激，云养月痕柔。客静能销暑，天遥可纵眸。家山来拟似，欲慰仲宣愁。

改舟

叠岭蓝舆迴，重滩小艇艰。改舟因故友，挥翰静秋山。岁月惭空橐，乾坤惜厚颜。仰观随柁鸟，应亦倦飞还。

舟夜

宿雁惊沙岸，邮签报石滩。船依农事密，水递月光寒。堠火矜疆异，伶歌识地安。摊书賒旅梦，不计客途宽。

严州途中

樵路依峰白，厨烟出树青。乾坤娱土著，山水愧邮亭。泛梗终何事，垂纶只独醒。浮云满钓浦，谁见少微星。

拜子陵祠

故人业已就，高隐许水偏。遂使云台鼎，尝轮钓濑船。登临阴雨后，祠庙古今年。怅望清风远，江声为飒然。

过桐庐县

雨增梨叶赤，云拥驿梅青。经岁客重过，斜阳砧已听。花邀寻野屐，月傍钓鱼星。千古怀幽赏，何嗟迹似萍。

姚婿东朗下第后省余广陵即问越东之棹以诗以送之

家运猝难复，群儿遇每艰。化鹏期玉润，鎩羽忽刀环。急起披衣问，繁情把袂删。行藏多胜业，舌在即名山。

其　二

枞川别我女，口口说科名。此日闺中泪，殊牵老父情。孀姑待菽水，山县急轮征。自愧躬难阅，分甘少雁声。

其　三

余曾三刖足，每与令尊偕。益重存亡感，翻嗟出处乖。重来年正壮，久屈志应谐。况说簪缨盛，君家比谢阶。

其　四

弹铗知无奈，干时亦有方。地经严子濑，人是陆家庄。闭户终长策，分餐早故乡。一枝余已定，迟尔共椒觞。

关索岭

国乘名无考，征蛮稗史真。遥思过岭日，定有渡泸人。白日传家法，青云附老臣。圣朝勤战伐，庙貌益莘莘。

其　二

不计云霄破，遑知车马劳。万峰县暮景，百里悉秋毫。酌水惩痞症，刊山想俊髦。登高怀古训，重过益萧骚。

铜官渚守风

岂是铜官渚，诗人必避风。我来蓬转迹，殊愧浣花翁。波改千秋绿，山烧隔岁红。前期恣汗漫，凭吊益冲融。

铁灶

明吉王宫中故物也，宫煅灶留草间。

倾尽数州铁，长留丛棘间。尚思薪厝火，直欲力移山。感示铜驼速，情将铸鼎攀。犹传燐火夜，似有善夫还。

九月三日偶然作

欲问余愁始，茫然莫自陈。时危宁预我，家破更何贫。秋老楼居迥，林稀山到频。高吟天地外，荣辱贯闲身。

闻儿旃下第

儒贱应焚研，教儿奈世传。纵贤何益我，久塞若疑天。屡出颜难聚，长饥业欲迁。自惭余肯播，焉敢叹菑田。

其　二

去本典裘去，归装何所资。天如怜汝志，事每出人知。亲老犹堪待，才存会有时。京华尘十丈，何处寄仳离。

儿施之楚

少子别余往，楚江省妇翁。欲留言转涩，频嘱意无穷。骨可因人炼，书堪行路攻。花间客坦腹，舐犊望衡鸿。

忆儿旃

饥难疗汝腹，敢指漫游非。但念道途远，还愁音信稀。陇云凝雁去，关柳傍舟归。底事成蓬转，何年是息机。

别二兄环青

老兄七十一，特地旧游寻。倏又言归棹，那堪别后心。健餐翻胜少，重晤定如今。莫为秋原雁，参差动恐吟。

其　二

地傍城隅僻，楼凭秋气高。花开篱富贵，山入户萧骚。榻避邻歌远，吟胜妇谪豪。却惭空学道，喧静尚劳劳。

过苑家园

种花堪送老，霜雪圃如春。芟植通幽理，沧桑阅定身。门闲惟近寺，茶熟每留宾。新筑茅堂接，扶藜莫厌频。

先雪楼雨望

此地昔歌舞，楼台迹未删。秋声催暮雨，阁影对空山。潮满邻桥动，枫凌古寺殷。朗吟无代谢，独立自开颜。

其　二

野寺石桥东，栽花有老翁。春秋半亩色，耕凿古人风。落日携钱过，新泉啜茗同。望中茅屋闭，应亦卧空濛。

其　三

数武故人近，秋来疏往还。纵情犹懒出，经雨益知闲。畦逐潮声润，篱矜霜雪班。曾携村酒至，待月叩深关。

寒　迟

裘典幸寒迟，当风下北帷。秋堪一面好，贫任百年期。篱静容花傲，庭暄许背知。翻怜范叔浅，轻受故人遗。

寄儿旅桐城

怜汝长依母，躬耕故国田。卖文供菽水，弹铗困山川。孝友原家事，科名只偶然。休嗟三十壮，鹏翮正秋天。

其　二

闻汝江州棹，新诗携满囊。非徒征阅氏，不意遽登堂。隐计甘吟啸，人情艳典常。喜心翻载嘱，富贵必文章。

其　三

弟兄皆败北，转逊尔超然。几正屈时伏，功堪暇日先。论文穷益细，爱子老弥牵。望望趋庭近，清江有画船。

其　四

山妻怜别久，应识欲归难。父老比邻面，君亲百虑端。傲嗟鸿鹄倦，贫急鹡鸰寒。瘖痳东湖水，何时遂钓竿。

胡方珠同六弟张甥雨过先雪楼

积雨蔬畦滑，谁开竹径关。君同甥与弟，来看阁中山。小牖三秋贵，贫厨一饭艰。濒行翻约我，煮蟹菊花间。

楼　寒

楼高难借暖，窗正北风前。一概声披树，三时序合天。菊摇磁盎雨，客散篆垆烟。妇老宫裘典，谁堪半臂怜。

寿胡方珠五十九岁

犹记九年前，长歌报绮筵。回头奔日月，留面驻山川。比屋论文榻，随身种秫田。安期只处士，传久即名仙。

其　二

愁从不敢犯，春气蔼襟期。妇贮刘伶酒，儿传杜甫诗。和能存傲骨，老转逐童嬉。绿罫青帘舫，花时每不迟。

其　三

伯父人伦鉴，吾翁古道宗。知予尝偏赞，爱尔必先容。风木俱前事，冰霜冀后逢。相看成白首，期莫负芳迹。

其　四

代洁朝餐问，宽愁古句歌。言无不金石，谊足砥江河。难后新松菊，比邻旧芰荷。所期蒲柳永，岁岁祝岩阿。

雨坐

径僻晴无侣，楼高雨益孤。四山烟户牖，万竹响笙竽。甘冷耽舒眺，忘禅喜静趺。随身成大隐，论不待潜夫。

借米

借米邻家少，云荒大熟年。去秋收获最，此日水潦偏。饥饮吾身遇，乘除一事天。益知往必复，穷莫叹迍邅。

读春秋

《春秋》余少习，帖括愧书林。垂老恣仇校，随行变古今。眼乘天地换，心逼圣贤深。过去君亲事，临函费讨寻。

其二

颇笑世儒妄，开书辨夏正。欲穷谁证据，纵确亦纷更。凡识难窥圣，传心别有情。吾身具时序，辨得即阳生。

其　三

赵盾何辞逆，许君本善终。休将忠孝事，轻责古今同。扇枕观微意，垂绅鉴非躬。毫厘权笔削，谁可较鸿濛。

其　四

公谷多儒说，丘明自一书。崇安无曲笔，泗水有前车。凿矣分沙鹿，荒哉辩鲁鱼。终身难一字，岂止用三余。

雨　晚

高窗不辨雨，竹杪暮烟横。鸟学春声媚，潮趋霜蒲平。娇孙书散塾，老衲呗连楹。细认云间影，苍茫月欲生。

愁　善

愁善攻心暇，乾坤束缚秋。老颜柔众敌，万事释长讴。借米堪充釜，缝衣可当裘。安知天反复，不有富黔娄。

雨夜归

侍母欢难别，深宵返故栖。叩门惊吠犬，冒雨听邻鸡。叶响高灯寺，蔬明澹月畦。劳肩安负米，益觉恋山溪。

晚　步

晚步适秋原，高堂省夕飧。中惭禄养缺，贫识豆羹尊。屋角青山画，溪桥绿甲村。承颜深夜返，尤喜近蓬门。

过郑氏小园

买山不在山，万壑户庭间。行药松乔意，藏书斯颉颜。望衡才一过，无酒转多闲。霜月堪乘兴，柴门莫上关。

霜　卜

霜卜昼庭喧，晴光涤雨痕。开窗容榻稳，注火识垆温。高叶先知变，遥峰静处尊。炎凉谙物里，不向敝裘论。

有草名老少年先青后黄经霜而红益鲜一名老来娇童子请赋戏应之

庭草凌霜艳，人名老少年。岂真丹灶术，别有岁寒天。色竞春花变，心疑古柏坚。红颜羞客面，憔悴楚江荃。

人醒

人醒夜多闻，何声入树纷。撼窗疑骤雨，漏月忆销云。万事愁何益，平生酒不醺。邻钟传夜响，深觉气氤氲。

市归

劳益识闲难，归来急倚栏，霜清山就阁，风暖树生澜。何事胜孤坐，无愁即大欢。转思终日静，未及此盘桓。

过华严庵相传为马湘兰故宅，庭前紫茉即湘兰手植犹存。

兰若歌楼旧，庭花粉黛留。只闻钟磬歇，犹带管弦秋。窦户迁荒圃，残阳咽细流。海田销佛火，定影失沉浮。

过筏喻庵

六朝余佛习，比屋半只林。世乱僧藏垢，年衰法洗心。竹风沉梵响，花日澹霜阴。数武桥东路，何殊鹫岭深。

李良士以诗见质不遇谢之良士宛陵人

宛陵多我友，别久昧行藏。邂逅论畴昔，凄凉半死亡。时危贫士苦，诗好世情妨。却喜玄亭近，尝能载酒浆。

其　二

偶尔踏秋晴，令君空此行。归来诗在几，转胜晤时情。气益饥寒振，声期金石争。古人传大雅，谁道必簪缙。

徒看

不解纷纭事，徒看来往频。楼高舒眼阔，年老识人真。混沌藏机密，穷通设教神。古今无静法，攘攘即玄津。

日暮

今日又云暮，澄怀较故新。由来毛发妄，何处雪霜真。云隐山生月，风摇树待春。天心通往复，一任转车轮。

泛鸥

烈风摧涌水，出没泛鸥轻。既在波涛里，可辞颠倒行。叶飘山外骤，雪点雾中明。应有晴暄日，从君饮啄平。

送五侄云昙之西江兼寄杨陶云

既抱刘蕡恨，复怀潘岳悲。还家仍似客，小别不言离。一水庭闱梦，千花故旧期。莫耽游宴好，逐使彩衣迟。

其二

寄语杨曹长，睽携遂六秋。飞凫真屈首，烹鲤未销愁。惠政倾黄绶，新诗恣蒯缑。官衔有旧榻，可许卧高州。

风夜

坐惬清灯寂，窗惊落叶鸣。树高低旷野，月小澹深更。夜气临衣重，新诗入塌生。怒号有天籁，真处在无声。

腊梅花已苞而叶尚繁童子请芟之

种夸蜡碗贵，色傲岁寒加。童子言芟叶，能令日照花。万端争向背，一物斗年华。夏日临窗影，曾矜满树遮。

雨声

霜挟雨声重，寒乘夜气深。叶干何历历，月澹自森森。诗岂媒穷具，闲多文懒心。明朝剥啄少，湿径纵高吟。

曝　背

南风开北牖，曝背小床移。反烛书行细，平分衣絮迟。叶芰梅近日，潮暖竹临池。野兴真知少，循檐欲献谁。

行　李

行李艰无策，遑为居者谋。囊空非此日，计拙更何由。不叩从门户，安时裕去留。谁能后来事，预取作长愁。

有客赠我腊梅花枝

虚阁生香满，梅花注胆瓶。赠怜幽赏异，情重岁寒醒。日暖蒸枝润，霜黄逼蕊馨。静吟堪把嗅，不用灞桥经。

腊梅瓶冻益以温水花愈鲜香

香色傲霜繁，瓶冰借水温。始知寒极处，必有一阳生。黄玉娇新瓣，南枝愧旧根。会看来复易，万树活朝暾。

温水后瓶梅益芳

瓶始因人暖，花随较昔殊。寒暄到草木，枯菀辨须臾。色历穷阴古，香先一线铺。林逋空好事，冰雪失征输。

晦

过浓翻作晦，霜气且须平。人坐茅檐早，花迎澹影横。穷通两耳遇，炎冷一时更。自认天心静，何从百虑生。

晴

纸窗昏复明，日午敌霜晴。背喜新喧胜，诗怜旧韵赓。花含香窈窕，楼接气纵横。大庇寒颜色，宁须广厦成。

柬别赵五弦

游怀借访故，高致只论诗。榻喜招提解，帷容老友披。案头多好句，隔屋有深卮。贫到难鸡黍，知君亮我时。

其　二

离久聚还暂，情深几溯洄。如何江上棹，翻别故人开。雪湛山花接，春沿驿树催。相思托高咏，书疏漫徘徊。

至日遣兴

今古阳回节，流光感易迁。懒从丹壑后，重数紫宸前。水暖江鱼馔，霜清野犊田。不晴复不雨，农签合丰年。

其　二

天子成知己，难忘只旧恩。齐心鉴寝殿丙申至日事，说礼召坛门丁酉至日。事帝日迁何易，臣声久更吞。回头十四载，疼断鼎湖魂。

其　三

曾从扈先帝，帐殿识天颜。主鬯欣新历，鸣珂忆旧班。毡裘穿绝塞，篪笥拟名山。此日瞻云纪，龙鳞可再攀。

其　四

故侣今谁在，传闻异昔颜。无人缪公侧，难立季孙间。强项从多阻，柔声习未娴。孤忠输浪迹，自合老深山。

其　五

华堂增凤历，紫海祝鸿钧。岂独山田薄，偏邀泽国春。登临幽意惬，风俗故乡亲。喜遇葭灰律，先从彩服新。

校　记

[一]怀宽　原作「宽怀」，据京抄本改。

钝斋诗选卷十三

七言近体一

南苑扈猎赐应制

观兵治不异垂裳，春满郊原凛旧章。连阵仗分臣马白，中权旗映御衣黄。昆明波接瑶池席，汾水歌传镐洛觞。自愧扬雄时载笔，难赓天藻继长杨。

御试词林纪事应制

授简欣逢礼乐期，蓬莱晓日引旌旗。风同禹甸文章始，绩课周官近侍知。奎璧光分乡相座，云霞词拜圣人师。喧传名第重瞳过，蕊榜亲题列凤池。

南苑日讲纪事应制

启沃功深翊赞同，圣朝新典辟离宫。文经重译精微出，诏许王前问难通。坐讲礼争真爱主，重裳疏八本从公。涓埃岂足尧天补，恃在河山包并中。

横经期不待回銮，行殿霜深滴漏残。庭炬高催联步入，宫花艳怯举头看。凤编近识龙颜喜，虎柝遥鸣鹤禁寒。赐醉曾逢归路雪，犹闻扶掖命同官。

驻跸南苑亲选庶常恭纪应制

为小熊罴驻渭滨，彤扉朝应六朝春。丝纶地必储才早，羽猎游看作赋新。绛帻花阶催染翰，朱衣枫陛点持钧。自今天子门生贵，不似寻常抱椠人。

太祖太宗配祀天地恭纪应制

国祖泰时崇文祖，近仿明堂祀太宗。功德万年天地并，坛壝三月禘尝重。陶匏虞典来周庙，奏鼓商歌迈汉封。登降一声偕岳牧，瑞烟多处仰乎颙。

陪祀大享殿特行祀谷礼恭纪应制

上辛春已祝来牟，配享文皇礼更优。秬鬯天家通孺慕，牲齐海甸助王猷。报隆黄茂当刍祀，获满青篝仰燕谋。丹诏近闻多雨露，岣封赐税遍神州。

赐杏应制

金盘仙果熟枫宸，冰碗分甘到近臣。种结三玄垂五色，花开六出历千春。纷披朱实随公辅，拜舞青丝饷老亲。敢笑樱桃非胜会，开元未足比经纶。

雪后早朝

千灯宵拥禁门开，鸡鹊初残漏箭催。钟动曙声摇御柳，仗排晴色缀宫梅。坐移剑佩句胪浅，珮响毡裘将相来。一望琼瑶南苑接，六龙知是碾冰回。

端午日上幸瀛台泛舟太液池特召讲臣待宴赋诗应制

节届天中万象明，离宫山绕液池清。酒香蒲叶传龙舸，线系金缕叶凤笙。虞帝观风先禁内，汉家开国用儒生。宴深还欲陈经史，岂是宜春玩物情。

和赵锦帆怀古十咏

太白楼

万里虞罗一叶身，千秋祠庙峙江滨。飘零酒湛桃花水，跋扈诗生渭树春。上殿犹摧高力士，渡江岂就永王璘。青山二女留遗冢，过客谁能荐白苹。

草堂寺

因人漫作出关游，遂使狂夫重帝州。欲向诗中成孔孟，还从纸上说伊周。伊严能重倾贤节，荐琯终非误国谋。闻道鄜延存复穴，至今壁上有银钩。

漂母祠

赤蛇黄石事纷然，巾帼何由得并传。国士偏难知己遇，真王亦受妇人怜。筑坛转觉萧何浅，推食能争汉祖先。记我十年曾倚棹，淮流不改庙门前。

汤阴岳少保祠

少保宁伤故土魂，古祠高峙浊河墩。旗翻绣虎飘残垒，酒市黄龙滴墓门。玉玺已成元社稷，金牌谁返宋乾坤。可怜南响枝头月，犹照冬青夜半村。

铜雀台

英雄虽死亦人欺，荒冢高台事事疑。尘误红颜分后履，月明乌鹊绕时枝。闻雷计中王孙巧，纵火名成竖子奇。玉闸父亡遗片瓦，拘儒犹自宝临池。

黄粱梦

绿树红尘晚爨香，村帘何处门斜阳。扪碑事说仙踪幻，系马人惊客路长。鹤去几多遗羽地，蝶飞原有驻颜乡。三生梦醒劳今古，莫向蓬瀛叹渺茫。

宿迁项王庙

钟吾山下望龙旗，叱咤犹生风雨悲。四面一声惊汉鹿，五年百战叹虞骓。君臣淮北今何代，父老江东欲愧谁。萧瑟新丰原上草，绿苔空卧二陵碑。

黄石山

五世恩深一击轻，运筹功亦赖天成。祖龙若更三朝索，狡兔谁平六国争。野老无心调上将，列侯何足报先生。萧曹岂尽耽荣禄，白发徒伤未解缨。

陈桥驿

黄袍何日制军中，孤䙳安知历数终。仓卒旌头怜殿帅，太平驴背笑山翁。北人才与南人异，一误心原再误同。欲吊新亡寻往迹，夕阳空隐成楼红。

吉安文丞相祠

祚绝河山再造难，君亲何忍付偷安。天心或为臣心转，正气宁同王气残。云雨面翻羞旧列，风雷魂不拜新官。未知岁岁村翁酒，可比门人生祭寒。

乙未元旦

仙掌葳蕤湛露浓，揽衣又听未央钟。七年四至依双阙，元旦三更拜九重。文字讵堪君父报，车书幸有太平逢。袖携羞饵尧厨剩，归作冰衔柏酒供。

其　二

前年老父应弓旌，慈母冬初入帝京。椒颂一堂欢棣萼，莱衣七载慰春明。才惭薛凤人还倍，名比荀龙家更清。膝下况看兰畹茁，森森敢拟玉阶荣。

其　三

四十明年已不迟，风尘底事鬓先丝。匏瓜窍系金门禄，蒲柳羞争玉树姿。婚嫁转因贫橐急，朝参强与世情宜。高堂未异婴儿爱，梨枣尝喧退食时。

其　四

弟兄歌舞半庭除，阿仲偏劳数起居。灯火几层三日隔，风尘遂别八年余。燕山越树牵人梦，藜阁云曹总父书。为问朝元今并马，埙篪可较故园如。

其　五

春近云霄日易红，侍臣鼓舞御筵同。金元礼法商周主，伊吕公卿绛灌风。此岁双龙瞻玉座，今朝八骏望离宫。宸游岂是从禽久，翘首鸾回侍祝嵩。

午日同中堂及诸前辈会饮真舍各纪以诗

真舍新分太液波，禁林佳节足婆娑。横经深愧书生遇，挈榼欣随上相过。池澡绿迎蒲酒满，宫烟香拂午风多。休言竞渡荆杨盛，何足云霄比啸歌。

其　二

图书遥驻绛霄楼，披帙应忘射柳游。艾虎日悬瞻凤辇，石鲸风静望龙舟。调和近切三台地，宴赏凉生五月秋。共识宫衣传圣藻，恩荣宁许少陵俦。

其　三

鸣珂晓散紫宸初，胜地追攀兴有余。槛绕芳湖沿碧柳，台围圆殿覆丹渠。樽前风雨收凭吊，句里沧桑笑卷舒。四海幸逢垂统日，辽宫汉畤总车书。

其　四

西苑凭高动客吟，十年何幸此登临。雕虫真乏苍天补，斥鹖长栖禁树阴。韦氏一经惭世业，汉庭三老许同心。称觞为忆南陔酒，斟酌应知帝泽深。

有 感

铜龙晓日集朝簪，体国群惊将相谙。虞帝漫疑刑有五，皋陶曾欲杀之三。御轻自古兵当足，世重何妨命不堪。从此圄空歌圣代，鼠牙谁与续周南。

其 二

盘赐兼金拜舞归，欢歌樛木有余辉。开元环佩留王母，洛浦箫韶拥宓妃。维鹊定知占娣袂，当熊自合著戎衣。遥闻脱珥催同梦，水殿凌晨并六飞。

其 三

别院新开绛节居，明堂闻又考虞书。自当周雅斯干日，宁必文皇贯朽余。司马趋时争禅草，弘羊多计只官稰。规模真觉前王隘，中产何关念井闾。

出山海关

蚁垤何能拔汉旌，金汤空误昔人名。市朝黄土沧桑内，父老青山战伐声。远烧衣明穷海影，飞花春散故园情。自伤流落驱车路，回首三千更几程。

登中后所城楼和吴汉槎韵

迢递层楼倚大峰，凭高愁思益忡忡。海因客至明千里，山恐人归绕万重。汉将几家还鼎食，榆关一日已云封。兴衰转许山僧习，残砾荒榛指旧踪。

晓　发

饭牛声当五更鸡，衡扼登登逐大堤。边日光生先在海，寒沙流断不成溪。野驼蹄尽棠花雪，废堡楼空梁燕泥。却笑纸窗开卷日，惊看瀚漠指东西。

登保障台

傍海星罗置古墩，先朝遗碣尚堪扪。和亲差说诚忠计，朋党多争岂正论。漫向毛锥求上将，群推铁壁即关门。萧萧满目兴亡感，不为流离已断魂。

连山道中

塞云无定雨晴天，漠漠驱车度水田。树隐乱山青在几，海平孤岛绿如拳。牛羊路喜新阡日，孤兔城悲古战年。敢笑管宁无著述，龙沙风景未多传。

塔山道中

平畴小阜接云烟，清浅横桥问野泉。羌篴有歌牛背上，山花无语马蹄前。溪行雪夜诗中路，人坐春风画里船。自是胡天多胜事，岂因迁客故流连。

杏　山

缓带谁言不善兵，兴亡一战自天成。陈陶岂敢悲房琯，斜谷还堪笑孔明。朝露碧零沙上骨，春云黑压海边城。鸣笳暮咽山村路，风雨犹疑万马声。

松　山

四海金钱天下兵，同时战死十三营。苍山沟垒余寒烧，雪浪旌旗卷败城。廿载髑髅埋未了，万家妻子哭无声。独怜活去文丞相，犹向滇南溥好生。

宿闾阳驿驿在医巫闾之阳故名。

青竦芙蓉望处尊，连冈高下逐征辕。数间茅屋鸡豚栅，十里沙田黍稷村。乌语儿童轻掣马，牛溲老妇健持门。夜深煮豆烘眠榻，不寐何心梦故园。

广宁城外拜伯外祖虚白何公去思碑

熊丸堂上习前规，宅相今朝扪断碑。沦落自伤弓冶坠，凋残不独黍离悲。輓输绩在河山改，清白名传孙子饥。犹记郄公灯下语，含凄往事说埙篪。

题李卫公庙在广宁城西南二十里医巫闾山下

北镇山横古庙斜，异方碑碣竞龙蛇。震雷不塞王孙耳，乘雾还穿可汗牙。兵力唐人能海甸，舆图辽左本中华。堪怜如戏前朝事，一步关门即外家。

晓　行

月落孤痕破海天，苍茫塞草接空烟。时当孟夏如冬夜，人似公车忆少年。踪迹万山天下小，行藏半世主恩偏。道心久矣安羁旅，岂为艰难叹播迁。

二眼井

地故无水，有老僧为凿井三，相距各四十五里，二眼井其中途也。有茅庵一间，行人息焉。

海淀平铺二百里，环山古道绝人烟。残僧赤日斸枯草，热客黄沙饮浊泉。木佛办香金粟米，银鞍番语铁连钱。问余何事龙荒路，冉冉云山更几千。

宿白旗堡

途遥村少程无定，客贱车渡日易西。地势忽开山泯泯，海风不断雨凄凄。牛羊草熟人家近，鸡犬云深野望迷。枵腹更开炊黍粒，胡麻无谢泛清溪。

抚顺所

前朝市易处，明万历中守将无备，有大清之元勋知命首会龙云而辽左坚城遂次第不可保矣。

先朝边事急云中，阴雨谁筹山海东。自失将军张掖县，遂令烽火未央宫。运移赤社孤城始步改黄舆故垒空。独怪功成降将没，丹书门第亦秋风。

铁背山

杜元戎松殉难处也，土人至今祀为神山，与兴京隔一河。

铁背山前落叶纷，风声犹哭杜将军。九边亭鄣俱黄土，三路旌旗尚白云。虎帐若留秦将在，鸿沟岂许汉王分。柴门父老先朝话，空使行人帐夕曛。

灰法城

实录所载灭国之一，阡陌城隍尚隐然云雾间。其山秀、其水清、其土腴，在沈阳东北六百二十里，在腊法多洪西南三百里。

属国金销始入边，曾从石室睹遗编。貔貅绝塞三千里，燕雀中华四十年。黑子岂无全盛日，黄沙亦有故宫烟。不知城外书生眼，多少兴亡难问天。

混同江

即金太祖起兵处，众水汇支，江涛潋滟，刳木如瓢，乱流而渡。忆昔史书中见此江名以为天外。孰知身亲历其地，并将越此而更数百里，为之一喟。

多洪水接混同江，传是金源旧发祥。仙女三桃春窈窕，神人双剑梦苍茫。生何地更长何地，来此方还过此方。刳木一舟穿巨浪，身轻那复念垂堂。

得讲幄故人书

双鲤遥从都护传，故人天上问穷边。铄金久已甘蕉梦，堕甑何劳惜瓦全。贯索问连三事上，楼船訾达两宫前。程颐谪去诸公在，莫为观兵罢讲筵。

依韵和陈敬尹不火之什

霜气偏寒逐客裙，况君裘敝更无余。清风四壁贫原宪，繁露三冬老仲舒。生事已同填海鸟，壮怀休说化溟鱼。北门妻子应亡谪，啮雪何妨有著书。

得家书

无书日望有书来，书到踌躇未忍开。闻说故乡添丧乱，不知何处尚徘徊。家遥去住劳予梦，身败箕裘仗子才。但得汝曹安五亩，穷边虽苦亦何猜。

其　二

涕泗惊看纸上真，到当冬月寄从春。康成有婢归他室，赵朔生儿付别人。屏上之无孙子识，堂前百忍弟兄遵。心知异数难前料，故说君恩问我频[二]。

其　三

典衣何处有余钱，欲寄无人意怆然。西望黄龙犹渺莽，南还白雁愈迁延。文章已误而翁久，耕凿深知教子贤。万一五湖归计遂，誓将耒耜当经传。

寄答诸震坤兼讯张郁刘郝四同年

不记与君何地别，春风北寺梦魂间。西来只道常连席，东去那知更度关。客况九秋增白发，主恩万里锡青山。飞鸿正值怀人侯，未接音书泪已潸。

其　二是年八月二十四日大雪，闻故乡有海警。

仲秋雪积塞垣高，风土殊方久客劳。梦到乡园惟蜃气，身离家国已鸿毛。飘零苦益怜同伴，放逐多无如我曹。廷尉中枢两侍御，烦君转与慰劳骚。

寄怀陈心简时闻其有讼事

放逐先予已六年，营州重得共周旋。别来路似蚕丛险，书到人传雀角连。投杼名毁何白璧，离钩身在即苍天。自乾常笑娄公面，历难才知养晦全。

其　二

春风犹记夕阳亭，恸哭荒原鬼火青。相业且看同坠叶，君才何更叹漂萍。范滂应已离三水，德裕知能继六经。倘有瑶华堪寄我，塞鸿飞处望沧溟。

二弟病方起即过问余病

弟兄无事不相同，四十年来穷与通。即此后先寒暑疾，亦余期会雪霜中。澄怀岂为乡心扰，好句原胜大药功。幸报老亲无过念，稍晴当即过城东。

夜校二弟所著班马笔记

谁道穷愁书易工，著书原不论穷通。双灯校字如 秋叶，千古欺人笑夏虫。蚕室名因知己累，兰台祸为势交蒙。问君底事来边土，当在前贤何传中。

依韵答汉槎见问

悔不深山带女萝，十年冰暑漫婆娑。此来明主恩犹厚，得傍衰亲幸已多。吴客自怜公子病，渔人谁和大夫歌。绿蓑归遂沧浪志，莫更劳劳说玉珂。

十一月一日

纸窗寒入冰盈寸，榻拥羊裘坐枳篱。屈指边城已四月，回头乡国更何时。功名落叶惊黄树，心事高天浸碧池。夜半雷声开万户，曾闻箕子在明夷。

夜

木榻何心似管宁，茫茫千古一茅亭。月痕如怯寒云碧，雪色能争夜火青。蒙吝转伤空注《易》，健忘因欲罢《谭经》。飘零自愧非高隐，谁向关山望客星。

译使之高丽

高丽国即朝鲜，在宁古塔东南，马行七八日可至。崇山广陂，高岸深谷，无人烟，多虎豹。

惟译使岁一往来，为互市也。先朝礼部为请于朝，上择伟躯干，说辩说，能通彼国语言者使之。率以冬十月至宁古塔，昂邦章京以下，皆骑马郊迎至城中。次日籍此地之当往者，愿往者书名于册，以檄彼国。彼以闻于其王，报可而后迎我行人焉。互市有期有地，率听两国译使定。物植有无相通，先公家，后私觌，无或紊，无或欺。其往也率以冬，盖路崄巇而雪积冰坚，马蹄易践也。其来以春，无或先后至，以其所市物上数于官，老小二榜式为记于笔帖哈以为制。译使复就馆，馆各以其旗色。又三四日或五六日，昂邦章京以下皆骑马送之，还朝返命，此定制也。其市也，我资于彼者多，尤急者为盐、为铁、为牛、为马、为米、为瓦、为缶、为镈、为耒。彼资于我者则毛革之属，毛之属，曰黄鼠、曰獭革之属，曰狐、曰貉、曰羊、曰鹿、曰麂、曰虎、曰熊。物不可私挟，皆载于檄，檄有人数、有马数、有市物数、有米数、豆数、刍数、糗粮数。彼亦有馆，亦曰会同。有供帐、有贮购、有接待、有馆伴、有额奉。日三宴，宴二几，其奉章京也，日肉五斤、米五升、鱼五头、鸡鸭五只、盐醢称是，以下封拨什库，拨什库披甲及诸从行者则递减焉。冬往人骑一马、牵数马，裹粮负釜，携撬幞或布幞备野宿也。宿各依徒侣燃薪于外，次帐房、次行李、次牛马，防虎攫也。来则稍暄和，牛马多负载，骑者亦牵而徒，然行不可疾。他产之物恐不服水草也，彼地便马，马多羸往而瘠归，故诸章京多驱马以就牧，然亦或有瘠死者。其俗淳，无盗，女贞不淫，法尚宽平，等威庄肃，大约如前史之所载。衣冠尚袭明制，仕者乌帽园领角带，革履补服亦以乌记。男子之冠大约类浮屠氏之雨笠，大径尺许，或竹、或箬、或棕为之。衣广袖，好系绦，曰「此清太宗许我者。」女亦辫发椎结，好装饰。其事我行人也甚谨，出则清道，辄不得入其人家。但所见马多瘠者，货多弊者。城郭隘陴，阛阓寥落，或云亦彼国之边陬也。守者节度使一人，擅兵马、专生杀。甚贵寮属实繁，未详其制。其人见我人辄来环观，竞问闻我之制度法令、风土，则或咨嗟、或叹、或窃有笑者，而其语则不可辨云。

曾从图史识山川，蓬梗何来地接连。柔远尧封收属国，通功汉法惠穷边。凤凰城里无豺虎，龙马篇中少獭鹯。闻说使来尝见弱，小夷何敢诳高天。

其　二

年号犹存累代封，衣冠仍袭汉家容。别操鞭镫通王会，岂少梯航括附庸。苜蓿就肥珠勒马，水晶归献玉盘龙。明堂岁岁罗廷实，白雉谁夸远道供。

二弟绘山水花鸟将以之高丽易米盐

郑虔未老谪关东，翰墨全疏物象空。为易米盐供色养，遂将尺幅启鸿濛。夷童定走倾箱日，词客应陈同轨风。怜尔昔承三殿诏，丹青犹在御屏中。

其二

中原知己事难论，欲向殊方留墨痕。身世已看同长物，流离翻笑长名根。彩毫春色唐人苑，素壁家山杜曲村。若问姓名须隐约，莫令属国叹湘魂。

古钱

客有持古钱者大径寸，轮廓坚致，土蚀苍润，字曰「崇宁重宝」，笔画如八分。书云：「自此东北三十里有废城，每春雨流泉，耕者辄得古钱成贯，多此类也。」按：崇宁为宋徽宗年号，汴京相去六千余里，钱何由至？或者靖康之变，金人虏以东，而此地之属金何地，又无可考；或者即宋地耶？乃宋不能统瓦桥以西，声教岂能及此？稽之《宋史》又无可据，则亦阙疑而已。为诗纪之。

古钱为解杖头青，云掘荒城野水汀。字铸八分如汉隶，年书一代自崇宁。瓦桥关断此何地，民岳台迁变几经。尚想大梁怀宝客，当时应亦叹飘零。

至日

每逢令节难成寐，况是阳和万里来。半夜霜笳吹睥睨，九霄灰琯功蓬莱。穷边亦有天心转，白屋应多暖气回。莫向故园愁战伐，海氛知已散春雷。

其　二

羽猎年年急仲冬，每从南苑扈飞龙。兹辰隔岁犹三接，此日浮云已万重。葑菲自怜辜厚泽，萍蓬何敢怨孤踪。农臣只有锄犁愿，渐喜春膏一线逢。

雨水冰

蓄树如花疑早霜，边寒亭午色苍茫。北人见惯南人骇，古事为灾今事祥。书信岂能穷治乱，庶征当不在阴阳。管规窃笑监门纬，空向箕畴问雨旸。

为汉槎生日

三十登科放逐随，多才坎壈似君奇。汉宫未入眉先妒，秦法初严翅已垂。缝线亲怀辽鹤梦，持衣人寄塞鸿诗。万端悲转欢颜慰，宣室宁无召贾时。

五弟自石河归言其篱落人家蓊然可隐大人二弟皆纪以诗敬和二首

父母厨前急千炊，预愁今日尔来饥。牛车霜木千峰落，虬髯冰花百里吹。负米心从劳苦习，贫家乐向乱离知。独怜瘦骨尝多病，何事崎岖往返宜。

其　二

为说田家娱老亲，眼前真有姓庞人。瀼西桔刺明年屋，楚水桃花此夜津。指点鸡栖图外想，推敲驴背句中春。惠连才不惭康乐，偕隐应多唱和频。

五　更

四海梦回人半榻，五更月在户双关。鸡声不敌舂声古，霜邑偏增晓色间。信命已能忘粟卜，客身何必问刀环。怪来新句连宵得，此事犹嫌未尽删。

校　记

［二］问　原作「门」，据京抄本改。

钝斋诗选卷十四

七言近体二

出　都

自从挟策趋丹陛，十四年来别故乡。雨露转从关塞得，耕桑一任道途长。恩深敢说诗书误，身在甘将险阻尝。顾镜但怜苏武鬓，未图麟阁已如霜。

曾抱遗书侍武皇，殿花宫草半长杨。经谭董子元年传，诗说匡生大雅章。逐后尚闻天语问，再来空见玉衣张。骊山楼阁照陵树，百感凄然满夕阳。

槛车曾梦玉门开，果尔三年去复回。江艇真如天上坐，山桃疑是观中栽。贞元朝士几人在，南郭先生何处来。海鸟不须寻旧树，网罗钟鼓总堪哀。

任城喜晤蛟峰兄兼别

茶蓼余生此泊舟，开樽特为老兄留。庭前槐影官如水，河山云阴客似鸥。关塞泪盈当日酒，家山梦远昔年游。不因离聚惊风雨，邮识埙篪乐未酬。

高斋才下陈蕃榻，新涨还催郭泰船。鱼鸟阵中容客屐，鹡鸰沙上惜离筵。樯乌影集桃花水，壁马歌成瓠子篇。已见光辉分棣萼，骊驹何必意凄然。

济河道中

积翠前山雨未收，轻舠容与漾中流。归来苏武悲鸿雁，醒后庄生任马牛。红蓼几家明曲岸，绿杨何处问高楼。向平自此甘枰梗，婚嫁安能阻岳游。

入关已是抵余家，辽鹤生还敢叹嗟。去后儿童身渐长，相逢亲友鬓多华。平原饮剧归心缓，少伯舟轻客路赊。遥忆到门妻子候，关山应以遍秋花。

水满金堤堠吏呼，扬舲伐鼓愧前驱。姓名已变人谁识，须鬓虽凋我未殊。锾重名刑恩已渥，家倾卜式饷难输。何年圣泽容归隐，二顷三间卧绿芜。

绿鬓当时几漫游。廿年霜雪渐盈头。村墟虽改山常在，陵谷何心容易愁。天漏蛟龙千里哭，雨生乌鹊万家秋。宣房谁著沉牛绩，早起遗黎答主忧。

寄怀张及庵前辈

西清风月曾联陛，北海烟波复共舟。秃节怜予金戍返，高牙何羡玉堂游。别来两地双鱼影临清、济宁两接音问，望去千山一雁秋。归路五更心事满，未知何日复依刘。

七夕同张鞠存夜泛

荒边曾读怀人句，四海交游尔最真。涕泪已无重见日，悲歌忽有再生身。青樽夜月河山旧，白舫秋江雨露新。把臂还魂疑梦里，艰危莫怪鬓如银。

扁舟谁系门前树，冰簟邀予泛夜凉。雨歇碧天孤月上，秋生银汉数星张。坐围子弟知交老，酒入诗书引兴长。自此湖山容去住，梅花还欲问沧浪。

依韵和鞠存

此生何意有归舟，风雨江山涕泪收。蓬径特缘来仲扫，剡溪应为戴逵留。百年摇落廿三已，五岳踌躇拟四愁。人世几回堪聚散，肯教离别易沧州。

少壮追随侍锁闱，抽簪先我数年归。陈君里闬居人识，贺监湖山过客稀。惭愧丁年来雁塞，荒芜丙穴负渔矶。此行定买青溪曲，晞发高原送鸟飞。

夜泛兼别鞠存限多字

木落淮南水始波，紫山秋色枕黄河。城隅小艇通沟洫，树杪邻家足芰荷。云汉影高歌吹远，风尘人老别离多。明朝莫问思君否，孤棹宵归君若何。

又用前韵别今似云子

草堂溪水隔烟萝，七夕曾同载酒过。三日不来秋色异，此宵重泛月华多。陈荀往事应如是，李郭风流果若何。莫向江云怜别雁，冬深期与续高歌。

泊广陵

昔年曾记广陵游，箫鼓春风引画楼。百战潢池销甲后，两朝横海罢兵秋。人家旧绕随堤树，野水重招楚客舟。几度兴亡明月在，悲歌不独为离愁。

京口渡江

晓风初敛片帆轻，入夜鱼龙浪影平。万物缁尘今故国，廿年白发再江城。云开佛寺中流见，秋满烽楼隔岸明。故业虽荒山水在，诗歌宁间鼓鼙声。

晚步寓园

归来犹及此园秋，万绿阴浓小径幽。的的石栏依浅濑，枝枝桂树近高楼。并州妻子三年住，东海先生今夕游。却笑辟疆当日意，林塘事若为予谋。

与卢澹岩

萍踪已作多年别，画戟惊从难后逢。不为姓名忘范叔，还将舟楫共林宗。有不知予更名者，澹岩记其为旧字，又以官舫假予。春花坐暖闲园酒，夜月潭深古寺钟。澹岩酌余于娄将军园亭及天宁寺。又见文星移海上，江云缥缈洞庭峰。

横海东南供亿多，今看输挽赖萧何。桂林昔缓三居狱，澹岩曾署桂林司刑，全活甚众。瓠子曾闻五袴歌。澹岩曾为东昌守。治出文人多胜迹，功成开国罢催科。尚湖秋水迎双浆，又听讴吟满涧阿。

皂帽虽归忧未阑，叩门言语拙千端。似余狂尚严陵旧，知我贫如鲍子难。颜厚何羞乞米帖，愁多敢傲钓鱼竿。荷衣今夕江城酒，怀抱因君得暂宽。

曾推牛耳曲江滨，四百人中气概亲。落落曙星今剩几，森森硕果尔超伦。鼎钟管乐留前席，车笠应刘望古人。自怪见君飞动意，白头重醉少年春。

留姑苏

姑苏郭外倚楼船，回首春风十八年。世久承平人正少，家无患难橐余钱。愁云万战孤山在，逝水千端两鬓迁。只有樯乌如识我，飞来飞去太湖边。

又遇二弟

我到邗江尔忽来，相将几日渡江隈。才从吴县城边泊，又值崇明海上回。弹铗弟兄何太苦，叩门言语尽堪哀。悬知新诏宽工作，归隐家山共草莱。

虎丘忽遇范挺岳

忽漫相逢喜莫支，相呼相应转相疑。我衰未必君头黑，友识将毋妻不知。共讶今生还此地，已忘昔别是何时。斜阳古寺楼歌舞，半销前代色山川。空缀六朝愁□□，渭城一曲声水切，知是何哉慰旧游[一]。

早　起

坐对阶花落更荣，三秋一斗滞吴城。陶公篱外云霞色，翟氏门前鸟雀声。不扫径由黄叶满，忘情人任白头生。重阳久说治平寺，懒惰无心逐众行。

夜　坐

泽国秋阴霁客斋，芙蓉纤月已盈阶。莫将往事还萦梦，自许狂吟可解怀。亲在乾坤归素发，累多山岳迟青鞋。连床幸有儿堪语，骥子敲诗调颇谐。

虞山道中

命合驰驱敢即安，楚山吴寺强盘桓。灯回野艇诗成苦，鼓绝江城月上寒。未必交游皆我拒，其如心事向人难。夜深嘹唳云汀鹤，羡尔高飞海路宽。

木脱江连天地清，霜寒沙起雁鸿惊。孤舟客读《离骚》句，隔苑人催捣练声。几字桀尧荣与辱，半丘夷跖利同名。嗒焉今古枫林晚，白眼苍茫一短檠。

戍漏明怀起客船，双亲年在七旬边。动违膝下经寒暑，细省从前罪万千。藜杖几时安故国，莱衣期定卜冬天。洞庭满树清霜桔，来日怀来舞寿筵。

秋光特为重阳媚，旅客翻从孤艇行。晓雨湖山千里待，道心香茗一窗生。谁家松菊宜乡井，何处茱萸忆弟兄。诸季分飞应各念，嗷嗷畏听渚鸿声。

避地髫年长宦游，中间更苦雪山头。田园久矣抛耕钓，骨肉何须怨逗留。两手蟹螯持毕卓，三更蝶翅化庄周。清砧繁漏休相引，纵赋登楼已不愁。

背郭荒山我亦登，秋阳杲杲石稜稜。翠微远近招游侣，黄叶兴衰说寺僧。砧杵万家凉月下，江山千派暮云层。频迁久失乡园路，指点仍疑望未曾。

霜风似与梦回期，啅雀啼螀挽夜迟。岁序若流来未已，忧端如雨至无时。慵书贝叶偏空观，不揽菱花岂觉衰。袅袅邻舟谁弄笛，落梅疑是故园枝。

入市姓名尝不定，逢人歌笑每难工。无鱼何足驱冯子，失马安知非塞翁。除却闲吟无外事，偶成一句若神功。含毫别有羲皇世，不在交情冷暖中。

古楼横影动窗虚，村岸家家卧掩庐。半世异乡将老矣，何年茅屋得归欤。问天心冷三秋暮，安命愁甘万事余。少寐及时存故我，满空星斗气萧疏。

三日虞山今又归，断蓬无指复无依。冥鸿不见矰何慕，海鸟重来事合非。纨扇羞同班女怨，桔槔甘息文人机。春风久识桃源路，只待花开即钓矶。

梁子祠

在毗陵城东，敞字三楹，残垣数武，迎阶翠竹，绕砌流泉。余屡过其下不得入，亦莫考其故。壬寅冬启户入拜，见庭额乃知为宋宝文阁学士同平章事少师缙云侯梁公汝嘉也。公从高宗南渡，绍兴二十四年致政，不能还故乡，遂家武进，诏司空为经理寓第，额书三御札，皆思陵手迹，笔势端严，词旨温厚，想见君臣间俨如家人父子。旁一额曰「东鲁道脉」。盖公山东人，又尝从龟山先生学也。后室奉二主，一书爵称公，一书先贤称子，或岁时致祭有异耶。愧匆遽，未暇考公本传及《常州府志》，谨志大概如此。

缭绕泥墙界古祠，庭悬额纪绍兴时。难归东国犹思礼，纵仕南朝终乱离。采食缙云居武进，学从杨氏溯程颐。惟怜世改蒸尝缺，深树无人鸟雀悲。

五人之墓

虎丘山下石磷磷，古碣前朝葬五人。身为三良甘白刃，名因二部借青燐。东园鱼出然脐败，金粟龙归露掌沦。翻是培塿对芳草，年年萧鼓阅江春。

太阿当日归常侍，缇绮纷纷及众贤。博浪偶然成一击，淮南自此息株连。玄黄战处声名立，黑白明时社稷迁。地下若知亡国恨，应同苌血怨啼鹃。

瓜埠闸口

十月江寒枫树凋，晴湖束水下金焦。将军伐鼓乘惊浪，估客鸣筝待晚潮。近代养兵胜养士，中原防海似防辽。姓名自合为儒贱，安敢当关不倚桡。

不　寐

小泊潮滨亦数存，邮亭安用短长论。频来频去唯孤艇，何客何家一水村。叶振树端风有铎，晓生天际月如盆。气衰不为思乡醒，彻夜渔歌听岛门。

露筋庙

野庙沙崩老树阴，明妆寂寂向湖浔。鸳鸯人逐抽金意，蚊蚋天成断臂心。世乱益矜名节重，碑残犹纪岁时深。频来未暇瞻遗像，一曲悲歌自古今。

钓鱼台

何事垂纶传史策，贵来方识贱时名。假王已遂求鱼志，国士无妨走狗烹。背面草茅空相术，始终巾帼尽生平。高原万家今安在，落水萧萧楚水清。

漂母祠

昔使王孙竟不侯，谁传一饭识奇眸。功名未足酬知己，图画空闻拜女流。阶树自摇淮浦绿，西风欲散楚江秋。征桡夜泊今何处，明月沧波万里愁。

泛水道中

双桨风柔水驿宽，云归月影露鱼竿。教儿自惜人人长，得句须求字字安。泽国雨多晴转易，王孙地近饭偏难。溪山去往高安里，邻舫频惊隔户看。

晚泊宝应

风轻五雨帖樯低，遥指人烟隔水西。楚寺迎神多夜鼓，淮民秉烛急官堤。秋风晓度还家棹，冬日贪趋向晚鸡。来往孤城昏黑里，云山踪迹两离迷。

至日

归国初逢长至日，阳回真及再生身。几年雪忆重关险，半夜灰怜旧社春。竞逐棘梨堂上笑，细仇经史膝前新。瓦盆乐识尧天永，鸣玉何心梦紫宸。

晚泊平河桥

过雁疏林响落霞，茅檐次第接平沙。淮流寒至波方束，野艇村遥日易斜。经岁何缘三辍棹，深冬犹未一还家。五更又挂孤帆去，卧听邮签报水涯。

夜

邻舟击柝夜声寒，漏箭分明觉梦阑。似恐五更忘客迹，提来万事集眉端。欲言同侣眠皆熟，得句将吟起独难。唯有蓬窗残月在，霜滩冰岸阅波澜。

将至广陵有怀二弟

将老情逾欢弟兄，况多心事日纵横。相逢应亦攒眉语，久别将毋笑面迎。日转岸高惊路远，风来蓬敞恨波平。连床预计明朝乐，不觉频频问水程。

广陵石塔寺岁晏杂诗

种柳开河作帝京，隋皇曾此骏蹄行。六朝灯火风流习，万灶鱼盐歌吹声。春近朱门双燕舞，月来萧寺一龙鸣。年年霜雪羁愁惯，莫向安仁鬓里生。

山僧曾赐紫金衣，往事先皇述禁闱。代北梵书颂卫士，普通佛律授官妃。三年欣厌分朝野，一夕悲歌有是非。愧我遭逢曾讲幄，潮阳虽贬谏书稀。

立春

逐浪飘萍已半生，逢春今又滞江城。老亲淮海思儿梦，妻子毗陵望我情。芳径色回千里共，茅堂想结几年成。东风似识羁人意，披拂长条入户迎。

未见梅花官阁旁，空怜何逊在维扬。扬书寂寂绳床满，椒颂盈盈旅瓮香。俗燎竹声留汉腊，塔铭苔字辨隋皇。茶瓜每过僧寮话，芋火桑田岁月长。

记得芙蓉扈六飞，每骑天马竞寒晖。可怜属国新归节，无复开元旧赐衣。梦去昭陵春草变，吟来楚泽暮花霏。躬耕帷仗调元老，辛苦江田雨露肥。

送儿旅还毗陵

垂老难堪离别心，送儿小别亦沾襟。难余怜尔风霜惯，旅迹惊予岁月侵。身在中华羁亦可，到当除夜坐应深。倚闾而母欢相问，莫说贫装苦向禽。

忆昔东风吹塞草，彤云皑雪望重重。山川不在图经里，风俗难将伏腊从。此日琴书悲逆旅，回思刀俎慰萍踪。春膏若更容归隐，岁岁屠苏老一峰。

鼓棹清淮老父归，白头慈母问牵衣。应知儿病冬来愈，但苦贫囊到处饥。今古三公争一日，乾坤百福定双闱。承欢预喜春风近，挈榼扶筇待翠微。

边花翻得并枝生，莫怨京华荡子行。归国自多君父责，登楼岂忘别离情。临机应苦当心字，代养遥怜洗手羹。珠勒听嘶芳树外，前期定不负卿卿。

石塔寺守岁

斯须节序成来往，漫说寒宵岁果除。今日已为明日客，新年还自旧年余。历增我老欣亲健，囊借途贫喜累祛。坐待春光回斗柄，葭灰暖逐寸心如。

山寺清灯回绝缘，即非除夕亦翛然。况闻万户喧新短，独领三春入旧年。揽镜功名双鬓雪，登楼乡国四山烟。道心久罢相思梦，那问家中眠未眠。

癸卯元旦

晓钟高阁报江春，旅服融融淑景新。细数萍蓬惭甲子，静观梅柳幸庚申。儿孙四世亲常健，图史三冬橐未贫。莫为无家惊物候，桃源路不在渔津。

曾忝先皇顾问频，重来惟有报恩身。龙飞再纪轩辕历，凤阁难逢天宝臣。太液冰融空望幸，桥山云运辍朝春。不知并马当时客，白发承明尚几人。

古寺城西接市廛，入门钟磬绝诸缘。客来共索梅花赋，僧老同参柏子禅。梵呗六朝犹旧俗，茶瓜初地亦新年。庭前春意何今古，渐向莺声柳絮传。

静坐

未见清江转绿蘋，已听黄莺弄新春。强排羁怨寻开士，静阅韶华对古人。小病既痊谁可药，薄田已卖莫言贫。双趺定处澄如水，漫向寒喧学问津。

人日

旃、施两儿分韵赋人日诗，旃年字施得还字，余各和之。

韶华无去亦无还，岁月何关旅鬓班。自作客星依客舍，讵知人日到人间。春催蓂荚初旬叶，雨满垂杨六代山。一任莺花自流转，应从物外问跻攀。

忆昔行春赐彩筵，凝晖阁里建中前。人逢节序应多感，事在繁华每易传。山寺不知莺弄早，江楼欲傍柳条鲜。新诗闲逐尔曹赋，犹觉风光似少年。

梦张浚之六首

不识何缘又梦君，俨然握手惜离群。转疑风度如平日，忽见悲歌入夜分。数去万端归地下，醒来千古失斯文。那堪寂寞山窗月，正照枫林去路云。

白玉楼中岂有愁，却来人世问交游。不悲大窟埋长剑，翻叹浮踪滞蒯缑。君死田庐谁可托，我劳瘏瘵合相求。沧江处处蛟龙伏，犹幸轻魂逐浪沤。

涕泗曾将一束刍，飞鸿何日故山隅。曼卿已死亲犹殡，陶令云云径必芜。闻有遗言留好友，却惭薄德负诸孤。殷勤欲问还疑答，仿佛当年謦欬无。

贞姑乃余家五世祖姑母，未嫁而守节，终于家。方伯妻余姑母也，适方伯张公秉文，戊寅同殉难于济南城中。

贞姑墓碣旧朝题，近代殉城方伯妻。女诫我家传自古，苦操余妹竟能齐。断餐惟矢生无日，共穴应看死若携。似我对君还痛哭，深闺堪听夜乌啼。

浚之死，余妹矢从地下，坠楼未绝，断餐七日，余母强之食乃食。今抚四孤俱已成人矣。

小妹元钟老母怜，乐公犹爱婿翩翩。生还乡国偏亡汝，目满亲朋每恻然。王谢齐名空此日，邹枚留赋不须年。承欢转向高堂慰，宅相诸儿已渐贤。

浚之以孝廉终，素博通史学

娓娓谭经说史时，微言雄辩总堪思。叫阍杜甫终难荐，伏阙刘蕡本好奇。失路重泉心尚恨，遗文后死责何辞。无缘酬尔平生志，万古名山一枣梨。

观灯归寺见门半启佛火莹莹万籁无声月光满地悠然有作

管弦丛里客心殊，片月千灯满六衢。忽到上方僧已卧，独开斋阁夜偏孤。喧阗寂处声何往，皎洁移时影未徂。自向蒲团观去住，难将消息辨须臾。

食山妻所寄曲菜却寄此诗

怜尔冬深勤旨畜，新春远寄未归人。栖迟园圃谁能借，方法飘零老尚亲。俱长儿孙违膝下，才还姑舅隔江津。愁多欲语翻难语，唯有加餐报苦辛。

鼎食曾持御馔归，君恩举案有余辉。烹雌少报当年志，割肉那知老去非。亲健腆羞堪视膳，儿多书在足忘饥。郊牺烦尔时时喻，莫向箴中捡赐衣。

冯紫薇忽索赠诗

灌夫常骂豪家坐，孟浩偏吟失意诗。自是穷途关薄命，岂因狂态似平时。廿年风雨孤灯在，四海兵戈两鬓知。垂老尚思求大药，每从酒后说安期。

论交已及廿年余，今日题诗忽索予。但恐寸心言不尽，漫将往事向谁摅。家贫妻老犹供织，世乱儿顽不读书。累尔霜颠劳转甚，知心深愧故人疏。

上元夜

连宵阴忽此宵晴，天意应为令节成。犹幸兵戈余乐土，也随烟火踏江城。游人巷转从灯隘，太守门开任月明。太守放灯甚盛仰面云中疑五色，笙歌何唯心羽衣声。唐玄宗以叶天师御风至广陵观灯，事出《幽怪录》。还看春色爱江都，市鼓楼歌照碧衢。西域香深灯影乱，东峰云敛月轮孤。自将梦醒酬王母，岂有行藏卜紫姑。纵是长安犹不禁，曙钟何虑达金吾。上元日梦王母献白玉环，丁泽有诗。《荆扬风俗纪》云「以是日赛紫姑神」。

校 记

［一］此首明显缺句。京抄本题：「疑是两首，『何时』下有缺文，第一首缺末二句，第二首缺前半首。」

钝斋诗选卷十五

七言近体三

广陵怀古诗并序

康熙二年春正月在扬州石塔寺，有铁帆舟禅师与余茶瓜赓唱，欲同为怀古诗，而余难之。师乃出所藏崔羽长先生诗一帙，余读之跃然。因摭故志，考旧闻，亦为诗三十首，仍曰「广陵怀古诗」是则于崔先生也。按崔诗凡六十四首，皆七言绝句，分二卷。一卷凡二十六首，序题于前，系诗于后：一卷凡三十八首，不分题而总冠以「西郊怀古杂咏」。序云：「嘉隆间与东粤欧阳桢伯倡为竹西社，与诸生之善诠咏者各赋怀古诗。」至今郡邑志多采焉。又所闻崔先生行谊甚高，余文行俱不逮古而欲希纵咏啸，难矣。然陵谷生情风流在望。自惭效颦，敢曰竞爽乎。余诗题次序一遵崔先生之旧而广其四：曰文选楼，重文章也；曰宋徽宗行宫，感兴亡也；曰露筋庙，表节义也；曰石塔寺，嘉禅师也。为七言近体，法杜少陵

《咏怀古迹》也，增以小序，或详其事，或辨其讹，后有作者敢备财择。

谢公宅

在大东门外，晋宁康三年公镇广陵时所居，尝植双桧于庭，唐时犹存，后改为法云寺。太傅雄名重两京，几年分陕出双旌。如云荷锸留堤古，映月棠花覆宅平。折齿夜嘶肥水马，建牙春啭蒋山莺。金银佛寺开何代，无复堂前燕子声。

董公宅

在大东门外，今盐运司是也。内有井，号董井。董公昔作江都相，凿井为堂此地名。石甃波澜留俎豆，蘧庐烽火寄诗书。天人策岂公孙此，灾异言将贵戚疏。独号醇儒尊汉代，荒园可似下帷初。

官梅阁

一名东阁，一名梅花阁。旧志云：「何逊作扬州法曹，有梅一株，逊吟咏其下。后居洛思之，因请再任，及抵扬州，梅花盛开，相对彷徨终日。」或曰：逊未尝为扬州法曹，而世之传者，特以杜少陵诗句耳。杨用修《丹铅录》云：「逊集无《扬州梅花诗》，但有《早梅诗》，【兔园标物序】八句是也。少陵以斐迪逢早梅而作诗，故以何逊比之。所谓东阁官梅者，乃新津之地，非扬州有东阁也。」又云：「是时南北分裂，逊为梁臣何得后居洛阳？洛阳乃魏地，既居魏，何得又请再仕？请于梁乎？请于魏乎？」宋洪容斋、严沧浪、刘须溪、马端临皆力辨其廖谬。余按：升庵言说乃祖葛常之《韵语阳秋》，非臆说。然事有必辨者，有不必辨者。广陵素称胜地，神奇谲异之谈，僭逾骄奢之迹，傅会者自当力辨其伪。若夫水部才华、梅花冷艳，引情寄傲，亦足千秋，岂不当仍之以增胜概，且有杜诗足证而必欲辨其为新津之东阁，非扬州之东阁，不亦多乎！

高阁不同凡卉伍，兔园惟重早梅心。人从杜老诗中见，事向扬州笛里寻。酒沸冻香云影乱，雪飘寒浪夜吟深。莫论春色来何地，次蕊名材自古今。

平山堂

欧阳文忠公守扬州时所建。望江南诸山历历在檐楹间，与堂平，故名。公政暇，辄往游啸咏。及殁后，有右司郎中麋公师旦庆元十一月来游，恍如畴昔所经，独叹息壁间字画、堂前杨柳之不存耳。翼日渡江适见改倅京口，即移柳数十本，属杨帅赵子固为补植，而寄诗云：「壁上龙蛇飞去久，堂前杨柳补来新。一生企慕欧阳子，重到平山省后身。」又晏元献道出维扬，憩平山堂，瞑目徐行，命侍吏诵壁间诗版，终篇者无几，至一篇甚赏之。问之，知为江都簿王琪诗也。召至同饮，自此辟置馆职。今平山堂故址在栖灵寺前，蔓草荒烟，几不可识，新之者或又有待于公之后身耶，题咏甚多，后世岂无王椽之材，而求好贤能荐之如晏公者，又何可得。

醉翁亭与滑州城，到处文人歌颂成。地历豪华多胜迹，官当全盛易贤名。莺催万柳当歌早，江送群山入酒平。安得后身重至此，更收秋螯到檐楹。

禅智寺

在江都县西北五里。即北方寺。《绍兴郡志》云：「旧传有东西南北四寺，炀帝幸江都遂令四寺为一，改上方禅智寺。」又按：明尚书魏骥《上方寺碑记》云：「炀帝梦游兜率天宫，听弥陀佛说法。既寤，遂以离宫施为寺。」魏记在洪武间，叙寺迹甚详，万历间犹存。后崔孔昕重修寺，更为碑记，而魏碑始废。寺山门据蜀冈上，天气清明，南徐诸山隐隐在望。

珠林萧槭旧离宫，夜梦闻经诏省躬。衰世听神传可怪，天家筑恐佛何功。金钱少府赊丹桷，钟鼓残村劚碧丛。惟有南徐山万叠，苍然不改乱云中。

竹西亭

按《宝祐志》：竹西亭在官河北岸禅智寺前。唐杜牧之《禅智寺》诗「谁知竹西路，歌吹满扬州」因以名亭。宋向子固易曰：「歌吹亭。」经绍兴兵火，周淙重建，复旧名。不知何时移置南岸，遂为急递铺舍，岁久圮废，又为民间冢墓所侵。万历间复建亭北岸皂角树侧，祀宋儒竹西王先生居正，表典刑也。

竹西遗址官河北，歌咏诗传纪胜游。自道绍兴江上火，谁悲大业寺前秋。披荆燐草侵碑路，种柳军书点驿楼。不遇兰桡歌越调，何人知是古扬州。

隋宫

按《隋书》：大业元年命长史王弘大修江都宫。今诸宫故址犹有存者。

不作南游事已非，沉催水殿逐鸾旂。官家自爱扬州死，战士空怀辽左归。玉树曲残芳树发，杨花歌罢李花飞。千年陵谷同驹隙，离黍无劳怆夕晖。

玉钩斜

在城西北四里弩台下，隋葬宫人处。

红颜自合委荒丘，粉黛何悲土一杯。纵使黄陵褙石椁，岂殊青冢葬银钩。思深赐盒空劳拜，色在征辽宁久留。独恨蛾眉逢若帝，也随长夜共长秋。

萤花

在隋苑东南三里，隋史：大业十二年五月，上于景华宫求萤火，得数斛，夜出游山，放之，光遍岩谷，故至今有放萤苑。或曰景华宫在洛阳，考隋史所载：大业十一年帝至东都，明年七月甲子复幸江都宫，此放萤事在五月壬午，则萤苑不在江都明矣。然唐杜牧之、元张翥、明欧大任皆有诗载《扬州志》。或乱朝奢举，多不可考；过客兴情，亦无暇稽其故实耶？

君王游事急清宵，不爱传镫出汉朝。自摘流星移露草，手分明月散山椒。悬珠影近求渊少，化烛光微借照遥。但恐从行却战马，虚疑燐火罢征辽。萤火却马出《淮南子》。

廿四桥

廿四桥相传为神仙所造，或云丽人之居。考之旧志云：在旧城内，隋置，并次城门坊市为名。后韩令坤筑州城，分布阡陌，别立桥梁，遂令二十四桥存废莫考。杜牧之「玉人何处」之句，亦是尚想繁华兴情陵谷耳。至张乔《寄扬州故人》诗「城鏁东风十五桥」盖其人所居在二十四桥之半，故云「十五桥」也，今并废不可考，而最足惊人观听者，则钞关门外之一桴桥云。

隋置城坊廿四津，舆梁久逐市朝尘。街衢星落韩兵监，山水风流杜舍人。仿佛箜篌谁卜夜，凄其杨柳不胜春。虹栏雀坊当关路，何处清飔转白苹。

瓜州

在郡治南四十五里，有城东西跨坝，周一千五百四十三丈九尺有奇，高二丈一尺，广半焉，濠称之。宋绍兴末翰林学士史浩始议城之，江淮宣抚使张浚谓弃淮守江示敌以弱，浩议遂阻。至乾通四年镇江都统军王友直始奉诏筑瓜州南北城，后废。明嘉靖间以备倭复筑，漕运襟喉，商民杂萃，至今称雄镇焉。

新亭望断中原地，即画河淮也足羞。却筑孤城枕江甸，遂令神器小杭州。闻鸡将守东西界，饮马天开南北流。庙算只今知鉴辙，峨峨北固亦烽楼。

第五泉

城西北栖灵寺有井，其水寒洌，井上有碑刻「第五泉」。旧志云：始自欧阳公之论。按欧阳公《大明水记》只云「山水上、江水下、井水次」。未尝品第其水味也。至张又新《煎茶水记》始云刘伯刍谓水之宜茶者有七等，而以扬子江水为第一，惠山石泉为第二，虎丘石井为第三，丹阳寺井为第四，扬州栖灵寺井第五，而松江第六、淮水第七。夫水味有美恶而已，取天下之水一一次第之，恐为臆说，然以所闻陆羽辨中冷泉、李德裕辨石头水事，俱奇甚，则水味亦未尝无差等。高闲之士臧否山川，韵事也，可不必辨。

麦垅花畦小径穿，栖灵寺外井涓涓。寒同江峡春流雪，清敌云峰夜瀑泉。膏脉自然通岳渎，品题何意到山川。《茶经》骠骑名无减，水递空劳争后先。

芜城

即邗沟城，岁久荒芜。宋鲍照作赋伤之，遂称之芜城。或云吴王濞之故城。

煮海穷山地易盈，白头举事笑无成。坐中罕譬劳枚叟，夜半长言愧贾生。江月久荒东汉土，边风还上六朝臣。即今鲍照登临处，已逐沧桑路几更。

蜀冈

在禅智寺侧，一名昆冈。西南从仪真界迤逦东北四十余里，至茱萸湾官河水际而止，上有井。相传地脉通蜀，曾有僧洗钵蜀江，失之，从井浮出。僧后游扬州识之，故冈与井皆以蜀名。或云水味似蜀江，而冈以井得名，未知孰是。

透迤众岭接真州，名学西川轴众流。井达峨嵋融后雪，云疑玉垒望中秋。乾坤回互征青鸟，山海浮沉渺白欧。莫笑荒唐传洗钵，管窥应豁百年愁。

邗沟

《左传》注云：吴将伐齐北霸中国，自广陵城东南筑邗城，城之下掘深沟，谓之邗沟，又名韩江，即今广陵城濠是。

北浚邗沟霸业雄，夫差志岂老江东。五千马饱三坟侧。亿万家藏百雉中。只识龙骧乘彰远，那知麋鹿戍楼空。涓涓血筑东流水，应共莲泾一样红。

芍药圃

扬州产芍药，有圃在禅智寺，前有厅，向予固造；有坛，郭杲造；有谱，刘攽著。花凡三十二种，以冠群芳为首。《广舆图考》云：韩魏公守郡曰芍药盛开，中有四朵香艳尤异。时王岐公为郡倅，王荆公为幕官，陈秀公以事适至，韩公宴花下，各簪一朵，后四公相继大拜，乃花瑞也。

奇葩不向洛阳开，想共南辕六代来。地近竹西歌吹绕，种花分谱色香裁。曾将四朵酬名相，更有群芳冠赋才。忽忆燕都三月路，年年觞咏只丰台。

召伯埭

召伯湖在城北四十五里，每春夏湖水涨没田，民苦之。晋大傅谢安出镇时修筑湖埭，随时蓄泄，田始获岁。民被其泽者，以比召伯，因名湖与埭焉。迩岁淮黄交横，五塘并废，水无所纳。濒湖田多没，而岁租轮纳如故，加以椿篰之费，骚驿日多，甘棠之诵，又不知属何人矣。

带邑襟州一水深，谢公当日筑堤心。为鱼人比甘棠陌，买犊农歌朴樕阴。瓠子十年天上由，桃花几派垤中吟。浸淫目击诛求苦，遗爱知谁继古今。

茱萸湾

在城东北二十五里，吴王濞闻之，以通海陵仓，即运盐河之始，后游。隋仁寿四年加浚，今名湾头。东行七十里至斗门入泰州界，又东行一百六十里至海安，入如皋界，又东南行一百一十里至白沟，入通州界，又行七十里至新塞，入海门界，又东行八十里达吕四场。其支派通各盐场。居人多铸铁镬以供煮海俗呼为镦云。

骄王孽货达盐田，出井重疏仁寿年。冶满千村烧灶镦，波通十邑负槎船。蜎毛后命悲秦火，象齿前车笑杞天。莫道海滨民易虐，黄巾曾起胜朝前。

杨子津

即杨子桥，在城南一十五里。西南自仪真江际东行四十里，至石人头，又十五里至杨子桥，南自瓜州镇，北行三十里，亦至杨子桥，二河始合，漕粮万艘，岁过其下。

杨子桥边万艦过，分流于此淮江沱。琼林力籍东南半，王粒供帷吴越多。在野仓相如在国，通淮舟楫即通河，尚书漕法平江制，借箸盈庭近若何。尚书宋礼平、江伯、陈瑄。

崑丘台

崑丘即崑冈，旧有台，欧阳公增筑之，以为游观之所，其和刘原父诗云：「访古高台半已倾」即此台也。

禅智门前访古游，荒台指点说崑丘。年逢嘉祐官千骑，主是欧阳客二刘。步屧亦堪传盛事，诗歌谁可继风流。牛羊寂寞荆榛满，此日何人重蒯缑。

雷　塘

在城西北十五里，《汉书》作陂。吴王濞曾筑钓台其上，侧有隋炀帝墓。志云：西阁之变，萧后及宫人撤箦为棺，葬帝于西院，后右衔将军陈陵守江都求得帝柩，略备仪卫，改葬吴公台下，时唐武德元年也。高祖平河南之后，复移葬雷塘。贞观二十二年萧后卒诏复其位号，使护丧至江都，与炀帝合葬。或云陕西武功县亦有炀帝冢，乃武德元年八月辛亥高帝葬于此，然帝弑于江都，当以雷塘为是。

钓冷台空野水浔，谁教天子卧荒林。乾坤壁月歌三弄，今古长星酒一斟。头颈迷楼徒照镜，妓船西苑不成音。独怜撤箦萧皇后，归日难为地下心。

九曲池

在蜀冈麓，炀帝尝作《水调九曲》，每逢辛时按之。《宝祐志》云：「水调凄切，遗九典，第五遍五言调声最凄苦。」《语林》云：帝将幸江都宫，时修乐人王令言妙释音律，会其子当从往，忽于庐外弹琵琶，作翻调《安公子曲》，令言时卧室内，惊起，问其子曰：「此曲兴自早晚。」其子曰：「顷来有之。」令言欷歔流涕，谓其子曰：「汝慎无往，帝必不返。」子问其故，令言曰：「此曲宫声往而不返，宫者君也，吾是以知之。」

新声才奏木兰音，帝后潜将紫玉临。止欲九重欢殿脚，那知五遍失宫心。莲花旋舞当中字，来梦儿翻水调音。废诏只宜鼓吹久，至今犹听乱哇吟。

迷楼

相传城西七里观音阁之东阜有摘星楼，是迷楼故址。迷楼事不见正史，只载《迷楼记》及《大业拾遗记》，二书皆唐人编次。按《迷楼记》：「楼之始建在长安，乃淛人项昇所进图本，按图建楼。楼成，帝幸之，顾左右曰：『使真仙游其中亦自迷也。』因名焉。」又云「帝后幸江都，唐公提兵号令入京。太宗见迷楼叹曰：『此百姓膏血所为！』命焚之，经月火不散。」记所谓京，长安也，唐帝未至江都，何得有焚楼之事。《拾遗记》即《南部烟花录》，胡元瑞谓其文绝鄙妄而称颜师古绝可笑也。至唐人过扬州吊古并作隋故宫，惟杜牧之有「迷楼」一目，亦漫然。宋元诸公遂纷纷沿袭，惟明孙蕡过隋宫故址，诗叙迷楼甚详，可破耳食者之陋。

一矩长安罢宴游，摘星何处问迷楼。东巡似助兴王力，南部虚传废苑愁。此日真仙应有路，当年花树不知秋。金堤高处疑烟草，栖鸟无声江自流。

弩台

沈庆之攻竟陵王，筑台以射城中，陈吴明彻围北齐刺史敬子猷于东广川，增筑之，亦以射乘堞之士。高十丈，周回二百步，亦名吴公台，亦名鸡台。《拾遗记》云：炀帝于吴公台下恍惚与陈后主相遇，即其地也。

南朝事远弩台荒，国乘齐谐各渺茫。妖梦真逢陈后主，战魂犹哭竟陵王。封书绮阁花难秀，露布辕门柳易黄。闻道耕夫犁故陌，常收遗镞与遗香。

隋堤柳

大业初，隋闻邗沟入江渠，广四十步，旁筑御道，树以杨柳，谓之隋堤。

隋堤春色已千年，老树虽多岂是前。偶尔生同芳草月，奈何人遇落花天。游丝曾拂妆楼雨，飞絮犹含锦缆烟。舜柳尧梧皆往事，十围何用感南迁。

琼花观

即汉后土祠，成帝元延二年建。宋政和间改蕃厘观。旧有琼花一株，天下无种，欧阳公作无双亭以侈其事。按花不知所自，相传唐开元中有道士不知何来，植花于台，去。明年开花甚异。又一道士来，见之曰：蓬莱山琼花也。或云花色似琼瑶，故名。宋仁宗庆历间，尝移植禁苑，淳熙中，寿星又移之南内，皆逾年而枯，还观复荣。绍兴辛巳，金亮南侵，揭本而去。未几，故株傍复出三蘖，老道士金大宁日加培护，久之畅茂不异昔。元至元十三年偶枯，其种遂无。三十三年道士金丙瑞以聚八仙花代之，或云琼花即聚八仙花。《广陵遗事》谓琼花有三异：凡花皆落，琼花随风而销，一异也；以水煎叶服之可疗疫疠，二异也；一岁花叶东西稀密而境内穑事丰歉随之，三异也。郑兴裔《琼花辨》谓：琼花瓣大而厚，其色澹黄。聚八仙花小而瓣薄，其叶微青，不同一也；琼花叶柔而莹泽，聚八仙叶粗而有芒，不同二也；琼花叶与花平，不结子而香，聚八仙叶低于花，结子，不香，不同三也。或云蕃厘观一名唐昌观，琼花一名玉蕊花。按《韵语阳秋》云：唐昌观在长安光业坊，明皇女唐昌公主所造，花为公主手植。周益公云：唐人甚重玉蕊，唐昌观有之，集贤院、翰林院俱有之，镇江招隐寺亦有之。条干如荼蘼，拓叶紫茎，再岁始著花，须如冰丝，金粟花心，复有碧筒，状类胆瓶，其中别抽一英，出众须上，散为十余蕊，犹刻玉。然按其状与琼花迥异矣。《笔丛》云：玉蕊自植于唐昌，琼花独产于后土，琼花无别本，玉蕊托根非一缘，琼花之名与玉蕊相乱，遂牵合为一，不知其诬耳。观后有井，名玉钩井，中有洞天。王叔承诗云：「霜落丹砂井」谓此也。

蕃厘观里琼花萎，犹爱芳名纪异葩。玉蕊院疑神女种，丹砂井灌聚仙花。人间色现三千界，天上春归十万家。莫怪御园留不得，冰姿自合厌荂华。

文选楼

在太平桥北大街东旌忠寺内。《广舆图考》云：在府治东南文楼巷地。按：旌忠寺有大雄之殿，一额乃颜鲁公手书，又相传有鲁公手书五百阿罗汉碑位，而今无矣。

荒棘春风古巷偏，朱楼高峙碧云天。储星翻藉文章力，奇字能持运数权。江表屡开同泰寺，湘东欲废棣华篇。雕虫白发工何益，空向台城泣杜鹃。

宋徽宗行宫

靖康元年二月，徽宗避金兵至扬州，士民迎銮乞驻跸而不果。

和戎莫怪庙谟非，辕返三宫何所归。自是君王忘雁塞，岂徒丞相负龙飞。赵张齿迈难容世，韩岳兵多未解围。千载中原流恨久，经过异代亦沾衣。

露筋庙

《列女传》云：「唐露筋女不知何许人，有行役，嫂与之俱。值天暮，暑雨蚊盛，寄宿无所[二]。道旁有耕夫，舍嫂止宿焉。女曰：『吾宁就死不肯失节！』坚不就，竟以是夜吮死舍外，其筋露焉。后人哀之，为之庙貌其地。」《广舆图考》云：「有碑词，为宋米芾撰。或云：地名露径，为祠以祀土神，俗讹为筋，以女人为女子象，实未尝有贞女子死草间事。嗟乎！闻善而信厚德也。节义可以风世，虽疑似且当存之，况志碑犁然乎。」按志云：「在邵伯镇北岸，故特收之。」

曾从海岳碑中见，今向秦湖庙里游。野史事堪争日月，妇人名亦重春秋。肯将弱骨填虫吻，莫问贞魂驾凤游。一泻椒浆酬皓月，纷纷白鸟混芳州。

石塔寺

旧为蒙因显庆禅院，本慧照寺。宋元高中为高公寺。唐先天中为安国寺，乾中中为木兰院。相传王播题诗事即此地。开成三年建石塔葬佛舍利，因改为石塔寺。宋嘉熙间移城内浮山观之西。先是，戒禅师住石塔寺，东坡赴登闻，戒往迓之。东坡曰：「吾欲一见石塔。」戒起立曰：「这著是砖浮图耶。」东坡曰：「有缝奈何？」戒曰：「若无缝，争解容得法界蝼蚁。」坡首肯之。寺后废，明季郑潜庵重修。

三车象教重南朝，颓宇残山半寂寥。犹幸甘泉轻废置，重看石塔郁岧峣。浮图法界客应得，苏东坡事钟板伊蒲许共邀。王播事岁岁客来书戒衲，苏事木兰花更满清桥。王事

二月一日

向晦皇心改此辰，中和特许宴江滨。唐人好作风流会，楚俗犹传节序新。欲吐花随青雨满，将雏莺啭绿云频。湔裾赐尺何时事，又见韶华始仲春。

校　记

[一]寄　原作「记」。

钝斋诗选卷十六

七言近体四

雪霁和云施韵

江城雪霁夜翻寒，岂是长游旅服单。自对一窗明月坐，迟予十日杏花看。水生泽国书难信，幽辰书云：春日雪寒百日后必大水。春满梁园赋未阑。亟问路干谁借马，平山直上望烟峦。

赠张翁

八十埋头老画师，行藏未许井间窥。丹深一灶屯蒙火，冠挂前朝鼎革时。近事悲欢皆有泪，旧交名姓总难知。闲来每共深宵坐，白眼高云送酒卮。

四十年前旧帝京，每将诗画动公卿。云从安石堂中坐，曾见长源陇上行。翁云曾与我汤饼会。斑鬓我今强仕过，丹颜君且少年争[一]。沧桑岂必麻姑传，即尔当身是变更。

吃烟

往见人吃烟不知为何物，居塞上见人家多种之，杂于蔬圃丛生，翠茎绿叶，类芥而高，叶尖园无刺。以三月种四月苗，苗后复移莳，初畏风日，时贮器以掩之，晴和即撤土，宜沙，有沙虫好蠹其根，露未晞游叶上，人必晓起伺而驱之。久晴则溉，久雨则壅，至七八月次第获其曝干束之，每束凡七八叶或十数叶，名一筐。获毕必留一二本，待其华而实，以为来年之种。花包淡红，扶疏可爱。盖塞无茗，客至必呼烟，且易参、貂、布帛者，或需之，故重云。近有僧云佛藏中已有之，载南藏以字函，北藏下字函，根本有一切。毗尼杂事部有具寿比丘病，服烟药而愈，请于世尊，世尊许之，始以碗合而吸，后改为木筒，又改为铁筒，即今之制云。

寒俗如同麻麦收，翠茎红蕊种三秋。沙畦摘焙传方法，上炕宾朋当款留。金碗吸如鸿渐品，玉山颓似杜康谋。革囊铜管偕刀璲，已见吹嘘遍九州。

饮卞云郭

云郭江都人，与余订交在丙戌门中。是科亦为吾师贾天侔先生所赏拔，而复以数字绌中付车，至今惜之。

橐笔曾逢棘院秋，红颜相许并曹刘。十年风雨君摧翼，四海冰霜我白头。旄落自惭非报主，壁存何怅不封侯。春深夜满阶庭雪，疑是程门续旧游。

难驯龙老性逾增，辞拙朱门叩不能。敢望知贫真我友，但存永叹亦良朋。花溪星月今宵启，茗椀江河古道凭。旅橐尚余诗兴满，细论可许阁重登。

示门人梁木天时授江都令

江皋弹铗已三春，恰遇安仁剖竹新。初政即看民有母，能声益信我知人。兵车既数闾阎苦，山水虽佳机杼贫。好把授经成惠化，因将献纳慰风尘。

陈蔡诸生半远游，生还难寄别离愁。花凫独汝来岩邑，竹马迟余望驿楼。梦寐久劳葱岭脚，追随仍似曲江头。羁怀万绪繁霜鬓，急难谁将古道求。

寄送门人刘嵎阳之任平武

闻君官授蜀山遥，万里青峰山碧霄。令母可能同版乘，贫家应苦治征镳。时危小草心难遂，地僻新花名易标。唯望异声腾茂宰，早传消息慰飘飖。

野　步

春光似为雨前矜，芳草撩人出野塍。试足荒烟冲旧寺，愁眉往事话残僧。风尘白发何今古，兵革青山有爱憎。欲望故园云树杳，蜀冈高处畏频登。

月

野步归来寺未扃，上方明月已高棂。晚钟佛面传灯火，古塔宗风冷铎铃。岂为世情轻白璧，自将我法用丹经。少微耿耿春云澹，谁向人间指客星。

答杨揆一喜晤之作揆一为廉州太守以吏议归

长安犹记送征轮，回首云山十五春。百岁能堪几度别，千艰徒有再生身。褰帏雁断兵戈日，仗节羊归雨雪辰。岂意楚江还觌面，悲歌莫讶鬓华新。

同年同里复同盟，阔隔空劳梦寐情。自是人生难聚会，岂关世路易纷更。何方不叹无鱼铗，有地谁能买犊耕。但使南山容共隐，相期扣角老余生。

忽晤姚彦昭即送之廷试长安兼寄陈二如

蓬门忽尔报君来，十八年前面目猜。注视始知人是旧，坐深疑似梦初回。出关入塞事无限，故恨新愁绪未裁。门嘿悄然无一语，空将啼笑对炉灰。

老亲曾示渭阳诗，知是情深见面时。自愧经年常汗漫，仍无一札报追随。我姑我妹平安否，君往君来何所之。纵有长年操楫待，岂能今日即分离。

舟楫依人不自由，暂逢旋欲事长游。攀留未遂牵衣袖，惜别无将谅蒯缑。淮邑老亲询近履，燕京弱弟慰羁愁。劳君动定频鱼雁，苦有新诗并寄邮。

及门子弟俱先贵，令弟经三翼侯成进士，望侯荐贤书，皆彦昭门人也。岂有君才久贱贫。迟速竞时休问世，飞鸣积厚自惊人。元龙况是骚坛哲，乘马同为观国宾。到日好陈当代策，惟凭公等慰沉沦。

春　画

东风开到绣球花，惆怅春残客思加。满树粉客迎海月，一声娇鸟落红霞。来当冰雪今何日，去即山林未是家。安见芜城非故土，却教明远恨天涯。

梁木天惠新茶因寄老亲

雨前茶自门生送，不敢先尝寄老亲。菽水情因文字重，旗枪香为彩衣新。到当花径会饴日，煮向松风献寿辰。至理茗柯通孺慕，冰蹑谁道隔江津。

忆昔

忆昔晨趋太液池，垂杨千树水涟漪。九重黄幄青霄迥，十队红妆画舸随。经史欲陈才有问，丝纶未定每先知。北窗此日成残梦，醒后空嗟报国迟。

忆昔谈经出禁闱，同官骑马并斜晖。勉承次日当筵早，戒述人前密旨稀。春水玉沟涵圣泽，雪光南苑晁朝衣。可堪此际成追想，欲寄音书少雁飞。

预期友人造之先出

维舟即问故人居，身贱原甘把臂疏。果尔到门题凤字，却嫌先事寄鱼书。似兹觌面应无谓，翻是回车意有余。苦使普天皆管鲍，古来何用叹崎岖。

题毗陵寓斋壁

去年归日桐花落，今岁来时实又垂。日月不因须鬓缓，生涯难令物华知。树巅鸡识邻家酒，篱底虫留泽畔词。犹喜故人假旁舍，得安琴剑暂栖迟。

过嘉树园

园为吴复庵宗伯遗其子大参公奕者。吴昔豪贵，多园亭，今皆湮废，存者唯此，古松、丛桂、密竹、繁花。说者云百不及昔，然蓊荟可观，废榭欹楼良深慨叹。

灌木城隅隐辟疆，柴门小艇泊沧浪。墙头桂树香新雨，巢外鸦声聒夕阳。黄阁人归荒绿野，黑头公去闭丹房。畦丁旧是梨园伎，历历开元话短长。

姓字

姓字常嫌隐未深，应酬犹苦候车音。翻从一叶轻舟里，得快千秋静对心。疑信萧萧南北迹，盛衰耿耿汉唐吟。野香何自侵灯火，知近湖村桔柚林。

新丰道中

南风能贳日斜时，急桨平流信所之。枫叶有情过䨟𩃎，萱花无闵不离披。报签舟子程帷九，注《易》先生画是奇。即使终年常泛泛，五湖簑笠亦心期。

金　山

谁将孤石砥江心，吴楚奔流自古今。瓜埠月明悬塔影，鹤林秋尽散钟音。坟沉巨浪传疑久，庙识南云苦战深。搔首几回寻往事，双松无语一龙吟。

十影诗

二兄创为十影诗，大人和之舟中，亦效吹篪。

花　影

映日翻风宛宛垂，朦胧艳不在春枝。蜂须欲上飞难定，鹊嘴将衔到始知。秘殿晓随仙仗动，妆楼晴傍绮疏移。何如二月桃源路，万片朱霞砌冰湄。

蝶　影

春阴摇处共翩翻，几度空阶迹可扪。画上似为花外印，风前欲扑镜中痕。独飞曲沿双双逐，小立芳须对对存。谁向故丛寻客梦，苍茫疑是未招魂。

雁　影

群飞遥落楚江寒，蝌蚪横斜上下安。带月有时还自弄，穿云无地不相看。挥弦中散低头送，系帛苏卿举手难。纵遇五陵游猎夜，金凡虽近未能弹。

鹤　影

警露疏林映月园，鲍昭难赋此翩跹。败荷直立知回梦，坠叶惊飘识戾天。独舞青田疑并侣，齐飞缑岭负双仙。支公虽许凌云去，耳目那堪自顾怜。

钗　影

虢国临妆唤侍儿，鬓边隐隐肎花枝。篋开镜顾春深日，枕落灯昏夜半时。堕马照来人欲拾，盘龙映处髻先欹。分鸾为寄封侯婿，其奈金翘入手疑。

剑　影

龙身腾上晓云垂，细认豪曹未许持。知己赠来灯闪闪，将军佩出月迟迟。屏间按见孤峰立，枝下悬生秋水疑。却怪延津飞去久，朝朝素壁有双螭。

香　影

一瓣初销篆尚留，金猊斜映月明楼。令公行处云随至，画省含来气可求。虚壁烟生疑有雾，佛堂火尽幻如沤。独怜韩寿偷时爇，唯恐人知灯火收。

帘　影

小阁春深隔曙晖，玲珑远试夏侯衣。金钩垂似寒潭钓，绣带飘疑乳燕飞。舞罢不知谁曲是，风来还见有人非。湘筠几席依稀露，遮莫君平坐息机。

帆　影

危樯倒入水痕开，知是船随返照来。赤壁横遮江历乱，黄牛遥映峡徘徊。澄潭直下潜虬动，远浦依微独鸟回。最是凝眸堤上女，波心来去尽堪猜。

峰　影

云映岧峣蔽复明，扶筇欲上到还惊。丈人积翠波间见，玉女当空地上横。月转似逢驱石使，浪吹疑遇凿山丁。却怜宗少耽游兴，未睹天然强画成。

登燕子矶

风息帆恬夕照西，振衣直上海云低。琳宫峭壁孤僧在，铁锁空波万事迷。何处客归新落叶，几年秋到旧丹梯。凭轩不尽苍茫思，天入江山两鬓齐。

宿长干寺

别从何日归何地，复向长干旧寺留。皂帽鬓存重塞雪，丹林叶动六朝秋。僧衰不记当时客，市改难寻梦里游。惟有孤标天际火，百年清照古神州。

喜晤白门诸故人四首

辽海生还已岁余，飘飖吴越滞琴书。长干才返今秋棹，故国翻同再世初。别后儿童惊面目，经过锋镝叹丘墟。相逢不忍悲霜鬓，转说红颜较昔如。

古寺残僧讶客踪，却非官长却非农。还家何又居郊外，道故惟闻说再逢。挈榼竞来彭泽酒，抱弓或泣鼎湖龙。畸悰难向阇黎说，敢怪招提王播钟。

别时鬓发谐公车，廿载升沉梦寐余。画戟自多鸾阁旧，蒯缑甘冷翟门书。人情岐路经方识，我法霜颠用愈疏。尝怪苏公归海外，还将魑魅述崎岖。

奚囊莫讶近诗多，即此穷愁见啸歌。岁晚敢争年少在，家贫其奈国恩何。乡园松菊荒难问，湖海风波慎再过。会向青溪葺草阁，奉亲归往咏婆娑。

胡方珠雨宿寺中

我宿招提君过存，巾车曾不问寒暄。楼前雨满深秋叶，花下酒香昨夜樽。岂肯冲泥容尔去，却教悬榻向谁论。白头兄弟清宵话，飞动晨钟达寺门。

文从三世情弥笃，话到间关悲自真。儿女难中劳顾盼，音书别后愧酸辛。堂前亲健敢称老，海外身归肯厌贫。桑柘瀼溪还旧屋，过逢应似此时频。

九日登松风阁

万里人归值暮秋，即非节序亦多愁。况携故国重阳酒，直上前朝百尺楼。沙碛几年迷塞雁，海田生事逐江鸥。荒芜天地西风里，何处龙山似昔游。

论交余正少年场，今日余衰君转强。知是异书传桔井，却从尘世隐芝房。橐垂药许贫人乞，花发樽呼野老尝。醉后仍挥陶谢手，锦囊佳句满青囊。

难余子弟驻江干，行路依人事事难。葠木屡能酬妇孺，绨袍还欲问饥寒。门前车马却今日，方外交情只古欢。每笑韩康徒卖药，曾无意气重长安。

六弟今年举子以九月十二日弥月是日携尊郊外酌予儿侄俱从欢然成醉喜而赋此

弟年三十才举子，弥月移尊寿阿兄。早挈群儿来寺里，仍如九日踏郊行。渐深秋色依檐满，共醉香风入树鸣。愧说谢家兰玉好，池头尤喜凤毛生。

老亲望汝生男子，每遇家庭欢聚时。必举熊罴询吉梦，果然弧矢应佳儿。遥知前日龙山会，预数今朝燕喜卮。此去维扬陈彩舞，为言岐嶷快含饴。

阻风步堤上

水沉秋郭登高路，沙没前人纪胜碑。自策枯藤寻野径，闲吟黄菊就村篱。千年巨浪公无渡，四海飞尘何所之。莫苦重阳风信久，天留客步为山陲。

舟中读书

水浸江亭沙岸崩，秋山咫尺路难登。圩田雨破村无酒，野寺兵屯屋少僧。满目悲凉民气苦，孤舟容与客心增。升平惟向书中见，一息羲皇对寝兴。

晚　发

篙师似解石尤心，日暮贪趋枫树林。忽见洪流容客去，遂忘小艇蹈江深。平生忠信知天地，世上风浪较古今。渺渺正襟昏黑里，千涛万响一长吟。

夜　泊

月小云昏两岸潮，前船远向后船招。缕烟乱苇村如在，孤烛千山橹自摇。草挂楼头疑宿雁，舟维树杪似悬瓢。滔滔百谷秋风漏，欲驾谁瞻乌鹊桥。

晚泊朴树湾

经历都归再世缘，渡江今日迹迍邅。从来避险皆无地，始信生予只有天。黄雾昏时连日月，白头浪里诵诗篇。何堪回顾扬舲处，心折临深戒子贤。

喜梁木天癸卯秋闱分较得士

鹿门歌满荐贤声，与有重岑竹箭荣。转忆昔时余握鉴，何如今日汝持衡。庐陵未足苏公重，高蜜翻转马帐名。自此蹊桃与麦穗，春风共秀百花城。

十一月初四大雷雨

仲冬雷雨昼冥冥，草木如闻龙气腥。玄路漫持时令说，圣朝别有格天经。诛求月照新丝冷，挞伐山连白骨青。翻笑箕畴多五事，空将休咎问沧溟。

客　老 李淑复顾予于旅舍因作二诗

客老渐惊冠盖贵，问庐即见故人情。得晴颜色犹多墨，失路悲歌岂易平。匿影不深惭雾豹，欲栖无树愧啼莺。云卿久矣藏踪迹，相识如询莫道名。

宫柳雨中骑马路，垆烟天上较书门。回思往迹俱如梦，细数同游尚几存。岁月事多归骏坂，功名人易触羊藩。寄言少俊须行乐，请看吾曹聚散繁。

同友人春晓阁望残雪

到门见我何须返，卧起因君一上楼。万里晴风留积雪，十年乡国动春愁。高林碍日疑花早，阔岩添江蹴雾浮。共拟归舟归来得，凭栏欲下重回头。

宿顾松交园居

闭户能高抱膝吟，还容几度故人寻。秋风颜色今来好，春树霏微昔未阴。人世百年堪几别，比肩霜鬓各难禁。田园已尽山空在，投老何时似尔心。

浒墅关晤刘永生

既不逢君亦驻舟，当关有吏急征求。况经旧雨十年别，并作春江一夜留。世法熟看工语默，道心深欲忘恩仇。东南民力须常念，冷暖于□任所投。

雪　晴

舟静何须问雪晴，却看湖水向余清。女桑短短绿吹麦，灌木丛丛湿啭莺。客老翻知行路易，诗多能不为人成。春花遥指西冷滕，暖浪应催击汰声。

湖上清明

百年花柳竞新晴，节启楼光入望明。勺水满含歌舞色，乱山高阅古今情。新坟泪滴胡雏马，废寺春啼旧国莺。触目兴怀询往事，繁华空叹后吾生。

胜地不关兵甲气，芳时益显鬓毛摧。深斋静闭桃花卧，故友如逢柳絮来。鲍叔亦言三战怯，王孙谁进一餐哀。旅厨熟食仍无火，羞学陶潜乞食回。

赠昭庆寺卜者

问君不识家何在，日日垂帘古寺廊。小卜每能言孝弟，测年闻更预灾祥。闲时我或俦人里，薄暮尝逢酒肆旁。世乱前贤多隐术，成都堪惜旧行藏。

立　夏

节候潜移客未知，朱明已接送春归。横塘莲叶何时满，古苑杨花昨夜吹。世态久留应有厌，愁心欲语不堪持。纵归难作羲皇卧，北牖宁须怨别离。

坐数峰阁

阁在六一泉寺中，即惠勤讲堂故址也。上事汉唐宋诸名臣之有事于兹土者，及明天启、崇祯两朝死难诸公。

湖旷山青几槛开，登临人趁夕阳来。流泉雨注谈经地，曲岸云连放鹤台。俎豆易生臣子愧，沧桑难尽市朝哀。金支仿佛江涛壮，应向楼前白马回。

别陈子寿

君至能令湖水清，言离心已似摇旌。那堪真对河梁酒，令我难酬月朗情。珍重虞山秋后约，驰驱闽海梦中程。此身已老风尘惯，独怪今朝泪满缨。

送客

送客湖干雨半收，密云萧寺任淹留。居闲怕读江淹赋，望远休登王粲楼。自是倦飞难共息，岂因怀旧易生愁。深宵怯就匡床卧，恐有家山入梦游。

北牖

晴湖懒逐画船游，阶景如为北牖留。书帙凉生秋梦迥，垆香细落鸟声幽。田间见猎惭多喜，汉上无机识妄求。身隐犹嫌文字在，强从人世说沧州。

柬王涓来

交自前人谊倍深，金门几载共朝簪。胜游何意重披拂，往事那堪更溯寻。君且无鱼休问我，古多衰凤莫言今。湖流新涨苔钱紫，期逐兰桡谢越吟。

西湖初霁和门人徐鸣岐韵

晴雨湖光杳霭同，新晴忽异积阴中。摩宵鹤得青天路，饮涧虹明碧树丛。日气射波游舫动，钟声飘湿寺楼通。饲蚕越俗同苗黍，绿叶稠桑喜渐融。

湖心亭用韵和鸣岐

碧浪红亭感废兴，重来有客摄衣登。欲询往事云无尽，细数游踪山几层。天意且随沧海异，鬓华休叹雪霜凝。槛前唯是烟峦旧，似比朱颜改未曾。

偶出

菰蒲已满官塘绿，客卧招提出始知。细浪一篙冲夜雨，好风千叶聚新枝。怀中刺灭高门路，梦里家遥春后期。回首来时冰雪地，梅花村屋子离离。

校记

[一]颜　原缺，据京抄本补。

钝斋诗选卷十七

七言近体五

长兴平政院读归震川先生碑记

院创于宋淳熙间，与县治邻，以邑有良令，故题曰「平政」。后毁于元兵，明初修之，移城西角楼侧。归先生为令时又重新之，为文以纪，词义茂质，洵杰构也。余来扪读，既景高风，复感时政，不禁慨然。

二百年来石碣存，老僧指点旧山门。文人不负斯民牧，雅制犹堪后代扪。兵过荒草山县寂，雨怕谷贵市廛喧。风谣难起先生问，独有光芒纸上论。

雨夜读书

经旬积雨应愁思，夜就间窗转适然。漫为蓬蒿忧畎亩，且亲灯火乐书编。残僧 破屋茶瓜僻，老客山城枕簟偏。已拨形骸心上古，不知今夕是何年。

佛　前[一]

佛前香案借摊书，和墨研朱手未虚。索字沙弥争拂扇，论文故友速驱车。峰悬黑雨雷声送，池浸黄云树影舒。似为旅人宽毒热，故教夏日早秋如。

央焙岭茶寄老亲

诗脾渴沃岭茶香，久雨稍为湿瓮妨。幸有山僧能焙炙，自经炉火更芬芳。双亲尝此应同念，游子相将报有方。为道邘江秋水碧，儿归来捧菊花觞。

以叶子羽所赠冬舂米寄老亲

负米乡园客路遥，玉堂馔复隔云霄。当筵每抱朝飧愧，授粲新承廉吏邀。为望加餐通楚岸，急封香稻命吴船。软炊匕箸儿孙共，鼓腹应歌是蕢穮。

桐阴

桐阴日午覆空斋，鸟语铿锵律吕谐。岂为猪肝留竹锡，漫同鸿爪驻芒鞋。云邀杜甫东柯约，风入陶潜北牖怀。外物自能齐万物，何须傲吏学安排。

旅病

季夏黄鹂老更娇，深松频啭日迢迢。豆棚尺寸看清影，茗碗低昂较绿苗。有客馈岕茶数种烹而尝之。老衲游归夸古迹，僧懋持潜游五峰山诸古寺归言其胜。仙山梦去忆良宵。静口药物惟心性，幽兴应令旅病销。

尹平之之少子特顾予长兴

见君不觉泪交颐，王邵胡其似父姿。廉吏子孙俱若此，圣朝科第欲何为。江干旅榇曾归否，郊外荒田今卖谁。颇愧巨源堪结友，仍看稽绍是孤儿。

西湖曾见汝诸兄，苕上停舟一问声。云往近村看水潦，何缘孤棹复山城。殷勤父执层云谊，惭愧贫交誓旦情。询罢百端归旧业，春秋莫负杜家名。平之与余同门。

圣 井

在县东九里下箬寺，晋天嘉中所穿。相传陈武帝初生，井水涌出。或云：井中浮出红罗数尺许，汲水浴帝。故名圣井。

涌出浮罗事岂真，村巫指点旧山津。雄才生死何图谶，乱日君臣好鬼神。纵火甲才催建业，渡江兵已逼临春。不知魂过胭脂井，可一兴亡怆故新。

钱起故宅

起字仲文，唐天宝间进士。长于诗，与郎士元齐名，时语曰：「前有沈宋，后有钱郎」。大历中与卢纶、吉中孚、韩沛、司空曙、苗发、崔峒、耿讳、夏侯审、李端号「十才子」。因喜下箬酒，遂卜居庵画溪。有《春归山隐居》诗，故居遗址仿佛犹存。

考功故宅画溪浔，碧流新蒲似可寻。潇浦峰留江上影，湘灵瑟作句中音。酒携下箬清风远，书著春归夜月深。岂敢才名空沈宋，漫将十子比讴吟。

耿元帅祠

讳炳文，明初守长兴有功，后封长兴侯，靖难国除，祠在南门，今亦废。

馀干昔扼伪吴冲，百战残山保旧封。归汉鹿知高祖在，吠尧犬岂后王从。家残何异韩彭醢，阁圮谁图褒鄂容。昨过旧京寻十庙，赐碑亦共草蒙茸。

扪赵承旨碑

碑在东岳行宫，以有此碑，庙屡得葺。

行宫墀畔子昂碑，祠庙反因翰墨垂。信是重文能重国，可怜逢主不逢时。士何有负秦偏贱，才实他生晋用之。披草独扪空怅望，谁从千载问心期。

钱霏玉招饮白溪山庄

客中清思寄良游，带郭逶迤信小舟。从竹绿开三径午，新荷香散一园秋。结庐顿抱萍踪愧，酣酒还销茗碗幽。山雨任教沾席上，莫令归棹促觥筹。

答龙华伴大师

游罢苍山梦尚依，新诗欲寄事多违。何当开士青莲偈，来款羁人白版扉。挥尘曾赢苏轼带，投机令赠大颠衣。袖中知有珠如月，辄拟琼瑶报恐非。

笼　鸟

笼鸟声高野鸟同，怜君顾彼惜年丰。满天矰缴栖谁定，末世嘤鸣路久穷。豆叶午阴容啄粟，竹枝凉夜任啼风。暂安斥鷃休相笑，善保飞鹏万里中。

旃儿来余干云二弟已在湖上急欲一见特自吴兴买舟就之

仲子来同叔父舟，真传游策驻杭州。池塘梦忍经年别，乌鹊音堪百里求。双桨急催还觉缓，万端将见转无由。老亲诸弟偕儿女，未知何言是起头。

南北驰驱岁月阑，风尘何处问加餐。老亲书到翻云乐，游子无言意转酸。闻汝新归何遽出，即余行路识同难。古老孝友艰危见，往复须从天际观。

春夏西湖已畅游，别来秋色满江州。霜前丹叶凌桥曲，雨后黄花亵酒楼。衣染云山怜远迹，歌连鸿雁缓离忧。兹行定比曩时异，得汝过逢有劝酬。

晓　发

曲港扁舟夜浪轻，五更未绝发山城。鸣鸡难落波中月，前艇先摇雾里声。路险空囊何所畏，离多别梦不胜生。浩然翻觉羁怀适，天入苍茫任去程。

挽门人费羽京

春日毗陵始见君，七年怀抱慰停云。那知风雨三秋别，遂作师生一世分。命相巧于文字迕，天心难向报施闻。初传不忍疑兼信，泪眼真看白旐纷。

别时欲学神仙术，云有先几决后庚。异骨应从蓬岛至，奇文空负石渠名。家贫有子才弥岁，母老多兄不慰情。早识登科成定数，悔将知荐误长生。梦仙人授以诗云成进士则不永年。

半亩荒庭二顷田，萧然门户似当年。一棺犹是亲知赙，数卷遥期襁褓传。自叹我生无厚福，致令高足亦多迍。绛纱虽在经谁受，岂为门墙哭郑玄。

舟中九日

萍踪节序日相催，风雨俄惊九日来。又见黄花舒野岸，却怜华发倦高台。谁家樽酒能招客，何处茱萸不望回。击楫自吟彭泽句，东篱重得几时开。

夜泊南浔

不敢晨征解缆迟，烟村欲到二更时。乘风过眼余偏迮，历妙能闲意却宜。霜气满蓬渔子卧，灯光微隙酒家窥。洞庭已近鸱夷路，虾菜谁从五泻期。

遣仆

还家曾许菊花时，漂溧难将岁月期。惟喜老亲安啸咏，敢论妻子苦寒饥。人情只益逢迎好，诗态真堪得失知。书札未详凭口语，客踪虽苦客心怡。

闻姚觐侯省吾亲于广陵却寄二首

生还定有再逢期，况值滇南解篆时。舟泊邗江才咫尺，铗歌吴苑转栖迟。难将契阔详书札，惟说欢娱有梦思。彩鹢倘能留待我，南陔春酒正堪持。

记别长安已十秋，流离生死不胜愁。儿孙内外皆盈膝，霜雪云泥各满头。儒贱书难酬素志，途穷力不慰亲忧。故山垅堍偕耕愿，未识何年遂此游。

虎丘喜遇杨明远兼问徐昭法贯时

杨郎昔是故人子，两世情亲历死生。明远杨日补之子见自众中心倒极，事从前代语纷更。曾寻旧宅无人识，远向深山只力耕。应是天怜离别久，故教同作虎丘行。

改革吴门隐逸多，尊君肥遁乐渔蓑。藏书遗翰今存否，世乱家贫奈汝何。怀旧吾亲尝慨慨，计年我辈亦皤皤。烦君更问南州子，归去趋庭述涧阿。

十一月一日虎丘观会作

叶落霜清晓气新，膻芗箫鼓沸城闉。前王旧相分疆宇，蜡节吴风好鬼神。是日迎送土谷神，各分乡土，皆有姓名，如泰伯、春申君、伍子胥、柳毅之类，其威仪有隆杀，俨如督抚守令之分。香隐画阑松鬓女，诗催兰桨白头人。因怜四海烽烟日，犹幸欢娱贯水滨。

贺金岂凡相国移居

本朝全节数公贤，赐第恩隆画阁年。甲乙圃分牛氏石，春秋花灌太常泉。长兴更辟栖鸾室，洛下新移载鹤船。仰测安居真后乐，万间应有四方怜。

身备箕畴乐钓璜，新成燕贺午桥庄。通明自奏松风籁，绮季常沾芝露香。岂是田园酬相国，漫言声伎隐汾阳。登临杖履儿童识，丘壑东山道未忘。

题额神仙翰墨清，邺侯异骨本生成。怀天堂启三花秀，待鹤楼栖双凤鸣。怀天堂、待鹤楼皆乩仙为相国所题扁额。拜赐湖山真宠渥，平章泉石亦经营。更闻醉后多辞赋，燕许宁徒富贵名。

簪豪昔与朵声随，亲见焦劳退食迟。海外归人何自幸，开元宰相只公遗。挥金日盛贤群会，给廪时劳帝梦垂。稽首重华真继圣，肯教黄发久委蛇。

戏为八咏吴中人多和八咏诗，不知谁倡也，亦戏为之。

莲蓬人

老翁曾赋涉江诗，缄口能遵坠纷时。线挈儿童成揖让，衣裁游子具威仪。香疑荀令还沾露，面比何郎可画眉。近在濂溪风月里，芳华深敛集裳垂。

核桃船

紫文疑自武王留，刻作瑶池一叶浮。积石种同云母至，坳堂水泛露华秋。渔人入洞初迷路，杜老升堂暂驻游。对此恍如槎上坐，寻源直欲学三偷。

桔灯

江陵千树本璇星，散作兰膏照紫廷。淮海包为萤苑贡，雕囊舟自洞庭经。赤皮不夜珠如弹，青锡常悬月满灯。携向西京传蜡炬，恐因化积瘦光荧。

鲞鹤

霜鳞应并雪衣回，遗鲠将同委雨猜。渡海难成凌汉翮，过河休泣报恩腮。归飞华表空存骨，梦息青田别有胎。莫道仙禽非水族，北溟曾说化鹏来。

蝉猴

前林未接野宾呼，齐女登庭把臂俱。惯习高枝腾及否，寂喧秋候调同无。空疑巫峡三声静，恐比违山十里殊。岂是楚人新沐后，蝉联冠带哂愁胡。

茧虎

辟恶吴姝五日妆，于菟巧饰出蚕房。鸾刀欲剪风生谷，蝉鬓同垂日照桑。婺纬亦歌河北异，鲁郊无泣大东荒。因思汉苑缕金赐，文炳应多在蟹筐。

芦笔

玉管疑从分合颁，湖汀霜色满云湾。絮花梦入才人赋，枝叶文劳太史删。漫说簪冠沾雨露，几能濡墨绘江山。开甬欲写蒹葭句，月映州前未可攀。

茄牛

自放桃林力已阑，秋风未敢惜凋残。白花幸结春耕后，紫气惊从野圃看。带蒂岂同耒耜重，辞枝久识被文难。东门况有荷锄侣，扣角无劳歌夜漫。

至日

回首吾生踪迹迷，即看至日几云泥。圆丘十载忽边塞，淮水昨年今浙西。怀抱静随天意见，亲龄长与圣思齐。何当采菽东篱下，一线春还负郿犁。

广陵上元宴集分得庚字

蓬转都忘节序更，春光暗入月华明。悬灯欲就人如玉，舞袖能邀酒有声。京洛交争倾国色，耆英社重少年情。广陵自古传今夕，丝管霓裳侟送迎。

春夜侍侧高堂儿侄团圞大人顾而乐之命刻烛同为诗以戏

雨霁春游限四支二月五日

霈泽常当望雨时，旋晴亦足慰羁思。人情易为芳菲惜，天意如从景物私。迎露花邀仙侣屐，添湖水逐丽人诗。杖藜独入春泥路，桃李虽寒放未迟。

赋得月窗刻烛限三江

谢家词赋斗银釭，新月遥看自远江。缑岭光生千嶂夕，汉宫烟入五侯窗。诗因授简思偏发，夜为含毫影故降。漫忆平台临皓魄，天章曾赐笔双双。

盆内海棠盛开限一东二月六日

为爱仙葩惜远丛，瓷罂移贮蜀山红。火齐夜缀枝枝雨，琼屑朝开叶叶风。贴就石林来几席，妆成人面拟帘栊。昌州寺里花饶笑，绰约难将此树同。

雨夜读史限二冬二月七日

校书阁静雨淙淙，春事惟将诵读供。十七朝从何处说，百千年向此宵逢。兴亡势比阴晴易，花柳情从今古慵。漫道晨钟云外湿，芸香藜火自从容。

小亭

借庑难容邺架书，小亭如斗即堪居。闲开竹户乾坤里，早摘花枝风雨余。巷曲漫迎陈孺客，囊空应滞吕安车。柴门虽设非吾宅，喧静无劳问结庐。

将发广陵二首

广陵信宿为承欢，阙养难教客迹安。已系偏舟沙上久，却怜衣夹暮春单。世情略见将何适，吾道终存岂妄干。回首来时冰雪路，春雪高拥列峰寒。

曰愁未有曰欢无，天地何方置老夫。同学轻肥半零落，生平竽瑟几荒芜。别亲不敢言穷橐，求友谁能习傲躯。卜日屡更借风雨，中宵长笑复长吁。

晓发

吴船近里习宵征，搅袂呼邻鸡未鸣。潮阔岸连风雨势，橹摇歌杂妇妇声。怀亲每梦儿时态，报国翻惭老大情。接岁已看头渐白，无劳清夜唤愁生。

书柳敬亭卷后

柳敬亭之人之技知者多矣，昔因吾父先交外祖何文端公，后又受知于左宁南，盖由杜将军弘域也。故今宵两将军貌于卷上，而已侍其旁，感旧也，索予题之。

万马连营一老生，能将喜怒易公卿。曾从杜预登戎幕，笑阻王敦犯阙兵。抵掌再逢陵谷易，借筹犹见画图明。须髯莫讶丹青改，身在难堪念旧情。

犹记儿时侍郗公，诙谐每许古人中。回头我已成斑鬓，浪迹君还类转蓬。将相一身看代谢，饥寒两颊纪穷通。应知交广图难尽，对此亭亭感慨同。

京口忽遇儿旂喜甚同返毗陵二首

再驻邗江半日船，即难此地共流连。万艘灯火惊相唤，一晤家庭信有天。祖健但观余面喜，身安莫计客途偏。娇孙依我堪饴弄，征袖来时知学牵。

夜半闻声喜复猜，毗陵何故泛舟来。披衣急问全家好，把臂忻言两弟回。异地每难麋鹿聚，乡心不尽雁鸿哀。一椽思作归田计，载汝还同汝母栽。

问儿子故乡米数

侍亲昨食乔庄粟，乡味能顺旅突寒。不识汝曹曾负米，可堪到日共朝餐。俗浇才觉山城古，世乱深知力作安。已决归耕同粝饭，瓦盆无羡玉为盘。

发毗陵

经年别只十朝住，借庑还同传舍看。皱面老妻瓶盎惯，汗颜行路笠车安。欣闻亲健门庭喜，更说王程版筑宽。越峤闽山多胜事，纵游无虑历春寒。

饮范端臣兼别

生归曾遇虎丘山，众里惊呼异昔颜。又值三年来瘴疠，恰逢今夕驻江关。时危冠盖同辛苦，身贱盘餐重往还。莫遣邻鸡催戍鼓，悲欢难尽酒杯间。

晓发姑苏

舵鼓清波逐晓溪，姑苏三日罢提携。酒香残梦亲知共，析语长亭战代迷。泛迹茅堂怀倦鸟，壮心华发愧鸣鸡。鸱夷旧有扁舟迹，事了云山去路齐。

至昭庆寺

去年秋别今冬至，再渡桥怜隔岁人。桂暖记寻江路似，梅开重访寺门真。残僧审面疑加老，故识知心不问贫。自笑婆娑拟湖艇，旧山应入水窗新。

寄门人牛丽阳

丽阳先令诸暨，以诬去官，督臣为伸之，复任其地，却寄此诗。

壮县重开借寇恂，朝庭恩亦大官仁。知非直告应难及，独鉴殊荣岂易伦。帘影再悬仙掌月，花阴仍遍苎萝春。覆盆不少民间事，体此看君政有神。

昔别西泠涕泪纷，艰难怜我更怜君。铗归雨散歌谁念，阍远霜飞叫岂闻。骤喜桐乡还揖让，顿令南郡起氤氲。鸣弦莫负传经意，应许侯芭重子云。

吴山怀古

宋皇耽此停南辙，心偃中原北向戈。但使江山供紫殿，何须社稷问黄河。海潮屡咽桑沧恨，湖水还浮宴乐波。玉础字遗颓庙阯，夕阳空帐故宫多。

从征美人灯 客有戏为此者，索余和之。

九微光照木兰归，云鬓何分玉帐辉。聂隐戴星初试器，小怜传燧正重围。夫人城外平安火，娘子军中日月旂。恐是梨花须夜习，故烧银烛出鸳帏。

筠节丹心巾帼身，巧装王粲句中人。同军火伴仍扬气，移帐阏氏恐烧春。媳妇蛮平莲炬赐，蓬婆城启月华新。可怜倾国银花夜，未看霓裳舞剑频。

廿四夜作

俗异已忘今是节，清灯偏照客楼深。开樽遍饫奚童酒，书竹还教儿子吟。春近尚赊五昼夜，梦归知度几云林。故园此夕椒盘会，应料游踪数向禽。

同禺峰上人游苎萝山和其来作

一筏逶迤傍古堤，磨崖人记浣纱溪。水痕犹照胭脂色，鸟影空怜玳瑁栖。娇爱好风惟蔓草，兴亡往事亦春泥。修文思为陆公赠，惆怅桃花日未西。（宋之问有《浣纱篇赠陆上人》。）

除夕

漂萍未喻客踪浮，令节名山著处留。偶为门人来赤县，恰逢除夕驻僧楼。琴书佛火年光异，梅柳城春夜气幽。回首帮园明发切，幸言安邑慰长游。

庭闱春自比江山，节序偏怀舞袖斑。诸弟几人来白下，众孙曾共聚邗关。献花远系迎年会，舐犊应怜宿岁还。工作告成偕隐遂，定从明日始欢颜。

家室鹪鹩总借栖，欲寻归梦亦多迷。携来黄口堪娱目，游老青山非故溪。皖上遥怜图燕俗，毗陵远愧颂椒妻。羁情自拨唯新句，觅纸呼来可共题。

风历新编已四周，鼎湖犹忆昔年游。尧厨柏叶沾樽蚁，禹甸桃枝扈土牛。往事不堪书太史，韶华还喜奉神州。瓜田已见春光早，来岁应先□故侯。

谢友人赠梅花

东郊谁赠一枝新，香色高楼满昼春。木佛面依瓶水定，画松青入藓根匀。如从送客分清影，不管催人感故津。何逊有诗堪共咏，兔园应许屐痕频。

晚步

菜花香满绿阴肥，雨歇群峰递夕晖。岂为楼高虚杖履，沉当春尽恋芳菲。旧溪屡别无劳梦，游兴堪乘即当归。缓步自吟新句久，昏鸦不觉傍林飞。

僧瑞林赠牡丹花枝 林宁误

名花赠出山僧手，富贵偏存出世情。应向石幢凝露晓，却供棐几殿春晴。归赊药圃萦三月，事记沉香感再生。静对寺楼秾艳久，慈恩疑是梦中行。

看花

香花偏重欲残枝，比舍斜阳信杖移。登阁儿童抛卷揖，闭门蜂蝶向帘窥。晚苞远出栏阴秀，嫩叶低翻坳水漪。卖赋自堪偿酒债，频来莫问主人谁。

校记

［一］此首前原阙一页，以下接写第三页第三行，其首二行文为四尺：老槐覆殿百千章。茶因雨湿央僧焙，盆向人求浴体凉。莫笑新诗似长庆，未知汉魏况中唐。

钝斋诗选卷十八

七言近体六

楼坐

游减荒城胜地稀，高楼永日坐斜晖。诗成吟索瓶花笑，偈静持参木佛机。迢递音书三月久，踌躇踪迹万山违。淹留岂为伶俜感，漫向归期问是非。

赵家园看牡丹

遮藏犹幸数枝开，蔓草亲披曲径隈。风雨似留今日兴，楼台不受夕阳催。过时益重低徊赏，遗秀还堪次第来。转笑洛城黄紫满，马蹄轻踏露华回。

暮　春

来日梅苞白可数，主人留客椒酒浓。忽惊柳絮吹江气，即日桑阴点岸容。亲老忽看山水别，途贫不计岁时重。楼前却愧慈乌子，哺食翻飞日日逢。

士人新朱公祠数日落成观祭赋此

旧庙檀施结构新，灵衣社酒照青春。愚氓力足簪绅愧，野祭情偏俎豆真。难叩君门宽井里，愿将神道摄风尘。尝来旅客舒凭吊，岂独要章念古人。

暮　春

离家已及暮春时，记得严霜怯解维。飘絮忽如隋苑柳，晚花疑见竹西枝。有方游更闽山待，纵速归应秋后期。屡卜平安烦梦寐，音书每讶岁华迟。

偶　吟

官去郡城街市寂，况经风雨连朝阴。有山郭外屐难著，得句楼前花可吟。春为伤贫偏迅速，梦怜学道转侵寻。何人堪比苏司业，冷牖深杯乞酒金。

兴越二大夫祠 范蠡文种

勋业曾传《越绝书》，浣江遗庙亦村墟。君亲难解原同志，内外功成总裕如。误指经营输后掖，安分生死鉴前车。由来国事关人杰，能不深情吊古余。

复晴

鸣雨骤来终朝还，斜阳复出照客颜。有愁随云破天碧，得句悦花容鬓斑。田卖何多逢年望，路难翻觉人情间。频看燥湿杖藜道，莫旷残春郭外山。

残花

春去休嗟欲尽枝，繁英合让绿阴垂。久从一片知今日，何讶千端有岁时。韦曲露晞莺弄减，羡坡茵暖马啼迟。床头堪笑扬雄老，乌帽攲斜自咏诗。

苎萝山

近郭荒丘说苎萝，千年片石忆香萝。裂缯自启龙婺祸，敝席虚成燕啄歌。岂有陶朱随彩鹢，可怜郑旦失修蛾。浮江已去无青冢，环佩何从返涧阿

范蠡西施庙

修珮峨冠列像真，空陂古屋肃明禋。何来稗史增婚媾，应有忧心慰鬼神。更嫁定非殊众色，成功合少令终人。千秋怨恨知凡几，莫问吴宫越水滨。

雨夜读书

越天十日几日晴，层轩夜坐深且清。自非残书答高烛，何由往事回闲情。花飞让叶波浪动，江涨逼山雷霆惊。迎暄不独旅人愿，颇念麦熟桑蚕生。读书近年不欲记，一卷半卷终朝持。灯光照鬓笻杖倚，雨声入耳故园随。蜀星见少拾遗苦，水龙未去中垒悲。兵戈衰谢难自救，我笑古人多所为。

夜闻子啼

鸟啼犹似蜀人音，万古常悲锦里林。岂是世间无旧恨，翻来春夜搅乡心。朦胧细月凄檐影，寂寞残花见野阴。韦曲五陵歌正好，随风休向画楼侵。

白发

镜中白发莫重嗟，致此知非一日赊。少小心神耗艺苑，中年岁月误王家。忍看荣落同霜草，惊访亲朋半露华。近学释门无相法，更何老幼别空花。

别牛丽阳

冬深过此承留棹，渐入朱明如告行。馆粲数时留缱绻，舟车临别费经营。饮醇德在今人少，载酒情堪古道争。惭愧马融多难后，频将口腹累康成。

晚泊

斜景犹堪冬日长，长年惜力已维航。鱼虾村店飘孤旆，禾黍江田送众香。路熟行来销夜柝，囊空归去只新章。故人昨赠西冷酒，开饮同舟醉不妙[一]。

葭园续集即，席分得通字潜字

风尘每见增霜鬓，江海相逢俱转篷。忍使芳樽空此日，再从华馆挹清风。赓酬事古幽栖合，水竹名传良宴功。可较前游多逸兴，严城不隔曙钟通。

浣花溪是熟游地，高会能令旅兴添。点笔树留霜叶待，听诗鱼贯石渠潜。含情古迹兴衰屡，举目天心治乱兼。但使金罍常满坐，飘零何怨客星淹。

至 日

集寥宁知节序过，履霜初识一阳和。琯灰不达重泉泪，子半犹闻去岁歌。连年至日先君有诗。含敛未亲千载恨，播畚难继万端多。伤心日月胡迁忽，回首朱明痛若何。

桥陵云远六年余，恩重难忘泣鼎初。霜雪犹深三接梦，云霞仍祝继离书。近衔陟岵悲同切，两愧呼天报莫摅。漫道穷愁回一线，百忧何计慰居诸。

过琼花观

偶趁霜晴一款扉，比邻翻愧杖藜稀。经年楼阁悲蓬转，重到江山感鬓飞。汉畤俗沼村市走，仙葩识预海田归。谁留新树孤亭冷，今古幽寻几是非。

正月四日送舍弟章钺入长安兼寄汪吉旋求先君子逸稿

遗言嘱汝无奔哭，馈奠心伤匍匐归。几日寝苫旋释杖，才看传菜即征衣。下阶别母裾难绝，登路思亲泪重挥。至性独怜陟岵苦，岂徒鸿雁惜分飞。
挽输粒粒弟兄脂，虽落工成力已疲。更对妻儿忍冻馁，肯将逋负累羁縻。汝行应念全家苦，书信休嗟长路迟。不见东邻歌煮豆，茹荼益勉鹡鸰诗。
先子诗篇晚岁专，谷皮手写自年年。奚囊细检三秋逸，邺架遥知二酉传。好向侯芭求副草，应令司马有全编。遗孤百感书难尽，生死门墙觉汝贤。
早报司空细作书，独劳无改负山初。壮怀知向毛靡立，褊性宜将韦佩除。称贷虽穷犹易辨，妻孥纵苦尚安居。丈夫暇日还弧矢，别泪休沾儿女裾。

病时将之闽

未老尝嗟病早随，入春风雨伴支离。何方丹药能真隐，近识黄金是上医。闽海山川招杖屦，淮阳衣袖恋庭犀。叩门那管休文瘦，缺食安能谢拙词。

寄怀郑君实二首

六载花𫛚系柳条，颂声犹遍广陵潮。况余浪迹邻沟壑，尤荷高情薄汉宵。推食屡分宾客俸，脱骖难忘笠车要。卜输幸峻公家事，回首何非雨露饶。

醇德由来数郑庄，致君争诵伏蒲章。讵知哕凤翻遗野，愈使冥鸿坚遁荒。壁立那堪逋负责，路难益遣旧恩长。绣衣何日东山起，泽国重依召伯棠。

舟中览安雅堂诗有怀宋荔裳

自古才人坎壈多，汉庭梁狱一虞罗。胡君命与风波共，频见诗从刀锯过。龙性屡摧仍崛强，鸿音未杳易悲歌。苍茫春水怀人句，欲寄何方问钓蓑。

钓台

钓台高峙碧流深，山水名从处士寻。几曲帆穷云影破，千峰雨敛树痕侵。新朝偏觉公卿苦，天子能容故旧心。却笑高皇轻四皓，漫将家事动讴吟。

过滩

饥驱何惮险难经，况比重边路径庭。域外误宽名胜眼，过来旋失旧途形。浪声白咀遥帆石，山色青催远缆汀。傍麓谁家留破屋，居然垂钓傲浮萍。

听黄鹂

黄鹂声远出高林，身隐尤矜自在心。春去却惊犹发口，客来才觉有知音。水环舟滞青山响，雨过枝怜画槛吟。久矣道怀忘旅梦，娇喉一任晓帆侵。

江山道中

绿暗村村农务新，近南秋事早催人。山塘水涸劳鸠语，麦术犁深喜犊驯。无屋纵归何处赋，有仙欲问几时真。茅柴喜识花源乐，过客情伤羡避秦。

题青莲庵壁

舣舟程改仆夫车，牢落僧房肯借居。树密莺啼知径寂，篱防虎突识村虚。米留闽饷输金后，屋架方兵过岭余，自愧芒鞋非问俗，谁将凋瘵绘朝书。

仙霞岭

万仞云开寺角红，攀跻犹是半山功。青天谁凿车前路，紫谷长吹杖底风。输挽远怜百越苦，提封阻意一夫雄。由来运在能忘险，好奠坤舆属大同。

相思鸟

夙世应多离别忧，生将名字致温柔。比来恨不身为一，飞去还知侣是求。惊梦忍同声睍睆，系书宁借羽绸缪。交栖漫羡蒲塘侣，未必灵犀似此投。

秋日福州送别姚经三还建宁四首

芝城相待经时久，把袂三山复浃旬。君去始知身是客，途穷那得计由人。何缘大吏仍留驾，但恐高堂日望尘。絮语若询犹子状，莫言潦倒动酸辛。

风雨高轩客树凋，闻君将去倍萧条。穷身行路全家望，傲骨干人古道遥。颇赖百端匡不逮，何时双铗更相邀。沿途岩壑秋光满，定亦怀予咏泬寥。

职省司刑帝政宽，有才何地不攒岏。天心似恐予行易，特典随令尔改官。释负知多乡国兴，奉舆且适北堂欢。微闻反汗因台简，未必归心遂木兰。

列郡迎讴慈母返，良朋俱喜故人还。二如、西颀。同舟无忌赓诗兴，少文执杖元方出赋才。尧元遥羡入门欢聚集，应怜旅馆重徘徊。果归冬日期相送，连袂宾筵再拨醅。

偶阅旧诗稿见先君子改易数字不觉失声

不见吾翁已二年，偶翻旧帙倍潸然。白头反手推敲久，正色呼儿仔细传。翰墨近成何处质，音容宛在莫能前。藜光幸照传心火，敢使箕裘废古编。

遇余穆如先君子癸未礼闱所拔士也

屡从人口说犹存，兵革无由访海门。筍履偶随黄叶至，鱼书敢定碧山论。废锄顾我情何古，歌铗因君意转温。疑是枫林来李白，更烧灯烛辨招魂。

前岁孤筇闽海来，先君诗尚寄徘徊。知予星陨天崩日，亦尔山颓木折衷。手泽虽存悲已矣，故人相见亦伤哉。鲤庭马帐千秋业，敢望康成辅不才。

别时释褐正韶年，屈指沧桑几度迁。我少君庚头且白，人从乱后发谁玄。八闽归较中原晚，十亩荒应大地偏。闻道子贤茅屋在，卷怀须获穰歌前。

脊令呼急驰驱苦，将母曾无数日居。鹰隼门高辞愈拙，龙蛇道在室常虚。淡深能使方言解，醉舞还容礼法疏。廿载一逢逢岂易，莫教刘秫速归车。

乌石山谒文公祠

百越声名始汉皇，常侯为政只文章。非公手辟乾坤学，安得人依日月光。山水六经恣采拾，风云三仕已徜徉。新祠重枕名山麓，兵火难消旧讲堂。

谒黄文肃公祠

自比萧曹从紫阳，冠婚终不负行藏。久知师说空前古，能守遗书待后王。百雉上游垂屏捍，万言淮幕足金汤。公昔刺安庆，手筑高城，至今赖之，又奉檄淮幕上书不用。运移徒抱身歼志，谁道为儒止旧章。

得姚经三书却寄

旬日睽违两度书，知君官舍念离居。虽非失意归装苦，岂敢逃名世法疏。无食不须多掩袂，寡交何怨少停车。帷堪一事夸工部，表弟他乡或有鱼。

五　更

寒衣已绽炎方雪，旅鬓新添故国霜。何事思归归未得，向人欲语语谁商。母衰涕为令原竭，椋寄心因马鬣伤。纵有高吟赊酒力，道情难敌五更长。

留别王南伯

去示依人未是家，新交何事急归艖。杜陵厌蜀居难久，张翰思鲈路岂赊。棨戟每容萍梗叩，绨袍偏为芰荷加。春风九曲犹相近，翘首新飞雁阵斜。

福州岁暮书怀八首

炎州稀见雪霜寒，老历才知岁欲阑。纵去何方吾土是，漫留强作信人看。教儿书识新题好，借友钱容酒债宽。却喜闲宽来往市，离家翻得傲盘桓。

南枝已放菊犹鲜，傍见桃花照野田。日月海滨无次序，乾坤身外有推迁。弥年失路来何似，穷日飞尘去亦便。独忆垂垂江上树，几时乡国对茅椽。

湖海频年归暮冬，迎儿阶下想衰容。呼苍不返金縢代，集蓼弥伤玉律逢。手启兽尊遗像奠，梦萦马鬣故山封。穗帏洒扫怀诸弟，萍梗余生百感重。

早归曾佩牵衣训，岁尽犹羁万里身。陟屺梦中儿近远，叩门书里路逡巡。诸孙应逐屠苏队，邻母谁多粔妆亲。已祝山鸡留待割，茅容来献百花春。

先君同气老姑存，比邻天涯适柏尊。已拟春盘偕表弟，何由寒铗滞山村。花纶恰贲冈陵日，兰茁增高棨戟门。知亦飘零念犹子，经年未侍北堂萱。

拜舞成周复辟年，书云应异昔时编。霍光功罪处难定，穆孝谟猷事较贤。机杼新恩朝贵在，弓裘遗泽旧臣怜。回思十载甘泉赋，肠断桥陵松柏烟。

开元零落鸳行旧，海内存亡尚几多。换酒鱼怀先帝赐，加餐鸿少故人过。春风东郭桃千树，冻雨南山鬓两皤。徒有壮游时梦寐，弹冠挂剑总蹉跎。

稚结曾逢陆贾通，车书幸戴海天同。孙恩弭乱劳迁木，郭令输军甘转蓬。螺蚌人情喧市女，酒浆鴃舌揖村翁。雍熙惟望炎荒久，嫠纬宁忘翼赞功。

留别门人黄绩成

知祢当年一荐心，南来复隔楚江深。传诗五岳多新调，留序三都当好音。才大休嗟良骥蹶，绩成任衡州司李左迁。道衰惟望伏龙吟。侯巴未老扬雄健，玄草名山待讨寻。

留别某友

顾曲名从窈窕闻，海埂何意接氤氲。奇书金石才人购，内醞笙簧戚里分。屡许长裾淹竟日，更期游楫问行云。湖山知有追陪地，莫漫离亭惜雁群。

二十四日哭奠先大夫像下

泪眼今朝睹遗像，回头弥疼接年心。江涛冲雪柴门启，里酹飘香穗帐深。日远何由身百赎，途长应鉴迹孤寻。蒸尝自格家园礼，海国将母享亦歆。

将发福州

干人语拟说偏羞，岂是嵇康傲骨尤。穷达久从毫发定，周旋我自性情求。溟鸿羽铩怜非雀，渥马形奇呼任牛。敢说栖栖忘岁月，蘧卢天地信吾投。海近倭夷土物甘，亲知欲寄奈空函。诗垂赠橐终何补，裾别王门难再探。有意雨牵滩路远，无情花饮谷风酣。得怀饼饵高堂供，殊胜医桑菜色惭。

启 窗

启窗天小暮云明，雨散江春入棹声。一息古今残腊夜，千山去住倦游情。搅人前史留歌哭，问世岐途信送迎。书报邻僧能扫径，高峰期踏隔年晴。

童儿

童儿九岁十千买，明日离乡不解悲。忍说亲贫甘洒扫，怜将饭饱易家垂。痴顽那识萧公博，渐染应知郑氏诗。何日兵销天下静，家家骨肉保离仳。

戊申元旦

春晓晴声报梵钟，云开朗气逼春容。遥青树舞千门燕，欲动雷回九陌龙。莱彩日依风磬永，葵心年祝雨犁逢。萱阶枫陛萦游思，惭贡韶华万里筇。

离建州

我因送友难为别，辙改轻桡逐水湄。适与离亭樽酒会，也邀幕府旆旌随。愁多怕听销魂赋，俗古忻看堕泪碑。更喜烟波留去棹，倚滩得尽故人卮。

雨中重游归宗岩同姚经三

细雨名山蹑屐寻，重来春树倍幽深。流泉声隐桃花岸，古殿灯悬石罅阴。结侣赖多康乐兴，观空惭对远公心。沙沉尚指秋宵榻，其奈征骖顾客吟。

与陈二如共晨夕者半年情深绪多且小巫气素不克成诗舟中言别忽成四首

半年欲作赠君诗，把手萦回意每迟。岂只情多歌泣乱，亦因气夺典型遗。春花绛帐仍留马，山雨青帘忽唱骊。三百年来风雅事，肯教天地负埙篪。

同学才名四十年，授经房杜亦翩跹。天心似为名山韫，大器知多晚节传。注杜稿成犹在笥，救时书就欲忘筌。唯从拇战骚坛会，百斗狂呼惊四筵。

隔岁邗关劳炙絮，离怀尽泯蓼莪哀。异方生死重逢日，永夜悲欢万绪来。白雪徒伤遗集在，青去亦藉表章才。弁言为嘱侯芭早，莫使玄经帐草莱。

游倦途知故国贤，破巢郊外已无田。久思称贷营茅栋，得共比邻沼旧泉。五岳图悬宗少臂，千门事载茂先篇。归摧文酒寻高李，应许登临似昔年。

校　记

〔一〕妙　疑作「妨」。

钝斋诗选卷十九

七言近体七

游安国寺 寺为明觉禅师道场

山许平原阙寺门，麦香千亩带孤村。碑传舍宅由南渡，僧为乱荣隐独园。御讲风前幡影乱，罢经天外塔花翻。世尘首愧幽寻晚，空有尼珠照水源。

分身何土此生休，犹记崆峒扈骏游。御札尚存麟德纪，赐衣常挂鹫宫秋。投荒佛骨空留表，归国龙髯已抱愁。万感钟声销未尽，宁徒支远泣蒿丘。

赠别丁德举

建宁人，少从渭南冢宰游，后应宁夏开府之聘，流转秦晋四十余年始归。先为诗投我，而后来晤，又赠我四六长篇。赋此答之。

丁年出塞白头归，井里虽存故旧稀。自是秦川须好句，遂令杜甫老征衣。集中唱和人多古，酒后悲歌事已非。谁向东郊怜瘦马，知途未许壮心违。

未见先投金石编，知余性癖在诗篇。骈言更许唐初比，高义都堪物外传。鹤返玉笙迷近俗，龙吟铁篴信他年。昌黎此去逢人说，可是推敲重阆仙。

江郎石

在江山县东四十五里，高四千丈余。昔过其下，值积阴笼云中不可见，归日晴朗，远望之一峰耸云表，近则大小三片各峙，问其名莫知所自。或云江淹昔为衢令，意者登临之迹以名石耶。

三石名难记载寻，或因才士志登临。诗篇能使山川寿，形胜空劳祷祀深。分合烟云殊近远，往来晴雨异浮沉。奇峰应亦知征辙，故落遥阴待朗吟。

冒年伯母八十寿诗

登堂谊在众中殊，捧斝先期彩服俱。敬老近亲原典礼，论交历世倍欢愉。赐书满阁丹经共，玉树盈阶秀草铺。我母昨年才七十，冈陵两姓愿常过。

忆昔荒边严谴初，吾儿弹铗叩龙卢。此时馆粲情何为，即在埙篪谊不如。知出绿屏慈母训，堪垂彤管古人书。华封感溢称觞外，益信箕畴报德余。

功业先期宪副闻，荆襄曾靖绿林氛。援桴惟赖闲家力，和胆兼图报国勋。星汉自临三秀色，河山不改六珈文。方瞳炯炯麻姑眼，阅世椿年如一分。

令子思如陶谢手，诸孙才亦纪群名。尝将力穑承家训，更教忘机自世争。屏上琳琅求鹤和，云中笙瑟报鸡鸣。遥知紫殿肩舆日，不尽荪枝拜表情。

重阳后一日诸君子同儿婿辈泛舟沽酒限韵赋诗余未得偕却亦依和

岂必华筵直一金，村醪小艇亦江浔。惭余老倦耽高卧，输尔良时集赏心。闻说芙蓉开夹岸，可曾丹叶缀前林。岩城虽阻归何早，定有重游约暮砧。

侯家几易奉诚园，不动青帘柳畔村。自往十年来往数，每从一过废兴繁。登高昨日愁淋雨，落帽何人补浊樽。却喜采残篱下菊，时因孤赏绽柴门。

滇南留别诗

曳裾何足重王门，设礼时分上赐樽。自是阳城容杜甫，岂徒枚叟恋梁园。梅开早雪惊乡梦，酒报长亭宠别言。更枉宾僚出城府，万山千骑夕阳村。

笮僰哀牢禹贡收，铜标亦藉幙中筹。控弦自识三边壮，授简惊看八代留。文酒不曾疏谢鲍，寒暄乌骨间羊求。新诗细楷盈囊箧，未许黄金比献酬。别诸君子。

汾阳有婿俱时杰，西邸何人是比肩。上马功成下马檄，乘龙名益卧龙贤。游宴虽早分襟日，客晋难忘赠缟年。怡斋先别余有事于燕。一札邮亭书缱绻，春风留待五云边。别胡怡斋先生。把酒幸逢掬令菊，陶石长怀人合命吕安车。吕黍字同心有调怜黄鹄，惜别先期属鲤鱼。五氏六经传郑国，谢庄两赋似相如。遥知彦会南楼夕，定亦临风盼索居。

木密所武侯祠

鼎足纡筹强蜀山，南人未服霸图悭。伊周责欲酬三顾，管乐才堪露一班。插血碑埋天地外，攻心略在帝王间。汉亡岂不知难复，成败酸辛志已删。

洞庭湖舟中

经年遍历山川险，蛮岭嵯峨湖水宽。入楚载怜乡路远，千人宁计客途难。风分曲岸帆多忤，程报荒村语百端。尽日碧流丹树里，篷囱何似笥舆安。

潦长冰消沙岸殊，长年虽老昧崎岖。乘槎直入烟云乱，把卷高吟碧落孤。雪后有时寻酒幔，灯前随意笑樗蒲。隔船小谢频招语，可比山阴并棹无。

德山寺

曲磴幽溪闭上方，村民指点识松篁。苑开鹿破双桥雪，郡远乌啼十里霜。僧散事终疑狱吏，时危法不贷空王。时寺僧以讼事而散。惟余石塔悬灯火，托钵犹传旧讲堂。

次龙阳县

江篱漠漠野田荒，辍棹孤城夕照黄。州将邀宾迎战马，居民市酒聚渔航。装贫客久惭鸣柝，水落途迂审裹粮。回首武陵才百里，桃花何计问沧桑。

次沅江县

盗贼当年假义旗，湖南州郡久疮痍。可怜小邑余三户，谁为残民诉百罹。入市渔罾官长税，向江茅屋圣人祠。地名曾自《离骚》识，极目应增楚客悲。

泊瓦砾矶

瓦砾矶头楚水分，东西樯燕界江云。雪消前馆迷寒浪，天远烽楼趁夕曛。鱼为客过增市价，虎从兵后杂人群。乘槎欲学南庭老，一任邮签远近闻。

暂泊乔口

层冰积雪滞孤槎，早喜晴风舞浪花。自对湘流歌杜句，因知乔口近长沙。维舟石勒唐朝字，晒网潭临野老家。吊古情深前路远，缘堤不计杖藜赊。

过屈贾祠

欲寻故宅过高祠，二像巍然湘水湄。异代藻才同放逐，几朝桑海共威仪。身留宗国宁无悟，材老英君用有时。莫怪史迁曾合传，半为哀怨半微词。

过贾谊故宅

谪去宁无再召恩，漫从飞鸟问衔冤。先生不善居怀宝，汉主何辞失覆盆。向使长书当武帝，讵容高爵让公孙。古今遇合天人半，敢泻椒浆慰楚魂。

重　题

泥滑霜晴小径开，茅檐人指旧城碨。远山雾转湘流曲，高树云邀野鸟回。忧国涕应先事功，吊原辞为感时哀。独怜卑湿留君久，诏下年年访异材。

寿胡方珠

连臂何殊竹马年，惊看霜雪已盈颠。醉乡惟许神仙入，诗律真从正始传。妇不嗤贫翻劝饮，儿能卖赋岂须田。自言潇洒堪增算，百二应推绛县前。方珠常自言必寿至一百廿岁再推，故云。飘篷湖海家无寄，卜筑今年始故园。三径才锄频枉驾，一钱留得即开樽。齿惭我少输身健，坐对君豪引兴繁。从此比邻看岁岁，典衣时醉浣花村。

九日同胡方珠及久弟奕箴外甥张王叔廿九侄云觃登周处台

不到兹山廿载余，重来秋色倍愁予。黄粱既醒人犹魇，墨突虽存馔屡虚。两手蟹螯三径菊，百年蜗角一床书。亲朋离久仍同醉，莫向茱萸叹索居。

九月十日雨

雨贯重阳今日还，苍茫迹指昨游闲。云低天压城边寺，霞起江浮树外山。百岁能禁几喧寂，三秋应许数跻攀。霜时易霁郊原近，枫叶离离菊蕊班。

夜闻雨声忆旃途中

回算荒边我不归，诗书那复报庭闱。即今上国遗葑菲，已感皇天眷蕨薇。深夜雨寒惊木榻，长途霜重忆征衣。不知何处鸡声店，泣尽貂裘梦故扉。

和五兄汉树过先雪楼见赠原匀

百花潭上读书楼，犹记楼名故园秋。忽枉中车蒿径扫，如携樽酒竹林游。自惭宋玉三巴宅，懒学严陵五月裘。惟守一径传太傅，不忘丘壑任沉浮。

喜儿旃同侄龄益峙归自长安

书来闻汝归期定，舐犊情深日倚闾。尝见阴晴疑鹊语，忽看风雨税牛车。浮沉细审长途色，得失都消藉慰初。祖母健餐诸父好，瓦盆且自乐归欤。

红尘自古说长安，况是甘泉献赋残。穷到妻无机可下，去时裘已敝难看。盛朝金玉原良贵[一]，华胄文章本大观。故旧休言鸰序满，素书可救北山寒。

古道门生妻子知，授衣适馆慰仳离。每惭薄德邀天幸，独觉穷途负故期。万里九秋兄弟马，五湖三亩古人诗。须谙甘苦荆山玉，追琢无嗟岁月迟。儿旃资竭寓郭子介繁家，介繁时奉粤东之命，其妻子体其意而馆谷之。

自昔功成一战难，请看舌在几饥寒。古人早贵多非福，及尔登科齿正宽。已扫芸窗容载笔，母忘堂阜喜弹冠[二]。南宫我捷三旬外，继武知能振羽翰。

楼　喧

邻园远岫列平原，争带晴光拥荜门。镇日囱凝春气满，小楼人重夕阳温。吟声金石高能出，世面风霜静者尊。知是天心怜范叔，绨袍尽典不须论。

取旧宣垆注火列几上

初试垆温觉火亲，回头几日记炎辰。尔捐尔取且时节，何古何今有屈伸。香湛瓶花萦砚北，光迎山雨动江春。三冬自合同君用，纨扇无嗟出入频。

送十四侄云呐省广陵

送汝宁徒落第悲，渡江南北总仳离。亲虽未老仍春庑，家纵乡园非故篱。多难益深群从望，怜才不独过庭私。问安须早还山棹，犹有三冬足下帷。

喜晤赵五弦于回光寺

把臂惊看鬓亦残，怪君朱绂且艰难。还山何日游何地，别后几悲复几欢。古寺荒园来往近，诗情酒兴唱酬宽。自言春始方归去，交老真堪共岁寒。

访旧因过天寄上人房

依稀门巷犹能记，白发归来策杖游。知是故人悬榻地，正余年少读书楼。乡园话共行藏永，陵谷情从钟磬收。惟有囱前钟阜在，苍茫不改六朝秋。

雨中柬赵五弦

老友长违今皆舍，惟当日日聚清樽。何期早雨荒畦阻，更使离情觌面繁。橐冷风摇悬榻影，云深月避屋梁痕。拥裘定有愁霖句，少霁应来与细论。

霜光

霜光欲争雨光悬，寒暄平分短景天。风降潦痕落叶避，书迎薄旭老眼便。教儿代谢长安札，访友将买庐山船。赎裘裹粮何在计，江岸梅花已嫣然。

晴

寒郁同云阴自宜，人情偏向霁时移。连朝阴益增晴重，尽日暄将补冻迟。远岫竞呈侵坐色，残篱犹带傲霜枝。游心久逐长江雪，预喜春风待解维。

出城

却轨经年未出城，偶因报刺踏朝晴。霜桥水瘦三春涨，山寺云连六代横。故友健忘呼易错，新言贵耳事多惊。莫嫌升夜仍疏放，久遁应知懒性成。

送十四侄归里兼寄诸儿

邗水扁舟十日来，北风又向故园开。江山失意轻凭吊，娇稚怜贫忍往回。到日弟兄询伯叔，为言去住各徘徊。揣摩好共埙篪切，翘首篇章雁影裁。

寄七儿云旅

满纸书来明发怀，新诗滴泪和难谐。幽心望子篇章重，世眼催人簪绂佳。会有飞腾欢白发，莫愁冻馁滞青鞋。江干已买庐山棹，皓月枞川期尔偕。

先雪楼同汪今孟儿旃论诗竟日

小阁霜晴可赋诗，门生儿子共披帷。浅深候合逢年技，扬扢情堪上古师。灌灌自伤庭训日，劳劳悔失问奇期。英姿老懒还相勗，冰雪宁徒助解颐。

雪气

雪气霜阴恐客心，深居犹怯况江浔。陶潜米后归田乞，禽向山先毕娶寻。明识逢迎非易遘，其如情事说难禁。惟将吟啸歆游屐，梅柳春风遍好音。

别依园四首

才卜荒园一岁居，别离几度闲耕锄。扁舟道向岭南始，万里程非近地如。曲径奚奴培竹石，小楼儿子足诗书。三冬词赋梅花信，好共平安报鲤鱼。

三公亦是鲜龟时，何故丘园屡别离。多难事难堂上说，薄游情岂世人知。依依洗腆委诸弟，数数晨昏嘱众儿。彭蠡筍鱼南海桔，归来怀袖佐含饴。

故园茅屋祖宗墓，十载飘零人未归。此过枞川路咫尺，欲留江艇事依违。庙荒身贱忝尝愧，堂古囊贫酒扫稀。每笑少陵书数纸，老妻应亦悉无衣。

普天何外是康庄，纵守蘧蘆非故乡。惟恋娇孙书睍睆，更怜小妇色凄凉。浩然老借桑弧壮，邈尔情连笋屐长。扬子宅同王粲井，论玄作赋即随方。

读胡方珠哭倪生诗不觉哀而和之

倪生遗腹子，其祖复贞公抚之，复贞公亡，旋夭。

胡翁句里凄其调，触我当初绸结伤。令祖交时年已老，自君生日父云亡。种槐德共青囊授，画获哀从黄鹄长。向说报刘天意在，那知玉树又秋霜。

亲衰家破一悬壶，虽在那能继远园。颇怪皇天无老眼，偏将众苦集遗孤。悲翁悲祖何丘垅，无食无儿只妇姑。惭愧江州少麦赠，空看三殡泣啼乌。

冬至前一日

天必穷阴阳始更，故将风雨郁高城。百昌俱待来朝复，一画先从此日生。圣代咎征偏作瑞，田间丰兆不须晴。野人久断斋坛梦，击壤何劳听漏声。

校 记

［一］朝　原缺，据京抄本补。　［二］母　疑作毋。

钝斋诗选卷二十

五言排律一

聚宝山谒方正学先生新祠一百韵

前英崇节烈，后祀谨蒸尝。论定才褒谥，时移更豆芗。祠因新命葺，典益隔朝彰。向踞南山顶，今临石子冈。规模加旧廓，林木较前苍。荫户森林桧，迎阶罥窅篆篁。孝陵云叆叇，讲殿月苍茫。曩季疲庸主，新图共汉皇。金陵初得鹿，海宇尚蜩螗。诸子维蕃屏，宗孙藉赞襄。秉心恩博陆，强项忆周昌。咨岳询桢干，见轩得栋梁。人称小韩子，遇胜古贤良。用尔非今日[一]，留将待后匡。放归仍灌莽，再至已沧桑。匕鬯储君拥，戈铤叔父强。仁柔承草昧，揖让理披猖。尾大真成弊，根批且渐伤。典型无改辙，枘凿定相戕。况逞书生习，经更文祖常。易兴七国甲，难缺二监圻。兵起淮南粟，妖缠太白霜。诡谋兼代益，指斥借齐黄。仓卒求良帅，迟回割土疆。韩彭销党锢，绛灌阻膏肓。赵括书徒读，娴阳志已荒。鄙儒偷燕雀，卿子狎豺狼。严钥中宵启，长江一苇航。搏膺曾请剑，酒血乞亲将。炎祚终难复，吾谋岂不臧。[二]空伶博洽牒，巧作应能装。国是摇旁舍，群情惑鼓簧。诛心诚枭混，腾口说高光。孰砥狂澜下，先攖利刃铓。翘文学博，凛凛侍中郎。袁绍登骀荡，号啕震未央。疾声呼太祖，饮血问成王。帝意书存种，王言诏有方。宽恩还犴狴，游说屡踉跄。绝命词何伟，呼天气益刚。[三]万钧归九死，一是括千箱。爱子同刀锯，生妻忍镬汤。乌鸢连十族，磷火及三殇。腐骨尘为槨，孤儿足裹创。普天无复壁，大地失嵩邙。受业存高谊，秋官隐侠肠。当年公议伏，百代巨名张。圣主尊风教，搜奇立纪纲。懿行多楔棹，嘉与必圭璋。近代犹无讳，前型益不忘。客来频荐藻，我至倍沾裳。匪直因宗信，尝怀溯旧章。吾家先世祖，乡举出门墙。独对开鳷鹊，覃恩下凤凰。三川忘跋涉，一命被辉煌。慷向文翁化，饥分赵忭粮。郫筒时宴客，丙穴每悬鲂。忽听先生死，兼闻故国亡。瞻云惟涕泗，恋阙愈彷徨。传说风云诏，遥沾雨露滂。庶僚罗彩绣，大吏曳珩璜。济济连镳骛，忻忻接翼翔。合辞修贺表，连署进封囊。恸哭趋文陛，麻衣厕壁珰。有行皆踽踽，无语不琅琅。罔敢当朝记，潜从屋壁藏。大都皆激烈，此日尚铿锵。缇骑收宁缓，琅珰臂莫攘。志伸甘屈抑，恩重肯栖遑。水泻巴渝疾，舟轻湖汉长。赋诗鸣绿绮，看剑引红浆。逻卒惊神异，家人略徜徉。逡巡近皖郡，私语问同乡。云际青螺出，空江白浪狂。衣冠先北向，拜跪复东厢。义本君师合，生宁家国偿。踊身同止水，把袂侣沉湘。誓决心宏达，成仁教激昂。萧萧余襆被，哽哽泣孤孀。是日科条酷，全家遁匿忙。屠沽兼负米，絣缾独承筐。岁久颁金凤，诸忠洗玉相。始能归陇亩[四]，取次饱糟糠。瓜发高原附，榱题曲巷杨。图书传奕叶，弓冶报琳琅。骢马曾陈疏，牺牲乞降祥。未从表忠观，只列祀贤堂。俎豆仍寥落，箕裘独黾遑。横经余窃忝，家秉几赓扬。尚口金成铄，吹毛骨有疮。忧来吟蟋蟀，谪去困羝羊。幸返辽东鹤，重裁陌上桑。广郊怀古迹，礿祭遘华坊。深喜朝谟当，还将祀典量。何当蒙燕翼，后嗣或云骧。自牖通阛阓，当阶赐簠觞。合歆同阙里，配享效宫庠。仙仗来庭陛，灵筵列庑廊。丹楹排菡萏[五]，碧瓦次鸳鸯。牢醴芬前席，笙歌借内倡。志方游夏慰，德敢禹汤望。孝思因忠发，哀心倚敬将。此非臣子幸，更愿圣人详。稽首瞻仪范，扪心自颔颃。希贤与似祖，生长乐康庄。

冬日恭从讲武晾鹰台赐宴离宫命词臣各赋诗四章应制纪事六十韵

圣代崇文治，因时讲武宜。狩成冬日今[六]，台自昔人垂。光济须同乐，明良亦赖诗。合天征远略，迈古立嘉规。隔夕传烽箭，中宵下大绥。离宫霜威发，帐殿月葳甤。晓漏鸡人报，平明虎旅期。千官敕鵷鹭，万马驻熊罴。一骑红云拥，三军紫气移。踟蹰需旷野，驰骛必平陂。地自天禧辟，功堪元狩比。椒丘让巘辟，丹水失澎弥。沆莽留青蔼，冈峦粲陆离。阵开尘翕习，围合影参差。沙净飞龙见，弓鸣羽鹗驰。金根骖后乘，玉蚪导前逵。神武昭三象，乾文示四维。躬亲擐甲胄，手自握旄麾。羁罼蒲梢种，鍪鋈钜鹿遗。风嘶红叱拨，日耀锦盘螭。条忽霓旌立，纷纭雪海披。寒光蒸七校，杀气傍三陲。进止如绳墨，东西等置棋。崇坡鸣画角，长阜绕朱旗。贲育驱騕褭，纤陵促駿叙。韩卢奔汉鹿，纪虱贯巴麋。佗籍车徒获，观钩平泽弥。弯繁晲部曲，按节纵羁縻。已识昆明胜，仍劳宣室咨。调和思魏相，谏诤责辛毗。维木余无忝，如金尔勿欺。问牛知有体，仗马罪何辞。台省沾衣幄，公孤引咎危。泰交千古盛，天语百尞师。未返甘泉驾，先陈阙□醻。大烹馨桂玉，法醞滟玻璃。韶濩缤纷奏，荆吴激楚吹。帝心和勺药，淋景满罘罳。不愧横汾曲，真同兴庆池。临摹询米芾，绘事问王维。更欲图书备，还先风雅追。分题来紫禁，定体降彤帷。帘外风初暖，楼前月未欹。阴何五字最，沈宋七言推。臣甫篷茅质，官连雨露司。咏花惭李白，折叶愧程颐。匪赖夔龙荐，深为尧禹知。长杨勤扈从，广厦忝追随。仰测帡幪广，心钦驾驭奇。黩兵忧火烈，忘战恐弦驰。故假耰锄隙，常存干羽思。戴星惟视草，向日妄倾葵。闽海犹玄甲，滇黔尚赤眉。南荒劳转运，东土困机丝。盗弄兵端巧，奸窥庙算疑。牂羊羵已甚，鲂尾赪难医。颇愧忧天拙，兼愁俗日迟。壮猷期久月，文命愿今时。遍睹壶浆路，长观击壤词。区区谏猎疏，未足答恩私。

上靖南王四十八韵 丁未年作

运重明良际，材全治乱毗。干旄成荡涤，衮带藉安绥。异姓诸王表，维城宗子诗。圭璋酬夙德，藩屏袭前规。功自今王著，恩从前代垂。开天知景命，定鼎拓疆陲。李郭还丰沛，皋夔更虎罴。青符增大国，黄钺秉中逵。东粤民奚后，南征帝曰咨。金戈招草泽，铜柱立羌夷。兵正缠牛女，星何陨毕箕。嗣英承铁卷，新宠集金羁。虎旅瞻离继，鹓行颂泰耆。北门尊锁钥，东土赖旌麾。闽海疮痍积，封疆控带危。特勤金马诏，再枉汝阳旗。树羽干城肃，弯弧万里窥。尉陀归崛强，庄蹻识威仪。烽戍销蓉岭，楼船静冶池。秋毫严帐幄，夜柝凛阶墀。输挽忧人力，租庸切已饥。榷关宽负担，锐敛缓镃基。农乐耕桑业，商通贸易资。福星熔慧孛，霖雨沃苍黎。鉴远恩何渥，功高赏莫辞。朱陈连帝子[七]，秦晋下王姬。大有君臣享，家人甥舅为。紫驼分翠釜，缘蚁赐摇卮。崇重逾难胜，从容益勉持。好贤能倒屣，乐善屡披帷。暇日春飞绮，晴郊柳宛丝。滕王千骑拥，梁苑万山移。锦旆攀花驻，华茵藉草施。幕寮俱阮瑀，鼓吏有王维。筹画多奇秘，词翰亦陆离。簪冠何处客，珠履昨来随。拂试增新价，提携念旧期。樽垒从曲水，罘网扈高陂。云幕侵堤布，霓旌燿日抝。翁离铙吹动，浑脱舞钗遗。顾我生同梗，因人久载驰。销金甘锻炼，抱玉肯磷缁。世事皆憔悴，怀恩自渺瀰。记曾尘讲幄，亲见筑坛壝。今睹升平奏，能无悲喜私。曳裾岐宅早，酌醴楚筵迟。武藉汾阳壮，文从河间披。功名终黾勉，奕世答雍熙。

赠靖南王世子四十韵丁未年作

邦赐箕裘重，家传带砺长。元勋筐圣辟，胄子即真王。躔次前星燿，波同少海扬。溯原谟烈远，承宠綍纶香。祖德开新运，宗封拓旧疆。功高增铁券[八]，恩重袭金章。文教延三世，兵威震八荒。普天尊李郭，致主佚尧汤。奕叶观承启，盘根济觐扬。东阿敦翰墨，河间檀珩璜。忠孝趋庭训，温恭服礼坊。好贤樽罍满，博物鼎彝张。汉室亲惟许，虞甥馆辟唐。天孙连帝女，宋子配齐姜。照秉倾都赐，分茅大国将。骅骝驰内苑，罗绮叠天箱。络绎驼峰馔，委蛇凤阁妆。富盈何俭约[九]，贵极转兼光。安节求毫发，旌忠凛赞襄。鸡鸣勤问视，鹄立谨趋跄。威幕招公干，开轩集谢庄。相逢皆上客，何幸厕邹阳。贫既言辞拙，衰将步履妨。不才甘众弃，多难忝时康。晋接蒙怀旧，恒言喜逾常。云曾先帝侧，旁见侍臣行。马控青郊雨，毫簪紫禁霜。石渠经反复，羽猎赋铿锵。云路今何迥，龙髯泣未央。萧条余雪鬓，浩荡及炎株擢风木感，羽鎩脊令伤。疾骥无刍秣，饥乌忆稻粱。磨鉊堪劓割，怀璞重翱翔。腮暴恩难报，帘窥德欲偿。高门诚备福，撰述冀流芳。倘肯留王粲，犹能效孔璋。从军与露布，端不负琳琅。

投赠刘开府五十韵 丁未年作

昭代功名盛，多归丰沛臣。同时谙典故，佐命靖风尘。绛灌勋难并，良平绩正新。家声推焯赫，华胄更嶙峋。元宰承诒翼，先公迈等伦。前朝持节钺，信史载经纶。李牧兵何壮，张巡志欲伸。登陴言侃侃，引战气踉踉。蜀洛朝谟舛，玄黄边事迍。吾谋适不用，此义竟谁论。运改风云会，功依日月臻。思加茅土数，宠渥燕谋频。棣萼圭璋满，荪枝黼黻匀。僮奴或组绶，故旧悉簪绅。王室婚姻缔，天潢肺腑亲。两宫同揖让，三命倍逡巡。爵赏无虚位，倾箱有赐珍。匪徒酬李郭，实以重朱陈。开府河山秀，名门奕叶身。中朝曾秉鉴，东土载脂轮。饥馑遗黎日，芃萑斗将辰。缘林多脱兔，青野半县鹑。调使兵农习，摊令赋役均。指㧑安草窃，叱咤集耕畇。闽海稽声教，君王急拊循。诗书谋大帅[一〇]岳牧荐才人。武库动移仗，文星复耀旻。旄旗思换色，祓禊欲还淳。问悉闾阎苦，欢腾壁垒春。严霜驱墨吏，膏雨濯黄巾。政暇求精锐，公余访隐沦。习池多爱将，鄂渚盛嘉宾。顾我川屐甘，垂钓□濑缗。苍茫成出处，荏苒备艰辛。涸辙鳞谁润，搏飚翅未驯。陶潜歌浩浩，杜甫走跋跋。芒屩来炎服，荷衣历海滨。脱骖谁晏子，投辖几陈遵。忽见螭头节，来苏赭尾民。依刘那敢望，御李不无因。既欲同倾倒，还疑耻贱贫。靦颜趋幕俯[一一]，泛爱许车茵。筹插红螺促，樽浮绿蚁醇。氍毹娇子夜，轩阁启清晨。自幸疏狂托，还思怀抱申。忧心怜蔀屋，蒿目血枫宸。寄任非云偶，酬恩莫自循，秉时销蜃鳄，亟早画麒麟。名著安边大，忠归翊赞纯。野人耕凿曲，曲重与颂钧。

上祝平西王一百韵庚申年作

坤柱承乾极，天休济地光。遭逢关气数，福履动旻苍。自古调鸿历，维王称大匡。尧廷宾岳牧，舜庸启明良。舞羽功崇夏，称戈代佐汤。周桢推毕召，滠杰数萧张。褒鄂开唐运，蕲郇造宋疆。典虽皆懋赏，事未比非常。胜国曩弛纽，妖星忽吐芒。朝臣争斗虎，边将学蜩螗。积习安薪厝，谋谟筑道旁。哥舒催战败，房琯数奇亡。专阃多降走，当关少激昂。崤函遂失守，镐洛遽罹殃。城阙飞秦火，貂珰解汉纲。龙髯悲仓卒，凤驭泣彷徨。凝碧搜遗老，延秋系内嫱。百官悲问误，四海遏音丧。孰抱千秋愤，能依七日墙。翻然劳斧钺，郭矣靖抢攘。帝后归园寝，公卿释系桁。披缨求杞宋，缟素哭燕尝。国破仇仍报，身劳心更伤。异时征信史，识者必渼详。至性通闾阖，奇功感庙廊。圣朝尊仲父，殊爵俪汾阳。甸服俱图版，东南敢崛强。借名成草窃，负固益披猖。剑阁眉犹赤，巫山巾尚黄。御筵分虎节，行幄奋龙骧。电扫芙蓉垒，波通滟滪航。严师临赤甲，间道入陈仓。细酌郫筒酒，闲栽锦水桑。阵图师管葛，兵法鄙韩彭。安史仍余孽，滇黔复暴殇。虚声盆子拥，虐焰黑山狂。南顽重纶綍，西征载骕骦。亲推黄钺毂，蕃锡紫骝韁。者察朝霏雾，盘江晓渡霜。蛮烟开索岭，澍雨涤横塘。逐北星桥断，招降孟良藏。慰陀虽系组，余善未归王。脱兔深营窟，飞鸢积糗粮。峰头穿隧道，穴内走余艎。刃削篔簹锐，衣擐卉草妆。我军艰愧镶，乡导昧苍莨。挥羽恬宵鼓，酬金厉裹创。量沙疑问谍，悬绠度军装。反客能为主〔一二〕，因田尽作粻。堵观惊解豸，辙怒哂螳螂。郡设羁縻术，兵兼抚字方。夜郎除屋蠹，羌女竞壶浆。那数楼船迅，谁言铜柱彰。叔猷诚大广，帝泽更翱翔。丹券增茅土，彤扉衍玉潢。枝连仙系李，符锡钓鱼璜。赐嫁王姬馆，连婚帝子堂。奇珍弥膳府，异采斗筐床。会极风云盛，年将岳渎长。岁今周甲子，律始叶清商。海日倾心祷，冈陵拜手飏。冢君容特省，贵主许同行。雪鲙传鲂鲤，云韶下凤凰。赐旂长画雀，天马跃江鸯。六诏争陈舞，三宣共举觞。属寮衣楚楚，幕客佩锵锵。何处来苍鬓，居然列碧珰。通家曾忝窃，犹子愧趋跄。往事陈奚敢，微哀述不妨。先人前代末，怀庙讲筵傍。独立排簧鼓，深心保栋梁。从经陵谷变，久隔雁鸿将。放逐悲萍梗，生还乏稻粱。全家同鸟散，生事类蚕畺。娱老惟犁耜，教儿只缥缃。顽予承世业，丕显冀心臧。涉难羞无补，干人岂自遑。似鱼真赭尾，学蟹未成筐。棠棣歌声苦，南陔血泪浪。远蒙垂语问，更感寄书望。谊实云宵比，恩将沧海量。曳裾思卜吉，束经懼非祥。昨始除麻冕，今才结布囊。重湖凌浩渺，楚峤历苍茫。贵筑连苗箐，哀牢果瘴乡。舟摇风上楫，屐齿石间铓。偏览山川势，天原中外防。恐通戈甲路，定使挽输忙。轇轕穷来骑，崩腾塞去樯。叶身恣跋涉，篷矢笑襄羊。税马魂犹悸，登龙心转惶。才微惭阮瑀，身贱讵田郎。乃达青交瑑，旋过紫界墙。大庭承晋接，内圃挹芬芳。鲸吸瑶池斝，鸾吟缑岭簧。好贤开幸舍，谬爱赐分厢。珍木森崇陛，琪花荫曲房。为欢须烂漫，道故或凄凉。授简必王粲，浮樽每谢庄。自知非琬琰，何幸厕琳琅。世治人多寿，臣良主益康。车书兼带砺，万载祝匡襄。

校 记

[一]用 原缺，据京抄本补。

[二]岂 原缺，据京抄本补。

[三]呼 原缺，据京抄本补。

[四]亩　原缺，据京抄本补。

[五]丹　原缺，据京据本补。

[六]日　原缺，据京抄本补。　今　原作「令」据京抄本改。

[七]连　原缺，据京抄本补。

[八]增　原缺，据京抄本补。

[九]以上十五字原缺，据京抄本补。

[一〇]谋　原缺，据京抄本补。

[一一]府　原缺，据京抄本补。

[一二]主　原缺，据京抄本补。

钝斋诗选卷二十一

五言绝句一

召还宁古塔途中即事

冰凌万壑昏，雾隐层峦曙。风日自生寒，暖在还乡处。

来时路分明，披寻迷记忆。始知古羊肠，在心不在地。

梅花十万株，堕地知为雪。莫问花假真，已是江南客。

溪断虎留迹，山危雪作梯。勿嫌云岭峻，家在万峰西。

时有田庐影，朦胧川麓间。马嘶晴雪树，牛盼夕阳山。

星垂幕火灿，月入井冰团。晓卜霜华重，眼知雪印干。

张宅道中

冻渡埋槎古，缕烟落日荒。鸟巢晴堕云，马镫晚衔霜。

众壑栖残雪，孤峰接断云。寻梅孟处士，栈道李将军。
车马如织丝，林蛮互经纬。雪飞天露青，人在翠屏里。
松杉万丈青，千盘叶盛雪。翠瓦碧浮屠，横当人面别。
日节树散花，溪合雪成石。记得雨中来，征衫疑旧湿。

多洪道中

壑底后骑迷，木末前车见。日午不闻鸡，烟生即乡县。
计日不计程，千山载一色。狐兔交马踪，知是何时雪。
晴曙披深榛，日出即停午。万壑如花丛，车马乱风雨。
立马最高峰，诸峰如涌浪。明白鳞鳞音，历历芙蓉上。

湖泛南阳

风从远树来，帆挂残荷里。数尽四山青，湖心一百里。
川广天难分，人家缀如荠。飞鸟怪船迟，翠点前峰髻。

雨湖夏镇以下

积潦压平桥，市小人稀渡。一艇挂轻蓑，真入烟生处。
巨浸欲侵天，移船向屋里。网罟有丰年，稻花结鱼子。
雨到水如珠，游鱼狎若线。北风黄叶多，縐谷生波面。
不知波痕添，但觉茶情异。群溪汇作流，碗入前山翠。

静泊

燕湿偶一飞，鱼深时复跃。误认夕阳明，渔灯傍溪烁。
研炉暖生光，照见帆樯影。片片过青山，水天同一永。
雾气上棂濛，添我研池泽。何处换鹅书，轻绡挥十尺。
木穗无定声，静起蒲团色。鹦鹉误认诗，揉音学平仄。

野泊

远湖侵低山，湖升山欲落。片帆何日来，树头衔日脚。

晴光四面生，满湖涵元气。十日淋漓阴，群峰新荟蔚。
高岸崩流急，茅檐接浪层。门维沽酒艇，儿守捕鱼罾。
云破日痕微，烟迷帆影断。曲棂漏晞光，残卷丹铅乱。
远堞如轻帆，御风见还灭。争飞鸥力穷，堕水纷为雪。
柽柳霜不黄，青青盖中渡。渔夫认作家，车马昨朝路。
策驴上鱼舠，百里川光练。目际眩明霞，意中说乡县。
日出与月生，中边在湖里。怪海来眼通，岱岳长青紫。
细筱栖乌鬼，深芦卧白跳。星芒垂大野，月影失危桥。
云广不成盖，风高无定吹。峰头知有屋，帆过压遥炊。

湖泛

晴浪胜雨涛，坐增天上水。川程报夕阳，鹭堠无专指。
湖阔平不流，波光齐溟渤。分驰南北船，夜夜湖心月。

入闸 韩庄

峡束众流高，屋头奔涛落。记得涸时过，千艘争一门。
顺浪送高帆，篙工转辟易。始知居盛时，忧惕甚于逆。
群力恃孤樁，驾涛挽船褪。古今捷径争，亦有时求钝。
舟驶如鸟飞，回头失村落，当矶立钓翁，移时不动脚。

出闸 台庄以下

古戍不知名，轻烟带薄曙。危樯树杪栖，当是水穷处。
乱帆如落叶，随意不关风。天尽飞鸿外，人游明镜中。
浮萍点点青，茅楹低贴水。桥通网罟却，船列瓜麻市。
尝思穷日月，忽尔泛篷瀛。查向天心度，山从目力生。

钝斋诗选卷二十二

七言绝句一

扈猎赐宴赋诗应制

络野三驱辇路开，万骍齐扈六龙回。春风似识君恩重，故拂天香入酒杯。

南苑午日口号

排宴宫娥满坐车，想因令节出天家。健儿尽醉金茎酒，坦腹毡帏卧日斜。

晓闻金鼓天初动，恐湿旌旗雨转多。一缕昭阳香雾出，六宫何处奏笙歌。

绿杨深处黄鹂啭，酪酒香时紫凤鸣。大内纵然饶景物，难同行殿较蓬瀛。

风来斗帐欲飞扬，宛马还思苜宿长。梦醒忽闻高咏切，诗成难和汉田郎。

艾酒冰盘手自调，承欢赖有白云曹。莱衣小弟能同舞，应念从龙首共搔。

诸稚都悬艾虎符，擎觞竞向草堂趋。大男笔墨初能事，好写欢娱入画图。
屈子宁知竞渡名，悬灯风俗闹淮清。鸡香焚罢人初醒，仿佛笙箫枕上声。
楼台如画酒如泉，兰桨佳人墨客联。草野宁知金马事，击壶应尚指神仙。

募僧瘗松山战骨

指点居人往事惊，何殊秦卒尽长平。廿年未醒春闺梦，好向空王礼磬声。

题小河山驿楼

边风四月饥生粟，落日孤城望欲迷。莫问故乡云近远，长安已隔万峰西。

依韵答程周量偶柬之作

野渡蓬窗小病时，炎飔如织暮云垂。南人久客忘南候，空忆层冰赤脚诗。
炎蒸峤海较何如，曾见两京陆贾书。忽枉新诗报明月，罗浮天半晓风余。

初至上园喜晤黄兰岩张鞠存

帆影淮南落日斜，褰裳只问故人家。儿童笑指沧浪曲，十亩新开绕径花。
出处都歌行路难，相逢叔度泪阑干。隔篱更唤张平子，皓月深花坐夜阑。
荏苒风尘十载过，归来双鬓已皤皤。桃花莫问玄都树，且拂珊瑚理钓蓑。
高识输君归故庐，百花深处古人书。知章虽有还山志，何地澄湖可乞居。

口号

空波两畔一舟轻，欲渡黄河沽客惊。十里清江三榷吏，古人别有爱民情。

偶成

夜读前人诗句哀，残僧述自铁函开。字痕渐渐苍天血，非死非生见汝来。
盟檄坚心如筑防，恐将丝罅溃汪洋。闲邪即是天根立，安敢幽居任望羊。

金叔侃招饮桂花依韵和澹心 刘海门姚翼侯携静容湘疑二校书

倚棹吴门遇小怜，故人招我醉秋烟。刘兼姚合俱诗骨，携得琴心满玳筵。

归来重听渭城歌，歌者何人云姓何。玉树此宵江左唱，伤心难使醉颜酡。王公歌沂，陈善初和之。

豪宕余郎气食牛，悬壶吴市隐韩休。秋晴为我开篷径，高烛名香启瓮头。澹心僦居，叔侃西偏，花竹蓊秀，名士风流。是日解杖头以佐良宴。

从花翠袖两飘香，瑟引湘灵箫引凰。杂坐五更倾一石，淳于重学少年狂。静容坐花歌新辞，刘梦锡及家弟邵村倚箫和之，为之大醉。

翩翩二客自南淮，兴似刘伶荷锸埋。百瓮恪逢何次道，露葵宁复望清斋。张鞠存、黄兰岩适自淮南来，兰岩素豪，与翼侯博饮达旦，群醉如泥。

梵阁庭花日在枝，诸君轰饮尚移时。高阳别有悭一意，说与胡垆恐未知。余与鞠存光归承天寺[一]，次早日三竿，闻诸君尚豪饮，观者如堵，骇为未有事也。

吴门竹枝词

不到姑苏十八年，年来风景倍堪怜。阊门一半屯戎马，觱篥城头咽晓烟。

别作乌云学画图，妆成秃发亦能铺。聘婷故向傍人问，似得孙家堕马无。
翩翩褒袖说遗民，周粟夷齐颇五唇。闻得将军须记宝，遍求书札荐陈琳。
衮衮群公为奏销，悬车岂待北山招。辕门昨日昌黎寿，只有三人衣锦袍。
才华果不愧相如，八十红衫伴彩舆。舆外双鬟何楚楚，一盘佛手一宣垆。

戏 作

有客同舟旧酒徒，无钱空首问胡垆。高邮皮酒由来好，渴杀相如谁与沽。
诗就千篇酒一杯，虽多高兴愧非才。阮宣怜尔流涎口，为解青钱藉草莱。

有僧近仁余邑子也以卷索诗示之

忽触乡音忆故乡，问君族氏不能详。知从离乱为僧久，未识潮州老侍郎。
飘笠东游几度春，相逢莫问故园津。桃花历落人家少，纵去难寻旧比邻。
已向庐山随惠远，近仁参学于石塔会下。应非当日旧阇黎。愿将大树勤培溉，莫遣根枝负虎溪。
家近潜山飞锡峰，几年湖海别山容。贫囊尚有苏公带，留取他时作汝供。

月夜听君见度曲

一声何处落花纷，高调红牙遏楚云。岂是琵琶翻九曲，能令盛事忆三坟。汝坟、河坟、淮坟也。

字无缺舌吴儿态，歌是邮亭作者词。为问此宵明月影，何如八月虎丘时。

皓首何戡天上声，梨园队里半门生。重来莫笑刘郎老，曾向空中听玉笙。

吾亲朱夏即东来，顽曲难逢白雪才。愿尔少迟江上棹，承欢为我侑春醅。

柬徐鸣岐又系绝句

难余回首万端非，惟有心期朔水湄。况是多材徐孺子，吾门商赐可言诗。

忍斋可是云间子，渠亦门墙问字俦。若有便鸿烦寄语，好将新句慰离愁。诗中多与忍斋倡和，故并及之。

舟中口号

轻舠细浪日悠然，垂柳轻愁色尚鲜。信是维扬好风景，到来别有一山川。

虽非水调亦能讴，丝管嘈嘈秉烛游。谢汝此时来点缀，令人想见太平秋。

题枕上画兰花

子瞻肯为琴娘画，香入兰心梦已通。况是六桥春正好，俱飞蛱蝶满芳丛。

题画扇

谁从空谷移来早，占尽西泠第一枝。郎意已如花意好，岂同纨扇有捐时。

有许为我绣木鱼奠者谢之

锦棚为许绣香林，持问空王忏慧心。稽首莲花开并蒂，生生不作白头吟。

听曲

冉冉湘灵夜半时，一声歌带月华迟。梦中犹作周郎顾[二]，恼乱空怜刺史痴。

有临行以扇索别诗者

日日西湖镜阁前，唯从天际望神仙。临行半面齐纨字，欲语相思若个边。

初四日灯下戏柬帚道人

莫怪狂生不上楼，登楼步步代君愁。岂如归去眠僧棍，留得禅心谢陌头。
觞政歌声正此时，回头何处问相思。当筵今夜应无酒，纵有知君醉亦迟。

偶访同帚道人作

昼闭双扉曲径回，蹒跚鱼服畏人猜。聪明小玉偏多事，问定谁家始骨开。
柳影荷风欲满楼，画看人至始梳头。恐郎知是因郎瘦，颜影频催宝镜收。
页子楸枰尽日幽，蔷薇花下错觥筹。琵琶欲作江州曲，惟恐人闻屡罢讴。
湖景应添夜雨时，画兰都画并头枝。临行鹦鹉呼郎问，明日佳期知不知。

长兴道中

秧针莲叶养天风，复岭横桥烟霭同。自造扁舟催急浪，那知身在画图中。
一席聊堪蔽此身，小舟细雨问归津。羡君即是桃源里，愧我东西南北人。

抵长兴平政院

细雨孤城泊岸时，急寻古寺借栖枝。老僧似识先生久，索写西湖五月诗。

曲径高林面夕畦，清流直到寺东西。扒金跃马何人过，野鸟惊飞绕树啼。

对面维摩丈室关，有僧坚坐似居山。宵钟夜半发深省，自悔栖栖损客颜。僧云居闭关书法华经三年。

淫雨难穷山水奇，弁山闻说已神驰。老僧况是文章伯，世乱逃名学古锥。僧伴我德清张氏子，为诸生久，顺治初出家，参瑞白和尚有省。

寄内五着

群儿归就故乡耕，少者经年从我行。消息各天劳梦想，陟冈何似倚闾情。

长子江城始僦居，还家四月少来书。心知耕凿安时论，未免逢人问鲤鱼。

少女依依亦可怜，嬉游聊足慰堂前。阿爷岂少还家梦，其奈舟车动隔年。

少年离别未经旬，方胜尝裁细字频。何故近来无一札，想因愁积具难陈。

心血都为版筑枯，饥寒无计慰艰虞。知卿心识余心苦，故少贫嗤到客途。

懋持昭庆寺僧也与仲弟交因得识余别十一年甲辰春重遇湖上又同余馀干周旋凡二百余日临别索诗因赠五首

西湖三月借禅栖，秋日还同苕水西。惆怅告归当夕照，眼穿黄叶万山低。

知尔原因舍弟交，风尘相从帝城郊。别来疑是前生事，何意重逢第一桥。

辽鹤归飞万事新，山僧犹识昔时人。张灯细审颜如旧，揽镜应悲鬓似银。

禅诵知君意不群，锡飞心系五湖云。支公定就名山老，玄度相寻莫厌勤。

画船清酒日追随，古寺深山共杖藜。不是惠休能好我，江淹临别岂吟诗。

题　画

红芳如雨树如烟，黄鸟啼时忆去年。花落自知无主惜，拾来几上衬诗笺。

秋花着雨冷桐根，悄地沉吟生泪痕。不是怀人千里外，自愁影瘦怯黄昏。

小阁疏梅带雪寒，朔风吹动玉珊珊。孤贞久矣逢人弃，自起怜香拥被看。

人去天边音正稀，无端木叶又空飞。生憎欲寄衡阳雁，莫漫逢秋只自归。

千古婵娟解误人，苎萝村水净无尘。早知不及吴王颀，落得溪头自在身。

题蔬香图和东坡韵

忘机久息丈人园，何羡承欢孟氏孙。谁道豳风歌断壶，却输鲙鲫与蒸豚。

偶　题

雨畏阴寒晴畏热，炎凉病骨不关天。唯将敝缊勤加减，老态堪怜已接年。
偶然一病经旬卧，无药能医故谢医。愧惭西邻饷酒肉，未尝何幸饫童儿。

戏　占

涂鸦颇愧右军书，高兴时挥白练裾。闻说衙前纸扇客，朝朝设法迟行车。
谁云下里不知歌，亦自登场学婀娜。试奏渭城当记取，西湖歌者较如何。

题鹦鹉庵壁

万山环抱一车穿，为拂清风就数椽。佛火茶香松影静，老僧高堂已多年。

九日归来作

衣典朱门屡叩关，瓮无一粟继朝餐。始知穷亦蒙天眷，异等黔娄历试难。
堂餐屡饫尧厨馔，节宴曾分镐饮餔。自是世间无剩味，何须薇蕨饱侏儒。
香山嗟老杜陵穷，九日诗俱重化工。岂是诗人逢令节，好将佳句恼天公。
不爨无衣杜老诗，诗人疑是过情词。岂真诗是穷人物，但一高吟即苦饥。
宵永衾寒不成寐，那堪淅沥响苍苔。明朝谁是苏司业，泥滑柴门送米来。

校记

[一]光　疑作「先」。

[二]颂　抄本误作「顽」。

附录一

序

方以智

与吾弟楼冈别二十四年而遇于芝城，又遇于乌石，得尽读其钝斋诗。同人咷笑，皆缘于不得已，知此不得已亦可相视而歌矣。钝斋诗多自徼外返江南五六年间所作，古意新声络绎奔会，要归大雅，本温柔敦厚之教。不佚于佻，不炫于艳，不俶诡以跃冶，又不衰飒以塞责，殆学道之所蕴乎。钝斋自言少年时见诸家辄喜，喜辄仿之。今则定于一路。世目钝斋渊源单厚，福称五备，安用此悉索呜呜者为然，天以反复万里，进此一步，正其所以单厚也。伯敬谓诗必数年一变。自此以往变未可知。逌然曰变未尽也，变尽则不主故常，而常如是耳。杖人尝以兴、观、群、怨发挥四时。兴乃观，观乃群，群乃怨，怨不得已而兴，犹冬不得已而春也。自其一致言之，冬即春矣。以缺陷之世所遇，十半不得意，不得意而得意，傥然呿唫，旦暮遇之，逆顺相成，感而寂然。古人歌诗喻志，博依之学，自童而终其身，随类引触，陶写以致中和，观其深乎，或平或奇，或正或变，一纵一横，一出一入，相遇而节度见焉。不御此者，安能心声信乎？惟我所适，不者不自知而暗合耳。益公叹东坡「蚁封盘马、回策如萦」，梦得称香山「郢郎无痕，仙衣无尺」，介甫谓杜陵「发敛抑扬，无施不可，汪洋浩瀚，千态万状，终日行于节度中而未尝滞也。」我之自遇、人之遇我，不期而合。钝斋之定于一路，果于是乎？愚者曰：定于一路，路通矣。析骨肉而塞天地，火候过关讵可漫漫也哉。数十年之别而一日相对，千古相慰，不谌在此苦心而乐。故长言之不足一唱三叹，继以太息，已而自笑。笑曰：冬，春也；寂，感也，一也。声发而止不负生平，盖在乐苦之外，后之观感于斯集者，问之四时可忘言也。

序

刘　砥

风者被物而动，入人之最深。自十五国所赋，多本于家国、行役、别离、征戍、劳瘁、冻馁、感叹、寄忆之辞。后之才人墨士遭逢不遇，愁思拂抑，情迫于中形于外，其遗响流韵，体格之日卑，其用之家国、行役、别离、征戍、劳瘁、冻馁、感叹、寄忆者往往于风为近，而其履贞抱道、忠爱恻怆，则乃绝去，其愤恨怨伤之态，而一轨于温厚，止乎礼义，则又独得其正间者，操是说求之，盖难其睹。丁未冬，获拜方楼冈先生于三山下，侍坐论《易》之余，因出其《钝斋诗》以示砥，读之竟拜手言曰：「旨哉，风人之遗乎！淳逸而永，清越而不杂，今之作者未之或先也。」砥尝读先生之书，窥先生之学，接语流连，以识先生之所志，盖逍逍焉。以辅时及物为火，以明圣道、淑人心为汲，准诸畴昔，苟有益于世水火矣。将忘其身之贵而必为之也。道不行于时，殉物而丧，我虽享之以猗顿之富、公辅之尊，弗屑也，身既不用矣。每当公私感愤、民生窘迫、道义激扬，友朋磨切，古今凭吊，日月迁逝，指事言情，属兴比象，类多发之于诗，如饥者之歌其食，劳者之歌其事，其抑扬讽喻尤极于古，而其传之自今，断自壬寅出都以后。夫宋元以下，谈诗文辄曰杜、韩，舜举十六相身，尊道何高？工部言之矣，文章足传道，奚藉史笔为，昌黎言之矣。至谓工部夔以后诗，昌黎自潮北还后，文皆不烦绳削而合。由今观之则有然者乎。其然者拂逆动忍山川之助，不但以其诗已也。但以其诗虽撑霆裂月，劬作者之肝脾何益哉。先生徼外南归不其然欤？善学者求先生之道，无徒读先生之诗，读先生之诗一本于先生之道。先生之学之志不仅见于诗者，亦可即诗而什一得之矣。区区风人之言云乎哉。

钝斋诗选跋

周退舟

桐城方楼冈先生孝标，以所著《滇黔纪闻》见采于同邑戴褐夫之书，牵入《南山集》一案，至被身后斲棺之祸，为千古文人所罕有。其详见于某氏所著《记桐城方戴两家书案》，无庸赘述矣。其《钝斋文选》一书，究不知作何语，捡乾隆时禁毁书目，实亦不载其名。盖当时狱成，其子世樵已供明寄信毁版，后复行文各省，尽烧其书，二百年来遂无片纸存落人间，可谓酷矣。仅见王莲泾《孝慈堂书目》有《钝斋文选》一书，诧为罕事。而其所著《钝斋诗选》则当时不闻有禁，而从来无人道及。戊午冬，余因事回鄂，忽于书肆中收而得之。全书二十二卷，卷首缺序两叶，卷十六缺前半叶，卷十七缺第二叶，均无别本可补。携至京师以讯桐城友人光君农闻，转询其乡马通伯、姚叔节诸先生及方氏后人，均无其书。捡徐氏所编《桐旧集》，于其弟育盛、膏茂、亨咸等均收其诗，独于楼冈不存一字，竟似不知有此集者，眇此残编遂成奇秘。间一翻阅，其诗分体而不分年，就其中叙明年月有可考方氏生平行迹与书案所言相印证者，诠次于后。如《书案》言孝标顺治丙戌举人，己丑进士，选庶吉士，证以《太学题名碑录》及此集《饮下云郭》诗序，称「云郭与余订交在丙戌闱中，是科亦为吾师贾天牟所赏拔，复以数字绌中副车」云云俱相符合，此其得第之年可考者也。《书案》言顺治十一年诏举词臣之品学兼优者十一人，侍帷幄备顾问，世祖亲选其七，孝标与焉。明年举行经筵讲官，例用阁部大臣，孝标以学士被简用，称异数，证以集中《南苑扈猎赐宴应制》诗，作于顺治十三年丙申，及其他应制纪恩诸作亦相符合，此其历官之迹之可考者也。《书案》言十四年丁酉江南乡试，其弟章钺中式，主考方犹等为给事中阴应节奏劾，世祖震怒，将章钺拿京严审，十五年戊戌三月，亲加复试。章钺责板，家产入官，父母兄弟妻子并流宁古塔。证以集中《毗陵怀古诗》序称「己亥余北谴」、《拟古乐府诗》序称「己亥之冬余弟邵村倡之大人按节以和」云云，已在顺治十六年盖丁酉一狱戊戌定案，次年始行发遣，诗序所称邵村为其弟亨咸，实与其父拱乾偕行，与《书案》所言亦合，此其被谴之迹之可考者也。《书案》言：「居二年，以子嘉贞上书讼冤，拱乾、孝标祖孙父子乃得释归，」则当在顺治十八年辛丑，集中有《归郡作》，不著其年，当为此时之诗。越二年癸卯，为康熙二年，楼冈时客扬州，集中《癸卯元旦》诗在扬州石塔寺作，有《广陵怀古诗》，序称「康熙二年春正月在扬州石塔寺」可证。越次年甲辰，则客于杭州，集中《赠僧懋持五首》，言「懋持昭庆寺僧与仲弟交，因得识余，别十一年，甲辰春重遇湖上」云云可证。而其父拱乾时犹健在，故是年《元旦》诗有「久客安时序」及「亲健余宁老」之句。时有徐二娘者为之持单募金，楼冈为作《募金歌》，当属此时之事。再越次年丁未，为康熙六年，楼冈则客于闽，颇与藩府大吏论交，集中有《上靖南王四十八韵》、《赠靖南王世子四十韵》、《投赠刘开府五十韵》诗，均注丁未年作，时则其父已殁。故是岁《元旦》诗有「榻依亲榇晓」及「半百才更始」之句，盖是年楼冈方五十而其父殁犹未葬也。次年戊申仍客闽，故《元旦》诗下即次《离建州》诗，秋八月又有《游玉华洞》诗。惟其去闽之日曾有《将发福州》诗，不知究在何年。越康熙九年庚戌，楼冈始客滇，集中有《上祝平西亲王一百韵》诗，为是年作。然似客滇未久即行自归，故有《滇南留别》诗四首。其后即次以由滇入湘沿途旅行之作，来去踪迹宛然分明。至康熙十二年癸丑三桂始反，则楼冈早已去滇，不惟不受其官，并亦未与其祸。《书案》谓「三桂反时，孝标被留，佯逛逸去」，恐非事实，惟其《上平西》一诗，自诡世交托于犹子，谓其先人昔在先帝讲筵，有以片语保全三桂之事，并远蒙垂问、重感寄书等语，似楼冈本与三桂有连。其来滇也，三桂实招之至，当时诬其从受伪官，或即因此。然文人结习，挟策于时，远托先朝，谬称世讲，叙交情之款密，奉书问以周旋，因之贡献谀词，干求恩泽。此不过才人落魄、豪门托钵之常，谓之无特操则可，而遽执以为从逆之据，其见诬不已甚乎？昔戴褐夫之被祸也，《南山》一集虽经禁毁，不绝流传。其乡人戴存庄、徐椒岑诸君为之编订，表章不遗余力，萧敬孚氏且为特撰事状，极力推崇，身后之知可以千古。独方氏文集一经毁弃，只字无存。即其诗集一编仅在人间，亦复无人收拾。近时桐城诸老号称能文，足以表章先哲者多矣。独于楼冈不甚措意，昭雪之举，犹待他年。余故表而出之，以备异时读方氏书欲阐扬其平生之为人者知采择焉。至此集之藏，余不私为己有，已嘱光君别录付本，藉广其传，并怂恿付刊，俾不至终于泯没云。

右三篇辑自《钝斋诗选》抄本，安庆图书馆藏。

附录二

记桐城方戴两家书案

佚名

鄞人全氏祖望《江浙两大狱记》，既失之疏略，又失之无据，此等文不作可也。「湖州庄氏史案」各书记载疏舛互见，惟归安杨氏凤苞及陈氏培根两君所记，最得其真，首尾详备，足以信今传后。惟吾乡方戴两家书案原委，外间至今有不得其底里，非诬即疏也。今春夏之间在家养疴，本乡荒歉，待哺嗷嗷，无法周济，中心抑郁无聊，杂捡家中旧藏记载，病闲之余聊以遣闷。适有客来访，询及吾乡故事，并及乡先生戴编修名世《南山集》，及方学士孝标《滇黔纪闻》之书，有何大逆不道，为武进赵刑部申乔所劾。余既据两家原书大旨，并参乡先辈相传，暨赵公参折、圣祖仁皇帝谕旨及记载所有，一一答之。客即请所语随笔录出，以订外间流传失真之故。此案虽发之戴氏，然非方氏先有《滇黔纪闻》之书为戴氏所见，则戴氏之书可以无作，故先从方氏之书记起。而方氏书案之前已有顺治丁酉江南科场一案，因波及牵连，先书于首，以著方氏祖孙父子先后遭戍始末云。

方玄成，字孝标，后避讳以字行，别号楼冈，为明代太仆寺少卿方黄中先生大美之孙，国朝少詹事方坦庵先生拱乾之长子。顺治丙戌举人，己丑进士，改庶吉士。历任内宏文院侍读学士，两充会试同考官。顺治十一年诏举词臣之品学兼优者十一人侍帷幄备顾问。世祖章皇帝亲选其七，玄成与焉。明年，举行经筵，讲官例用阁部大臣，孝标以学士被简用，称异数。世祖尝呼楼冈而不名，一日顾谓曰：「方学士面冷，可作吏部尚书。」十四年丁酉，江南乡试，正考官方犹、副考官钱开宗。孝标第五弟章钺中式。场后外间以此科闱中取中不公，物议纷起。旋经给事中阴应节参奏「江南主考方犹等弊窦多端，物议沸腾，其彰著者如取中之方章钺，系少詹事方拱乾第五子、孝标、亨咸、膏茂之弟，与方犹联宗有素，乘机滋弊，冒滥贤书，请皇上立赐提究严讯」云云。世祖赫然震怒，先将方犹、钱开宗及同考试等官革职，并中式举人方章钺，刑部差员役速拿来京严刑详审。方拱乾著明白回奏：十二月乙亥少詹方拱乾回奏。「臣籍江南，与主考方犹从未同宗，故臣　章钺不在回避之例；　丁亥己丑、甲午三科齿录可据。」下所司查议，至十五年戊戌春三月庚戌，世祖　复试丁酉科江南举人。戊午，先将本科准作举人七十五人，其余罚停会试；二科二十四人，文理不通革去举人十四名。至十一月辛酉，世祖亲定方犹、钱开宗两主考官即行正法，同考试官均即处绞。方章钺等八十俱着责四十板，家产籍没入官，父母兄弟妻子并流宁古塔。居二年，世祖每见方孝标旧讲章，必称曰「才人」。以子嘉贞上书讼冤，故詹事拱乾、学士孝标祖孙父子乃得释归。至康熙十二年，有所亲某官贵州贵阳府，孝标夙慕滇黔山水，乃往访所亲，藉资游览彼处风景，未几，吴三桂反，滇中黔抚叛附，凡外间游客之在云贵者均被拘留，孝标乃佯狂不省人事，方食，忽自嚼碗磁面，坐卧不避污秽。月余后守者以为疯颠，防之稍疏，孝标乘间逸去，剃发为僧，名方空。间道奔湖南衡州，以僧服见大将军裕亲王，王深嘉之，欲闻于朝，孝标辞曰：「老母年八十余，日夜望儿归，今得以不辱之身归见老母，足矣。」王曰：「方先生可谓忠孝两全矣。」授以国书龙牌。归至江宁缴牌督署。时总督麻勒吉手书致公，有云「惟有将老先生一片忠诚逢人说不置耳。」孝标归，乃追记在滇黔时所闻所见、明季国初以来彼邦时事，刊入生平所撰《钝斋文集》中。其书当时约有流布，此孝标晚年著此书原委如是也。时邑人戴名世亦与孝标晚年相接，名世，字田有，号褐夫，别号忧庵，早年聪颖，才思艳发，好读左氏、太史公书。尤留心有明一代史事，网罗放失，时访明季遗老，考求故事，兼访求明季野史，参互考订，以冀后来成书，仿太史公之意，藏之名山。尝见方氏所撰《滇黔纪闻》之书，未及深考。康熙某年，其门人有舒城余湛，字石民者，偶与释氏犁支相晤，谈桂王时事。盖犁支本为宦者后，因桂王为吴三桂所害，此宦者乃皈依释氏，改名犁支。时名世闻之，乃往余生处访问，而犁支已去，不及相见。名世归，乃属余生将所闻于犁支者，一一书示。逾年，名世得余生所记，后得方氏《滇黔纪闻》，考其同异，并以所疑致书于余生。书曰：

「前者浮屠犁支自言，永历中宦者为足下道滇黔间事。余闻之，载笔往问焉。余至而犁支已去，因教足下为我书其语来。去年冬乃读之，稍稍识其大略。而吾乡方学士有《滇黔纪闻》一篇，余六七年前尝见之。及是而余购得此书，取犁支所言考之，以证其同异。盖两人之言各有详有略，而亦不无大相悬殊者，传闻之间必有讹焉。然而学士考据颇为确核，而犁支又得于耳目之所睹记，二者将何取信哉？昔者宋之亡也，区区海岛一隅，仅如弹丸黑子，不逾时而又已灭亡，而史犹得以备书其事，今以弘光之帝南京、隆武之帝闽、越，永历之帝两粤、帝滇黔，地方数千里，首尾十七八年，揆以《春秋》之义，岂遽不如昭烈之在蜀、帝昺之在崖州？而其事渐以灭没。近日方宽文字之禁，而天下之所以避忌讳者万端。其或菰芦山泽之间，有廑廑志其梗概，所谓存什一于千百，而其书未出，又无好事者为之掇拾流传，不久，而已荡为清风，化为冷灰。至于老将退卒、故家旧臣、遗民父老，相继澌尽，而文献无征，凋残零落，使一时成败得失与夫孤忠效死、乱贼误国、流离播迁之情状，无以示于后世，岂不可叹也哉！终明之世三百年无史，金匮石室之藏，恐终沦散放失，而当世所流布诸书缺略不详，毁誉失实。嗟乎！世无子长、孟坚，不可聊且命笔。鄙人无状，窃有志焉。而书籍无从广购，又困于饥寒，衣食日不暇给，惧此事终已废弃。是则有明全盛之书且不得见其成，而何况于夜郎、筰、笮、昆明、洱海奔窜流亡区区之轶事乎？前日翰林院购遗书于各州郡，书稍稍集，但自神宗晚节事涉边疆者，民间汰去不以上，而史官所指名以购者，其外颇更有潜德幽光、稗官、碑志记载、出于史馆之所不及知者，皆不得以上，则亦无以成一代之全史。甚矣，其难也！余夙昔之志，于明史有深痛焉。辄好问当世事，而身所与士大夫接甚少，士大夫亦无有以此为念者。又足迹未尝至四方，以故见闻颇寡，然而此志未尝不时时存也。足下知犁支所在，能召之来，与余面论其事，则不胜幸甚！」。

乃康熙二十二年癸亥时事也。至三十九年庚辰至四十年辛巳。戴氏均膺浙江学使保德姜侍郎棣之聘，姜公稍助买山之资，又以前此十五六年幕囊，存于友人赵良治所，赵为买田五十亩，屋一区，于故里南山冈。以四十一年壬午冬由江宁卜居于此。时其门人尤云鹗生平所抄戴文百余首为之付梓，因卜居南山冈，即以《南山集》命名，此《与余生书》即刊入集中。自云「此集仅得全集五股之一」，其集颇流行外省。

至四十四年乙酉，应顺天乡试，中式第五十九名，年已五十有三。至四十八年己丑会试，中式第一名进士，殿试第一甲第二名，授翰林院编修，年已五十有七，在京供职。至五十年辛卯冬十月丁卯，左都御史武进赵申乔据《南山集》奏参。原奏云：「题为特参狂妄不谨之词臣，以肃官方，以昭法纪事。钦惟我皇上崇儒右文，敦尚正学，训饬士子，天语周详，培养人才，隆恩曲至。普天下沾濡德化者，无不恪循坊检，懔畏章程矣。乃有翰林院编修戴名世，妄窃文名，恃才放荡。前为诸生时私刻文集，肆口游谈，倒置是非，语多狂悖，逞一时之私见，为不经之乱道。徒使市井书坊翻刻贸鬻，射利营生。识者嗤为妄人，士林责其乖谬。圣明无微不察，谅俱在洞鉴之中。今名世身膺异数，叨列巍科，犹不追悔前非，焚削书版。似此狂诞之徒，岂容滥厕清华。臣与名世素无嫌怨，但法纪所关，何敢徇隐不言。为此特纠奏参，仰祈敕部严加议处，以为狂不谨之戒，而人心咸知悚惕矣。伏候皇上睿鉴施行。」得旨：这所参事情，该部严察审明具奏。旋据九卿议：戴名世一案，我朝定鼎燕京，剿除流寇，顺天应人，得天下之正，千古之所未有也。七十载万国朝宗，车书一统，薄海内外咸奉正朔。皇上御极以来，隆礼前朝，轶古越今，天下人民咸戴生全义育之恩，沦肌浃髓。方孝标丧心狂逆，倡作《滇黔纪闻》，以致戴名世摭节其间，送书流布，多属悖乱之语，罔识君亲之大义，国法之所不宥，天理之所不容也。又刑部为题参事，今看得左部越参戴名世一案，夹讯戴名世，供《南山集》、《孑遗录》方正玉刻的，《南山集》系尤云鄂刻的。云鄂是我门生，作了序，放他名字，汪灏、方苞、方正玉、朱书、王源序，是他们自己作的，刘岩未有作序。我与余生书内有方学士名，即方孝标，他作的《滇黔纪闻》内载永历年号。我见此书即混写悖乱之语，罪该万死等语。讯问方登峄供：「我自幼继与方兆及为子，我生父方孝标的《滇黔纪闻》，我听见戴名世被参之说，书内有方学士书。我问我侄方世樵，说家中有《钝斋文选》板，我叫世樵寄信烧毁」等语。据方世樵供：「我寄信烧毁板是实，那《滇黔纪闻》即《钝斋文选》内二篇书」等语。据方苞供：「我不合与戴名世作序收板，罪该万死」等语。据方正玉供：《孑遗录》是我银子刻的，序文是我的名字，有何辨处」等语，套讯尤云鹗供：「我先生戴名世书是我银子刻的，序文是我先生作的，放我名字」等语。 查戴名世书内欲将本朝年号削除，写入永历大逆等语。据此戴名世照律凌迟处死，伊弟戴平世斩决，其祖父、父子兄弟、异姓伯叔兄弟之子，俱解部立斩，其母女妻妾姐妹、子之妻妾、伯叔父兄弟之子给功臣为奴；方孝标身受国恩，尊崇弘光、隆武、永历年号，大逆已极，依律凌迟，今已身故，应剉骨，财产入官，伊子方登峄、方云旅、方世樵照律斩决，孝标族人不论已否孝服尽，除已嫁之女外，一应放黑龙江，汪灏、方苞应绞立决、方正玉、尤云鹗妻子放宁古塔，刘岩佥妻流三千里，至配所责四十。原任尚书韩菼三十七人俱系时文，毋庸议，余生等六人至拿到日再结。王源、朱书已经病故，毋庸议。《南山集》板烧毁，行文各省，将方孝标、戴名世所造之书，查出烧毁。五十一年壬辰春正月丙午，刑部等衙门奏：「察审戴名世所著《南山集》、《孑遗录》内有大逆等语，应即行凌迟，已故方孝标所著《滇黔纪闻》内亦有大逆等语，座剉其尸骸，戴名世、方孝标之祖父子孙兄弟及伯叔父兄弟之子，年十六岁以上者，俱查出解部即行立斩，其母女妻妾姊妹、子之妻妾、十五岁以下孙，伯叔父兄弟之子，亦俱查出给功臣家为奴。方孝标归顺吴逆，身受伪官，迨其投诚，又蒙恩免罪，仍不改悖逆之心，书大逆之言。 今该抚将方孝标同族人，不论服之已尽未尽，逐一严查，有职衔者尽皆革退，除已嫁女外，子女一并即解到部，发与乌喇、宁古塔、伯都纳等处安插。汪灏、方苞为戴名世悖逆书作序，俱应立斩；方正玉、尤云鹗闻拿自首，应将伊等妻子一并发宁古塔安插；编修刘岩虽不曾作序，然不将书出首，亦应革职佥妻流三千里。」上曰「此事著问九卿俱奏，案内方姓人俱系恶乱之辈，方光琛投顺吴三桂，曾为伪相，方孝标亦曾为吴三桂大吏，伊等族人不可留本处也。」夏四月壬戌，刑部等衙门议复：「戴名世等一案、上谕大学士等，案内拟绞之汪灏，在内廷纂修年久，已终革职，著从宽免死，但令家口入旗；方登峄之父曾为吴逆伪学士，吴三桂之叛，系伊从中怂恿，伪朱三太子一案，亦有其名，今又犯法妄行，方氏族人若留在本处，则为乱阶矣。将伊等或入八旗，或即正法，始为允当。此事所关甚大，本交内阁收贮，另行启奏。」五十二年癸巳春二月乙卯，大学士等以刑部等衙门审拟戴名世私造《南山集》，照大逆例凌迟一案请旨。上谕：「戴名世从宽免凌迟，着即处斩；方登峄、方云旅、方世樵俱从宽免死，并伊妻子充发黑龙江。此案内干连人犯俱从宽免治罪，着入旗。」谨案：戴名世伏法，其家人等均蒙圣祖仁皇帝恩，不惟免死，亦未从方登峄遣戍。名世死后，其弟辅世即自京师扶榇回里，葬于所居南山冈砚庄之南。世宗宪皇帝在潜邸时，洞悉此案情形，凡前所牵连隶旗籍者，于雍正元年特诏，尽得释归。时方登峄尚未蒙赦，以雍正六年殁于卜魁城，而戴氏所与余生书即余湛，先于壬辰四月遘疾死于狱中。刘岩并未曾为戴名世作集序，部议以《南山集》中有《与刘大山书》波及，其不将《南山集》出首，佥妻均隶旗籍，刘岩以丙申夏六月先卒于旗。雍正元年诏并赦其妻女归原籍。又圣祖所谕「案内方姓人俱系恶乱之辈，方光琛投顺吴三桂曾为伪相，方孝标亦曾为吴三桂大吏，伊等族人不可留本处」，又谕「方登峄之父曾为吴逆伪学士，吴三桂之叛系伊从中怂恿，伪朱三太子一案亦有其名，今又犯法」云云。盖当时歙人有方光琛者，吴逆伪相也，有子侄九人受伪职。其最著者名学诗、学礼，吴逆败皆伏法，惟学诗在逃。而此案部疏据《南山集》原文称方学士，不复具名。北方「士」与「诗」同音，国书又同为一字。圣祖阅清字疏曰：「是非漏网之方学诗邪？」廷臣不能晓。圣祖因为语往事甚悉，盖圣祖彼时实误以方学士即前此漏网之方学诗，又误以方光琛亦为方孝标之族人，彼时尚未一一分晓，故有此谕，最后乃觉其非也。其实方孝标不过因闲居无事，有所亲宦游云南，乃往访之，藉得纵观滇黔山水。未久即遭三桂之叛，间关归里。晚年无事，编定生平著述，追录在滇黔时所见所闻，刊入所著《钝斋文选》中。其书只记滇黔风景，兼及桂王时事。书中亦仅有永历等年号，刊集时失察，未及删除，且据乡先辈故老相传，其书兼有颂扬熙朝恩典，实无悖逆之语，已可想而知。即据刑部当时复旨，亦只云「方孝标身受国恩，尊崇弘光、隆武、永历年号，大逆已极，依律凌迟」云云，亦可见其书别无他违碍之词也。盖当顺治、康熙之间，凡明季遗老及当时文人著述，凡有涉明季三藩之事及年号者，均有干厉禁，戴名世《南山集·与余生书》中间有「弘光之帝南京」一段，实非本朝臣子所宜敢言，大干厉禁，至《孑遗录》只记明季桐城被兵始末，并无一语有干国朝忌讳，亦不过有弘光年号耳。所以王源、汪灏、方正玉只为作《孑遗录》序牵连，王源时已故，免议；汪灏、方正玉亦得先后蒙赦也。又乾隆四年诏修明史成，又数年，高宗纯皇帝复特谕：「甲申以后，存福王年号，丙申以后存唐王年号，戊子以后存桂王年号。改修《明史》已公然教后人修史，神而明之之至，意实隐与方戴两家之书有载三藩年号之意义相合云。

附　录

我朝世祖章皇帝、圣祖仁皇帝封吴三桂于云南，为平西王。凡彼处应有各官，有旨多半听其自为除授，但每除授一官，即行文达部注册，谓之西选。大凡康熙十四年以前吴三桂未叛逆之时，凡仕于云南至吴逆晚节有知几先逃及吴逆临叛亦即脱逃者，均不得谓之伪职，以先有名报部注册也。但后人考求吴逆时事及仕于吴逆者，总以康熙十四年之前后分别观之，不得概目之为伪职焉。此义后人多不之知，故附着之。

胡不归按此篇系刊在《古学汇刊》，上海国粹学报社铅印本，第一集第十一册。

附录三

江浙两大狱记

全祖望

桐城方孝标，尝以科第起官至学士，后以族人方猷，丁酉主江南试，与之有私，并去官遣戍，遇赦归。入滇，受吴逆伪翰林承旨，吴逆败，孝标先迎降得免死，因著《钝斋文集·滇黔纪闻》，极多悖逆语。戴名世见而喜之，所著《南山集》，多采录孝标所纪事，尤云锷、方正玉为之捐资刊行。云锷、正玉、及同官汪灏、朱书、刘岩、余生、王源皆有序。板则寄藏于方苞家。都谏赵申乔奏其事，九卿会鞫，拟戴名世大逆，法至寸磔，族皆弃市，未及冠笄者发边。朱书、王源已故免议。尤云锷、方正玉、汪灏、刘岩、余生、方苞以谤论罪绞。时方孝标已死，以戴名世之罪罪之。子登峄、云旅，孙世樵，并斩。方氏有服者，皆坐死，且剉孝标尸。尚书韩菼、侍郎赵士麟、御史刘灏、淮扬道王英谟、庶吉士汪份等三十二人，并别议降谪。疏奏，圣祖恻然，凡议绞者改编成。汪灏以曾效力书局，赦出狱。方苞编旗下。尤云锷、方正玉免死，徙其家。方氏族属止谪黑龙江。韩菼以下，平日与戴名世论文牵连者，俱免议。是案也，得恩旨全活者三百余人。康熙辛卯壬辰间事也。

辑自全祖望《鲒埼亭集外编》，四部丛刊本第二二二册二二卷十八页。

郎潜纪闻二笔

清·陈康祺

桐城方孝标，尝以科第起官至学士，后以族人方猷丁酉主江南试，與之有私，并去官遣戍，遇赦归，入滇受吴逆伪翰林承旨，吴逆败，孝标先迎降，得免死，因著《钝斋文集·滇黔纪闻》，及多悖逆语。戴名世见而喜之，所著《南山集》多采录孝标所纪事，尤云锷、方正玉为之捐资刊行。云锷、正玉有同官汪灏、朱书、刘岩、余生、王源皆有序，板则寄藏于方苞家。都谏赵申乔奏其事，九卿会鞫，戴名世大逆，法至寸磔，族皆弃市，未及冠笄者发边。朱书、王源已故免议。尤云锷、方正玉、汪灏、刘岩、余生、方苞以谤论罪绞。时方孝标已死，以戴名世之罪罪之，子登峄、云旅，孙世樵并斩，方氏有服者皆坐死，且剉孝标尸。尚书韩菼、侍郎赵士麟、御史刘灏、淮扬道王英谟、庶吉士汪份等三十二人，并别议降谪。疏奏，圣祖恻然，凡议绞者改编戍；汪灏以曾效力书局，赦出狱；方苞编旗下，尤云锷，方正玉免死，徙其家；方氏族属，止谪黑龙江，韩菼以下，平日与戴名世论文牵连者，俱免议。是案也，得恩旨全活者三百余人，康熙辛卯壬辰间事也。

辑自清·陈康祺《郎潜纪闻》，中华书局一九八四年版《二笔》卷八第四七七页。

敬孚类稿·戴忧庵先生事略

清·萧穆

又二年，《南山集》获罪，狱辞具於辛卯之冬。又二年，论死。盖先生少即以明史自任，尝遍访遗书，网罗故老傅闻，欲以成一家之言。时乡前辈方学士孝标，故翰林，失职游滇中，陷贼而归，著有《钝斋文集》、《滇黔纪闻》等书。先生日记中颇采其语，姓而不名，且與余生书曰：「前者浮屠犁支自言永历中宦者，为足下道滇黔间事，余闻之，载笔往问焉。余至而犁支已去，因教足下为我书其语来。去年冬，乃得读之，稍稍识其大略。而吾乡方学士有《滇黔纪闻》一篇，余六七年前尝见之。及是，而余购得此书，取犁支所言考之，以证其同异。盖两人之言各有详有略，而亦不无大相悬殊者。传闻之间，必有讹焉。然而学士考据，颇为确核，而犁支又得於耳目之所睹记，二者将何所取信哉？昔者宋之亡也，区区海岛一隅，仅如弹丸黑子，不逾时而又已灭亡，而史犹得以备书其事。今以弘光之帝南京，隆武之帝闽越，永历之帝两粤、帝滇黔，地方数千里，首尾十七、八年，揆以春秋之义，岂遽不如昭烈之在蜀、帝昺之在崖州？而其事渐以灭没。近日方宽文字之禁，而天下所以避忌讳者万端，其或菰卢山泽之间，有仅仅记其梗概，所谓存什一於千百，而其书未出，又无好事者为之掇拾流传，不久而已荡为清风，化为冷灰。至於老将退卒，故家旧臣、遗民父老相继澌尽，而文献无征，凋残零落，使一时成败得失与夫孤忠效死、乱贼误国、流离播迁之情状，无以示於后世，岂不可叹也哉！终明之世三百年无史，金匮石室之藏，恐终沦散放失，而世所流布诸书，缺略不详，毁誉失实，嗟乎！世无子长、孟坚，不可聊且命笔，鄙人无状，窃有志焉，而书籍无广购，又困於饥寒，衣食日不暇给，惧此事终已废弃，是则有明全盛之书且不得见其成，而又何况於夜郎、筇、笮、昆明、洱海奔窜流亡区区之轶事乎？前日，翰林院购遗书於各州郡，书稍稍集，但自神宗晚节，事涉边疆者，民间汰去不以上。而史官所指名以购者，其外，颇更有潜德幽光稗官碑志纪载出於史馆之所不及知者，皆不得以上，则亦无以成一代之全史。甚矣，其难也！余夙昔之志，於明史有深痛焉。辄好问当世事，而身所与士大夫接甚少，士大夫亦无有以此为念者。又足迹未尝至四方，以故见闻颇寡，然而此志未当不时时存也。足下知犁支所在，能召之来与余面论其事，则不胜幸甚！」盖年少气盛，择言不精，轻论史事，实非熙朝臣子所应出此。然至是已二十余年矣，至康熙辛卯冬，武进赵都谏申乔据《南山集》题参，而同时又多忌先生名者力挤之，故当时仁庙方拔起天下英伟之才，相国安溪李公雅重先生，欲疏救於万死一生之地，卒不可得。然尚赖仁庙宽仁，灭吏议极刑，改死罪而已。牵连三百余人，悉为保全。而先生宗族及子弟，悉蒙宽宥，方氏遣戍及隶旗籍者，雍正元年恩诏均为宥赦焉。

辑自于《敬孚类稿》，黄山书社一九九二年版，卷十第二七八页。

晚晴簃诗汇·方孝标

徐世昌

方孝标，原名玄成，避圣祖讳，以字行，号楼冈，桐城人。顺治己丑进士，改庶吉士，授编修，历官侍读学士。有《钝斋诗选》。

诗话：楼冈为肃之少詹拱乾子。肃之诸子亨咸、膏茂、章钺，皆掇科第，其命名取文头武脚。事为世祖所闻，戏曰：「於戏、哀哉，亦文头武脚。」当时颇传其语。楼冈以丁酉江南科场狱牵连，遣戍，赦归。既卒，又以《南山集》采所著《钝斋文选·滇黔纪闻》坐斵棺，罪连家族，遗书皆禁毁。近岁《钝斋诗选》出，鄂中始有传钞本。当平西叛时，相传楼冈污伪命，以迎降免死。即诗中所纪岁月，推其踪迹，似尝见平西而复归里，然於平西及靖南父子，皆有投赠长律，已不免忝高迹近之憾。又有《论事》诗，谓出塞时闻山海关西地藏庵僧法乘言：亲见李自成兵败后杀庄烈太子及定王，而永王还京师亦为刘宗敏所戕。其事乃不见於他书。当王之明至南京，肃之首言其非，颇为时论所不与，或楼冈以此阴解之欤。

辑自《晚晴簃诗汇》，中华书局一九九〇年版，第一册二十五卷八一四页。

清诗纪事初编·方孝标钝斋诗选二十二卷

邓之诚

方孝标，原名玄成，字楼冈，号楼江，桐城人。拱乾子。顺治六年进士，由编修官至侍读学士。以弟章钺罹十四年丁酉南闱之狱，父子兄弟同戍宁古塔。十七年冬纳赎放归。尝著《滇黔纪闻》，为戴名世《南山集》所采，致被戮死之祸。其卒年不可考。集中《丁未元旦》诗，有「半百才更始」句，是岁为康熙六年，孝标年五十，当生于万历四十五年。方都秦《梅溪文集》有孝标钝斋二集序，作于（庚申康熙十九年），孝标年六十三矣。撰《钝斋诗选》二十二卷，分体不编年，诗之署年者，至庚戌（康熙九年）止，刻集约在此时。其诗颇有事实，《论事诗与某友作》言遇地藏庵僧法乘云，于榆关西七里，亲见太子、定王为李自成所杀，永王独存。《归郡作》一首。述自塞外放归。《交水驿遇折臂翁》一首，述孙可望李定国事，是亦《滇黔纪闻》也。《上靖南王四十八韵》、《靖南世子四十韵》作于丁未（康熙六年）。《上祝平西亲王一百韵》，庚戌平西六十生辰所作，有「通家曾忝窃，犹子愧趋跄」句，又「先人前代末，怀庙讲筵旁。独力挑簧鼓，深心保栋梁」，及「远蒙垂问语，更感寄书望」，序交情始末，入滇由吴三桂之招。又有《滇南留别》诗四章，是庚戌入滇，末久即去。某人《纪桐城方戴两家书案》云「三桂反时，孝标被留，佯狂逸去」。与诗违异。方都秦《钝斋二集序》云：「赐环以后，又十余年，放浪于山高水长之间，偶游楚粤，再逢世难，而寻云南岳，得遂忠贞。」似孝标逸去，颇有佐证，然是离滇后又游楚粤，适在三桂反时也，其他可以印证者甚多。孝标留心史事，能为《滇黔纪闻》，故其诗不同泛作。惜《钝斋文选》无从一见，王莲泾《孝慈堂书目》曾见著录。

辑自邓之诚《清诗纪事初编》，上海古籍出版社一九八四年版。下册第五六三页。

钝斋文选六卷诗选二十二卷 上海图书馆藏传抄本

谢国桢

清龙眠方孝标撰。按：孝标原名玄成，桐城人，以避清康熙帝玄晔之讳，以字行，别号楼冈，拱乾长子，清顺治乙丑进士，历任弘文院学士。顺治十六年丁酉，以科场案挂误，遣戍宁古塔，释还，旋游滇中，三藩事件发生，避祸削发为僧，释名法空，著有《光启堂集》，为其官弘文院时所撰之文。及游滇中以后，则著有《钝斋文选》六卷、《诗选》二十二卷。其《文选》第三卷中，据其游滇、黔时见闻南明永历朝史事，撰为《滇游纪闻》，亦名《滇黔纪闻》，并《滇游纪行》上下篇，为纪杨畏知、刘廷杰、老神仙、薛大观诸人行事，及大西农民军李定国联明抗清事迹。桐城戴名世著《南山集》时，搜访明季旧闻，曾据方孝标所著《滇黔纪闻》以记南明史事，被御史赵申乔所告讦。事发，戴名世被诛，形成《南山集》狱，孝标以先卒得免，其所著之书，则遭清廷毁禁，流传绝罕，因上述戴名世所著之《忧患集》，故一并简介《钝斋文选》于此。是书为民国初年上海南洋中学校长王培孙为该校图书馆所购，王君喜收藏明、清两代史乘及地方文献，故友海宁陈乃乾先生为之搜集之者。解放后，是项藏书，归上海图书馆，馆长顾廷龙先生编有《上海市历史文献图书馆藏书目录》五卷，即记王氏所藏之书，以不没王氏搜集历史文献之苦心。

辑自谢国桢《江浙访书记》，三联书店一九八五年版第一五五页。

安徽通志稿·艺文考·钝斋诗选二十二卷

清方玄成撰，凡二十二卷，卷一至卷四，五古；卷五卷六，七古；卷七至卷十二，五律；卷十三至卷十九，七律；卷二十，五言排律；卷二十一，五绝；卷二十二，七绝。有吉州刘砥、青原弘智序及自序，《光绪通志》著录《钝斋诗集》无卷数。民国七年湖北周退舟得刻本于书肆，并为之跋，惟卷首阙序二叶，卷十六阙前半页，卷十七阙第二叶，县人光云锦录副此，又从光本传抄者，今据以著录。孝标七岁学诗，有「溪声盖雨添新响，山谷移云作晚峰」之句。初效李、何、王、李，亦杂钟、谭。继省所学皆非，始悉力于古。集中如《论事诗》（卷二）谓太子、定王皆死于贼，乃地藏庵僧法乘亲见，永王亦死于刘宗敏，南北太子皆伪。又《交水驿遇折臂翁》（卷四）纪明末滇黔事，亦可与史相证。又《上靖南王》、《赠靖南王世子》、《投赠刘开府》三诗（卷二十），皆注丁未作，时为康熙六年；又《上祝平西王一百韵》，下注庚戌作，时为康熙九年。又有《滇南留别》四首，及由滇入湘沿途之作（卷十九），似客滇未久即归者，三桂以康熙十二年举兵，据孝标诗，是其时已去滇，与近人《方戴两家书案》所云三桂反时孝标被留佯狂逸去之说不合，惟《上平西王》诗自诡世交，托于犹子，谓其父拱乾在明烈皇讲筵有以片语保全三桂之事，并远蒙垂问重感寄书等语，似孝标本与三桂有连，其来滇三桂实招之，至当时谓其受三桂官，或即因此也。

辑自《安徽通志稿·艺文考·子部》民国胡止澄、郑重先纂。

皖志列传稿·方孝标

方孝标，初名玄成，避仁庙讳，以字行而号楼冈，桐城人也。为大美之孙、拱乾之长子。顺治三年丙戌举於乡；乙丑成进士，改庶吉士。历任内宏文院侍读学士，两充会试同考官。甲午，诏举词臣优品学者十一人，侍帷幄，备顾问。世祖亲选其七，孝标与也。明年，举行经筵，例以阁部大臣任讲官，孝标以学士被简用，上亲之，呼为楼冈而不名。丁酉，江南乡试，方犹为正考官，拱乾第五子章钺中式。给事中阴应节奏劾拱乾、章钺与方犹联宗有素，冒滥贤书。世祖怒，夺方犹等官，逮章钺入京会鞫。拱乾方官少詹事，责自陈关节状。拱乾奏辩：不与方犹同宗，有丁亥己丑甲午三科齿录足证。明年春三月，世祖亲试江南举人於廷。文无害者都七十五人，罚停会试两科者二十四人，黜革者十四人，处方犹及副考官大辟，同考试官均伏缳首刑，而章钺等八人各杖四十，期亲以上戍宁古塔，籍没其资产。越二年，孝标子嘉贞上书讼冤，拱乾、孝标、章钺得赦归田里。康熙二年癸卯，孝标客扬州，甲辰，游杭州。拱乾卒。丁未，孝标年五十入闽，以诗文结纳藩府大吏。庚戌，孝标以吴三桂书招，始至云南，亦献诗谀三桂，谓拱乾於先帝讲筵，尝以片语保全三桂爵禄。康熙十二年癸丑，廷议撤藩，三桂反於滇，孝标已先期赋诗归江南。归而胠其橐中所记滇黔间士民所传述永历帝播越覆亡，与夫荩臣义士遗民政老诸旧闻掌故，与中原所知多异同者，笔之书，曰《滇黔纪闻》，都两篇。是时清廷未有文字之禁，书稍流播。戴名世於孝标为后进，亦欲网罗放失。既见舒城余湛书所闻於释犁支者，持校孝标《纪闻》，多出入，因书与湛论之，书附《南山集》中。康熙五十年辛卯《南山集》之狱起，孝标已前卒，诏以名世之罪罪之，斮棺而磔其尸焉。清代文字之狱自此始。孝标虽尝遨游闽滇二藩间，顾是时三王方贵盛，未有逆节，以失职京朝官，未奉禁锢令，挟雕虫之技，出而为诸侯宾客。所著《滇黔纪闻》虽毁於其子登峄，而据当时九卿刑部初次章疏所摭以为大逆者，不过沿用宏光、隆武、永历年号，是其立说，已不能持天下之平。其后乃谓孝标与於三桂之乱，初投逆而任主谋，终归顺而得恩赦。圣祖佥谓方姓乃江南强宗，其人好乱。光琛既为三桂相，登峄之父，复为学士，既列名朱三太子之案，怙恶不自悛。大学士等奏尽诛方氏族或削籍编旗，今以宽典贳登峄等死，并其孥遣黑龙江戍。夫遗戍固为宽大矣。孝标虽游於滇，及三桂之未叛已道黔湘东归，安有所谓学士者？且光琛又何人，当世以为疑谳而不敢深考久矣。方《南山集》狱之初起，部臣引其与余湛书。称孝标曰方学士，疏中亦不复称孝标名。疏文用国书，圣祖阅疏至方学士。则诧曰：「嘻，方学诗漏网久矣。」廷臣相顾愕错。圣祖从容为言光琛学诗事。初，三桂之叛也，歙人有方光琛者，膺伪命为相国。光琛有子及犹子九人，学诗、学礼名最高。三桂败，光琛等被俘皆受欧刀诛，惟学诗亡命不可踪迹。燕赵间「士」与「诗」同音，国书又同字，圣祖遂误孝标为「学诗」，又误光琛为孝标族。方氏遂以强宗好乱称。廷臣中或知或不知皆无敢讼言其非。圣祖后亦微知其误而涣汗大号。不可复反，遂使一代文字冤狱，重成疑谳。孝标不过一科第文章之士，一为章钺罣误，废弃终身，失职远游；复以文字之祸，戮及枯骨，横被倾险之名。悲夫！无名氏《桐城方戴两家书案》，退舟《钝斋诗选》跋。

赞曰：孝标之冤，首发於桐城人。有为《方戴两家书案》者谓康熙十二年，孝标有所亲为知府贵阳因入黔。三桂叛，黔抚起兵应三桂，孝标被留，则佯狂自污，伺守者懈逸去，为缁徒，名方空，间道奔衡州，谒裕亲王。王欲闻於朝，孝标辞焉。王授以国书龙牌至江宁，纳牌於总督麻勒吉，蒙优辞奖，其言如是。孝标所为《钝斋文集·滇黔纪闻》在其中。以其子登峄、孙世樵之毁，无复流传矣，而《钝斋诗选》二十二卷，乃今获显於世。案厥诗以考其年，而后知孝标与三桂实有投赠之雅。而未尝濡迹伪庭，列名於劝进之表者也。至於佯狂祝发，间道来衡，案诸诗而率多龃龉，则故老之传闻不如自述之足征信远矣。呜呼！生当忌讳之朝，一声欬蹀躞，举足以贾粉身赤族之祸，虽考终而犹不免焉，可不惧哉！

辑自《皖志列传稿》民国二十五年版卷二第三十一页。

《安徽古籍叢書萃編》書目

定本莊子故
康輶紀行　東槎紀略
北山樓集
疑庵詩
方望溪遺集
識小録　寸陰叢録
東萊詩詞集
明太祖集
王侍郎奏議
朱楓林集
敬孚類稿
施愚山集（全四册）
吴敬梓吴烺詩文合集
張孝祥詞箋校
竇山公家議校注
翠微南征録北征録合集
阮大鋮戲曲四種
老子注三種

杜詩説
朱書集
論語解注合編
郭祥正集
皖人詩話八種
續學堂詩文鈔
唐詩評三種（上下）
鈍齋詩選
老子注譯
莊子詮詁
説文假借義證（全五册）
劉銘傳文集
包世臣全集（全三册）
田間易學
莊屈合詁
田間詩集
田間文集
古事比（上下）
安徽出土金文訂補

道聽途説
蘭茗館外史
青泥蓮花記
秋崖詩詞校注
舌華録
明語林
夜雨秋燈録（上下）
包拯集校注
毛詩後箋（上中下）
壹齋集（上下）
孟子講義
楊仁山全集
不得已（附二種）
歙事閒譚（上下）
惜抱軒詩集訓纂
張孝祥詩文集
吴汝綸全集（全六册）
青溪集
藏山閣集

田間詩學（上下）
俞正燮全集（全三册）
皖人戲曲選刊　鄭之珍卷
詠懷堂詩集
所知録
文選箋證（上下）
七頌堂集
程瑶田全集（全四册）